Frances Hendry

Der Ritt auf dem Kelpie

Die Autorin Frances Hendry über sich selbst: «Und nun zu meiner Lebensgeschichte: Ich wurde in Glasgow geboren – das Jahr ist nicht so wichtig – und verlebte dort meine Kindheit. Später unterrichtete ich über zwanzig Jahre Englisch und erteilte Förderunterricht. Damit knüpfte ich an eine Familientradition an: Ich bin die vierundzwanzigste Lehrerin in der dritten Generation. In dieser Zeit lernte ich, was Kinder gerne lesen, oder besser: was sie langweilt. 1975 zogen wir von Glasgow nach Nairn. Meine Mutter schlug mir vor, daß ich an dem Autorenwettbewerb der BBC teilnehmen sollte, und bearbeitete mich solange, bis ich einwilligte. Ich habe niemals geglaubt, daß ich das Buch beenden oder sogar den 1. Preis gewinnen würde; aber mir gelang beides.»
Dieses Buch war *Der Ritt auf dem Kelpie.* Auch das zweite Buch von Frances Hendry, *Die unheimliche Schwester,* ist im Verlag Freies Geistesleben erschienen.

Das Buch: «Mitten in den Kampf zwischen Hochländern und Engländern um 1745 führt uns die Erzählung der rothaarigen Jeannie, die Partei für ein Zigeunermädchen ergreift und dadurch in einen Strudel von Prophezeiungen, Lebenserfahrungen und sagenhaften Ereignissen gerät. Das ist vom ersten bis zum letzten Wort spannend und präzis erzählt und durchweht von der Wildheit und Schaurigkeit von Landschaft und Zeit.» *Abendzeitung München*

Frances Hendry

Der Ritt auf dem Kelpie

Verlag Freies Geistesleben

Aus dem Englischen übersetzt von Katja Seydel

Die Deutsche Bibliothek – CIP-Einheitsaufnahme

Hendry, Frances:
Der Ritt auf dem Kelpie / Frances Hendry. [Aus dem Engl. übers. von Katja Seydel]. – Stuttgart: Verl. Freies Geistesleben, 1991

ISBN 3-7725-2003-0

Die englische Originalausgabe erschien 1986 unter dem Titel «Quest for a Kelpie»
im Verlag Canongate Publishing Ltd., Edinburgh
Einband und Illustrationen von Christiane Lesch
1. Auflage der Taschenbuchausgabe 1991

Gesamtherstellung: Clausen & Bosse, Leck

Inhalt

Ein Brief an meine Ururenkelin

Nachdem ich gestern auf einer Beerdigung und zwei Geburtstagen war, fühlte ich mich zum erstenmal in meinem Leben wirklich alt. Vielleicht wird es langsam Zeit.

Beerdigt wurde meine älteste Freundin Celia Drummond, und es war eine erbärmliche Feier: nur fünf Kutschen waren dabei. Natürlich bin ich nicht mit zum Grab hinausgegangen, aber am Mittagstisch drohte ich meinem lieben Enkel Hektor, der mich begleitet hatte, daß ich aus dem Grabe auferstehen und ihn heimsuchen würde, wenn er mich so armselig auf den Weg schickte. Wir konnten ein Lachen nicht unterdrücken und verursachten so Getuschel und Kopfschütteln bei den alten Tanten. Ich meinte gerade zu Hektor, daß die gute Celia sicher als erste zu lachen angefangen hätte, wenn sie dabeigewesen wäre, als ich plötzlich bemerkte, daß ich mindestens ebenso alt war wie die anderen dort. Hektor, der mein Erschrecken sah, fragte nach der Ursache. Dann sah er mich liebevoll an und sagte: «Du hast doch noch ein paar Jahre Zeit, Großmutter!»

Diese Bemerkung wirkte auf mich nicht so erheiternd, wie sie gemeint war.

Als ich nach Hause zurückkehrte, fand ich die Nachricht von der Geburt meiner ersten Ururenkelin vor. So gegen elf Uhr war sie auf dieser Welt erschienen. Ihr Vater hatte mich nicht eher informiert, um mir die Sorge um das Wohlbefinden seiner Frau zu ersparen, wie er sagte; ich kann mir allerdings nicht vorstellen, warum ich mich hätte sorgen sollen, denn sie ist so kräftig wie ein schottisches Zugpferd und hat auch die entsprechende Figur.

Eher fürchtete er wohl, ich würde mich zu sehr einmischen. Ich muß zugeben, daß diese Angst nicht ganz unberechtigt war. Natürlich habe ich Agnes eine höfliche Karte und einen Korb mit ihrem Lieblingsgebäck geschickt, das mein Koch besser zubereiten kann als ihrer. Ich schrieb, wahrscheinlich sehr zur Erleichterung der beiden, daß ich mich nicht melden würde, bevor sich Agnes einigermaßen erholt habe, und bat darum, dem Kind unter anderem den Namen «Celia» zu geben. Da alle wissen, daß James nicht gerade einer meiner Lieblinge ist, bin ich sicher, daß sie der armen Celia dieses kleine Andenken gönnen werden.

Dann legte ich mich etwas nieder, um mich für die Feier auszuruhen, die Hektor als Geburtstagsüberraschung für mich vorbereitet hatte. Gestern bin ich nämlich siebzig geworden. Es war eine prächtige Zusammenkunft. Siebenundsechzig direkte Nachkommen – natürlich konnten sie nicht alle anwesend sein, doch ich bekam Glückwünsche und Geschenke von den Jungs bei der Mittelmeerflotte, den Füsilieren und von meinen Enkeln in Barbados und Pondicherry. Pondicherry liegt in Indien. Ich kann mir kaum vorstellen, wie Hektor das alles organisiert hat. Mit den dazugehörigen Ehefrauen und -männern saßen wir beim Abendbrot: insgesamt hundertundachtzig Personen. Es war zwar ein fürchterliches Gedränge, aber trotzdem recht gemütlich.

Ich trug natürlich schwarz, wie es sich für eine Dame meines Alters gehört, obwohl ich, ehrlich gesagt, am liebsten in Scharlachrot erschienen wäre, nur um die entsetzten Gesichter zu sehen. Aber das konnte ich mir nicht erlauben. Also trug ich feinen Seidentaft, mit Mechelner Spitze verziert, und einen weiten Rock, darunter sechs Petticoats. Mir geht nichts über meine Petticoats, besonders in Edinburgh im Oktober. Einige der Mädchen waren recht gewagt gekleidet, obwohl keine von ihnen verrückt genug ist, der Londoner Mode zu folgen und die Baumwollkleider so zu bügeln, daß sie direkt am Körper kleben. Ich

kenne keinen sichereren Weg, sich eine Lungenentzündung zu holen – dieser jedoch scheint besonders reizvoll zu sein. Naja, das nur nebenbei.
Während des Abendessens – es war natürlich weitaus besser als das der armen Celia, denn die Hauptperson dieser Feier war lebendig und anwesend – kam das Gespräch auf den Plan des französischen Eroberers Napoleon, England zu besetzen. Auf meine Äußerung hin, daß ich nichts dagegen hätte, rümpften die anderen, erfüllt von patriotischen Gefühlen, empört die Nase. Sie überboten sich gegenseitig darin, ihren Abscheu gegenüber dem korsischen Tyrannen zu bekunden, und tranken auf die Niederlage der Franzosen. Ich erinnerte mich an eine andere Invasion während meiner Kindheit und die ähnliche Leidenschaft auf beiden Seiten. Wieder einmal wurde mir bewußt, wie einfach es ist, eine solche Glut in den Menschen zu entfachen.
Und plötzlich kam mir noch ein anderer Gedanke, der mich unbeschreiblich erschreckte; ich betrachtete all die lauten, lustigen Menschen, meine eigenen Kinder und deren Kinder, und spürte, daß ich nicht einen unter ihnen besonders mochte oder schätzte. Sogar Hektor, mein Lieblingsenkel, ist nur der Beste von ihnen.
Natürlich liebe ich sie. Es ist die Pflicht einer Christin, ihre Familie zu lieben. Aber wenn ich die Wahl hätte, würde ich nicht einen von ihnen zum Freund wählen. Meine Kinder sind unglaublich langweilig und muffig – diese Eigenschaften haben sie nicht von mir, das kann ich beschwören –, meine vornehmen Enkelkinder mißbilligen mein Verhalten, und meine verweichlichten, verwöhnten Urenkel haben Angst vor mir. Wenn sie nicht darauf hoffen würden, mich zu beerben, hätte keiner von ihnen sich bemüht, meinen Geburtstag zu feiern.
Ich saß ruhig da, hörte zu, lächelte, sagte wenig und machte mir meine eigenen Gedanken. Man könnte natürlich behaupten, es seien nur die Hirngespinste einer alten Frau, die die Männer für

aufgeblasen und schwach halte, die Jungen für einfältig und gedankenlos, die Frauen für eitel, grell und nutzlos, verglichen mit den Menschen aus ihrer eigenen Jugend. Aber ich glaube, das ist es nicht. Vielleicht liegt der Grund einfach darin, daß keiner von ihnen jemals wirkliche Schwierigkeiten erlebt hat, denn nur daran können die Menschen reifen.

So dankte ich ihnen freundlich, denn vielleicht kann man sie für ihre Fehler nicht verantwortlich machen, trank meinen Brandy aus – ich könnte schwören, sie haben ihn mit Wasser verdünnt: der Teufel soll sie holen – und so gelang es mir, früh ins Bett zu gehen. Sollen sie nur über mich lachen und sich mit diesem entsetzlichen neuen Tanz, dem Walzer, vergnügen – bei dem man tatsächlich seinen Partner im Arm hält, wie schamlos; ich sollte ihn bald lernen – und sich überlegen, wie lange ich arme, alte Seele noch zu leben hätte und ob ich diesen oder jenen in meinem Testament bedenken werde.

Keinen von ihnen, dachte ich, als ich im Bett lag und mich an den Abend erinnerte.

Und so, meine liebe kleine Ururenkelin Celia, werde ich diese Geschichte für Dich schreiben, nicht für einen von ihnen. Zusammen mit meinen Perlen wird sie für Dich als Geschenk zu Deinem zwölften Geburtstag aufgehoben werden. Es ist die Geschichte von dem großen Abenteuer, das ich erlebte, als ich etwa so alt war. Ich werde sie auf englisch schreiben, denn ich fürchte, Deine Mutter wird Dir nicht erlauben, eine der guten alten schottischen Mundarten aus meiner Zeit zu lernen. Dabei werde ich versuchen, wahrheitsgetreu zu schreiben, aber bitte verzeih mir, falls mir der Stift oder die Erinnerung entgleitet.

Du wirst diese Geschichte bekommen, zusammen mit all der Liebe, die ich Dir wahrscheinlich dann nicht mehr persönlich geben kann. Ich vertraue darauf, daß Du mich, wie ich damals war, ebenso gerne mögen wirst, wie ich Dich hoffentlich so mögen werde, wie du sein wirst.

Der Kampf

Sie begann mit dem Kampf, meine Geschichte.
Es war Anfang September des Jahres 1743 an einem Freitag nachmittag, einen Monat vor meinem zehnten Geburtstag, als meine Mutter mich rief. Wegen des Sturmes waren die Fischerboote schon seit einer Woche nicht mehr draußen gewesen. Darum brauchten wir keine Fische ins Landesinnere zu bringen, und ich hatte etwas Zeit, um mit meinem kleinen Bruder Isaac und den Zwillingen zu spielen. Ellen natürlich nicht. Sie hatte immer ihre eigenen Freunde.
«Jeannie, komm rein», rief meine Mutter, «lauf mal rüber und bring deinem Vater das Essen. Du kannst den Kleinen mitnehmen, aber paß auf, daß ihm nichts passiert. Sei vorsichtig und verschütte nichts, sonst gibt's was hinter die Ohren.»
«Jaja, Mam.» Ich wußte, daß ich von ihr keine Ohrfeige bekommen würde, und wenn überhaupt eine, dann von meinem Vater. Aber ich hatte keine Lust, Isaac mitzunehmen. Er war fast drei Jahre alt, groß genug, um alles auszuprobieren, aber zu klein, um zu wissen, was er lieber lassen sollte. Naja, zum Glück mußte ich nicht die Zwillinge oder das kleine Baby mitnehmen.
Also band ich mir Isaacs Laufleine um den Bauch, damit ich die Hände frei hatte.
«Gehen wir spazieren, Jeannie?» schrie er mir ins Ohr, als ich die Leine um sein Hemd herum und unter seinen Armen festschnallte. «Mhm. Paß auf und zieh nicht so!» Er grinste wieder. Beide wußten wir, daß er doch ziehen würde. Ich nahm die

Holzschüssel mit der Suppe, hob nochmal schnell einen Zipfel des Tuches und atmete den Duft ein.

«Beeil dich, bevor sie kalt wird», ermahnte Mutter mich. «Du bekommst deine Suppe, wenn du zurück bist. Hier, Isaac, du kannst den Brotkanten tragen. Nun geh, aber vorsichtig!»

Jetzt hatte auch er seine Aufgabe, die ihn hoffentlich so beschäftigen würde, daß wir mit dem Großteil der Suppe bei Vater ankommen könnten.

Die Zwillinge grinsten uns an, wie immer, wenn wir rausgingen. Zunächst lief Isaac so vorsichtig, wie die Mutter es ihm gesagt hatte, nur redete er wie ein Wasserfall. Als Großmutter uns nicht mehr hören konnte, begann ich zu pfeifen.

Vorbei an kaputten Häusern, deren Dachstühle die Fischer mitgenommen hatten, als sie wegzogen, stapften wir durch den knirschenden Sand zur ersten großen Düne. Zwischen dem Stechginster auf der anderen Seite des Flusses erkannte ich mehrere Gestalten. Die Zigeuner waren in ihr großes Zeltlager bei den Kingsteps-Steinbrüchen zurückgekehrt. Das Jahr geht wohl langsam zu Ende. Wir stapften um das Ende der Düne herum, die, lange bevor ich geboren wurde, den Fluß von der Stadt weggeleitet hatte. Der beste Hafen lag jetzt in der Gegend von Lochloy, im Brodie-of-Brodies-Gebiet, und viele Boote mitsamt ihrer Besatzung waren dorthin gezogen. Die sechs oder sieben zurückgebliebenen Boote lagen im Sand auf der Rückseite der größeren Düne bei der kleinen Bucht, die vom Meer abgeschnitten worden war. Dort waren sie vor dem Sturm geschützt. Allerdings dauerte es jetzt länger, sie wieder ins Wasser zu lassen.

Das Boot meines Vaters mit den vier Rudern war das größte und beste. Es war gerade an Land geholt worden und lag dort kieloben. Duggie Ralph, der Mann, der mit meinem Vater zusammen ruderte, saß daneben und hütete ein kleines Feuer, über dem ein großer Kessel hing.

«Was macht er da, Jeannie?» fragte Isaac.
«Er teert das Boot», antwortete ich.
«Warum?»
«Damit kein Wasser hineinfließen kann.»
Wie alle Kinder vermied ich es, Duggie zu begegnen, und änderte die Richtung.
«Ich möchte gucken, Jeannie», beharrte Isaac und zog an der Leine.
«Paß auf, du Dummkopf!» rief ich, als die Suppe in der Schüssel schwappte. «Vielleicht schauen wir auf dem Rückweg. Verlier Vaters Brot nicht!» Er trotzte, aber ich kümmerte mich nicht darum. Wir stapften durch den weichen Sand dorthin, wo Vater und die anderen Männer aufeinander einredeten.
Bei einem der Boote waren einige Planken verrottet. Die Männer schlugen die alten heraus und schnitten neue zurecht. Die Arbeit war lästig und die Laune der Männer entsprechend. Zehn Tage lang hatte der Sturm sie eingesperrt, und nun – ausgerechnet an einem Freitag – war das Wetter wieder gut, aber niemand wollte es riskieren, als erster an einem Unglückstag hinauszufahren. Obwohl die Männer alle schlechter Stimmung waren, begrüßte Vater uns wie immer mit einem Lächeln.
«Na, kommen da nicht meine großen Kinder? Und was habt ihr da? Mein Essen? Was für ein kluges Kerlchen! Hat mein Brot hergetragen, ohne es zu verlieren. Und Suppe auch. Nicht einen Tropfen vergossen. Das ist gut. Genau das brauche ich.»
Vater konnte uns immer das Gefühl geben, daß das, was wir getan hatten, richtig war. Er setzte sich zu uns. Seine breiten Schultern und seine Brust mit dem Umfang eines Fasses waren voller Sand, der am Schweiß festgeklebt war.
«Nun, was gibt's Neues?» fragte er.
Voller Stolz, die Neuigkeit als erste weitergeben zu können, antwortete ich: «Die Zigeuner sind zurück, Vater.» Er sah mich erstaunt an: «Was? Jetzt schon?»

«Da kommen gerade einige durch die Furt», rief ich. Alle schauten. Tatsächlich, zwei Gestalten kamen um die erste Düne herum. Ein Junge und ein Mädchen.
«Diebische Elstern», knurrte eine Stimme.
«Na na, Davie», sagte Vater ruhig.
«Sie sind früh dran dieses Jahr», meinte mein Vetter Donnie, «es wird wohl einen harten Winter geben.»
«Du sprichst aus Erfahrung, was?» warf Jaikie Mackenzie mit einem Grinsen ein. «Man könnte meinen, du wärst schon mal mit denen herumgezogen.» Jaikie war der vierte Mann in Vaters Boot. Donnie errötete bis zu den Ohren. Obwohl er mit sechzehn bereits seit mehreren Jahren Männerarbeiten auf dem Boot verrichtete, war er immer noch schüchtern wie ein kleiner Junge. Er wurde sogar noch röter, als die Männer begannen, sich gegenseitig zu necken.
Inzwischen waren noch einige andere Kinder und Ehefrauen mit Schüsseln und Körben gekommen. Ein Paar Jungen balgten sich im Sand. Dabei landete bei einem der Männer eine Handvoll Sand auf dem Fleischteller. Ein Schrei – eine Ohrfeige – Vater gab uns die leere Schüssel zurück.
«Das war großartig, Jean. Sag deiner Mutter vielen Dank von mir. Nun ab mit euch, laßt uns weitermachen, oder Kennies Boot ist Neujahr noch nicht fertig, ganz zu schweigen von der Flut morgen früh.»
Ohne sich umzudrehen, kehrte er zu seiner Arbeit zurück.
«Schau, Kennie, dieses Brett muß auch raus, oder wir verschwenden hier nur unsere Zeit. Du kannst keine neuen Planken an verrotteten befestigen und erwarten, daß sie halten. Bei der ersten großen Welle bricht alles zusammen.»
Und das Gezanke brach von neuem aus.
Kennie neigte zum Pfuschen. Niemals scheuerte er sein Boot – Vater sagte, es würde nur von Seetang zusammengehalten.
«Komm, Jeannie!» Isaac zog an dem Seil. Seine kleinen Augen

schauten gebannt auf das Treibholzfeuer. Um ihm eine Freude zu machen, ging ich mit ihm dorthin. Duggie saß dort, alleine wie immer, abseits von den anderen. Keiner der Männer mochte ihn, obwohl er ein kräftiger, zuverlässiger Arbeiter war. Nicht einmal mein Vater, der fast alle Menschen mochte und neben ihm ruderte. Mutter ging ihm aus dem Weg. Das taten nicht alle Frauen, obwohl sie versuchten, es zu verbergen, denn Duggie sah gut aus mit seiner stattlichen Größe, den lockigen blonden Haaren und dem Bart. Wir Kinder benahmen uns ihm gegenüber zurückhaltend und höflich, gingen ihm aber möglichst aus dem Weg. Doch jetzt, wo unser Vater nur dreißig Meter entfernt war...

«Ihr kommt, um euch mit mir zu unterhalten, was?» sagte er in einem säuerlichen Tonfall. «Welche Ehre!»

Ich wußte nicht, was ich darauf antworten sollte, also schwieg ich und betrachtete den riesigen Topf, der auf drei Steinen über der heißen Glut stand. Isaac bewegte sich darauf zu und versuchte, ihn anzufassen. Duggie saß genau daneben. Ich dachte, er würde seine Hand ausstrecken, um Isaac zurückzuhalten, aber er blieb ruhig sitzen und beobachtete ihn mit einem halben Grinsen. Ich zog an der Leine und riß den Kleinen gerade noch rechtzeitig zurück. «Tja», grinste er, «du mußt gut auf ihn aufpassen, Jeannie. Er wird sich eines Tages verletzen, wenn du nicht achtgibst.» Dir habe ich es nicht zu verdanken, daß ihm nichts passiert ist, dachte ich empört.

Plötzlich hörte ich Schritte auf dem Kies. Neben mir stand das Zigeunermädchen. Sie war ungefähr dreizehn oder vierzehn Jahre alt. Sie trug silberne Ohrringe. Ich schaute gebannt, wie sie durch ihre schwarzen Locken hindurch glänzten. Duggie runzelte die Stirn. «Was willst du?» knurrte er. «Hier gibt es nichts zu stehlen.» Das Mädchen errötete leicht unter dem Schmutz.

«Ich will doch gar nichts stehlen», protestierte sie.

«Irgendwann ist es das erste Mal», spottete Duggie. Isaac versuchte noch immer, den Topf anzufassen. Das Zigeunermädchen kniete sich neben ihn und schob ihn zur Seite. Als er sich wand, um sich aus ihren Armen zu befreien, trat ich schnell hinzu, um ihm zu helfen. Aber zu meiner Überraschung warf er den Kopf schnell herum und gab ihr einen Kuß auf die Wange. Sie sah fast so erstaunt aus wie ich, doch dann lachte sie und gab ihm auch einen Kuß.

Duggie war nicht begeistert. «Laß das Kind los und verschwinde», befahl er. «Wir wollen euch Zigeunerpack hier nicht sehen. Was wolltest du überhaupt?»

«Habt Ihr ein Tröpfchen Teer übrig?» fragte sie.

«Teer? Das ist ja ganz was Neues!»

«Unser Pony lahmt, und der Alte sagt, daß Kiefernharz ihm diesmal nicht mehr helfen kann», sagte sie. Jetzt konnte ich das wohlbekannte Zigeunerjammern in ihrer Stimme erkennen. «Wir können ihn bezahlen, wenn Sie nicht darauf verzichten können.»

Einen Moment lang dachte ich, daß die Unterstellung, Duggie sei zu arm, um etwas Teer zu verschenken, ihre Wirkung erzielt habe. Sie hatte denselben Eindruck, denn sie hielt ihm ihre Eisenpfanne entgegen. Duggie ergriff sogar die Kelle, aber dann zog er die Hand zurück und lachte. «Nee, nee, so kommst du mir nicht davon», sagte er hinterhältig. «Du kannst deinen Teer haben, aber du mußt dafür bezahlen.» Nach einer kurzen Pause zuckte sie die Achseln. «Wieviel?» fragte sie und faßte unter ihren zerlumpten Umhang.

«Ich will dir was verraten», sagte er. «Du kannst ihn umsonst bekommen.» Wir sahen ihn alle drei mißtrauisch an. Er grinste breit, und seine weißen Zähne leuchteten.

«Nur einen Kuß», schlug er vor, «wie der kleine Junge. Du hast ihn geküßt – küß mich genauso, und du kannst deine Pfanne mit Teer füllen.»

Naja, was würde wohl Annie Ralph sagen, wenn sie wüßte, daß

ihr Mann schmutzige Zigeuner küßt? Ich sah mich nach Hilfe um, aber mein Vater und all die anderen schauten dem Zigeunerjungen zu, der die Gruppe auf der anderen Seite mit Radschlagen unterhielt. Ich sah wieder das Mädchen an. Sie war hübsch: schwarzes Haar, schwarze Augen, volle rote Lippen, und sie hatte einen Charme, den unsere hart arbeitenden Mädchen selten haben, und wenn doch, dann verlieren sie ihn schnell. Arme Annie!
«Dich küssen?» Ihre Stimme klang zwar erschreckt, doch nicht allzusehr.
«Also, nur ein kleiner Kuß, das ist alles. So eine hübsche kleine Prinzessin wie du wird bestimmt nicht zum erstenmal geküßt. Komm, es wird dir Spaß machen.»
Sie sah nicht so aus, als ob es ihr Spaß machen würde. Als er aufstand, erhob auch sie sich und ließ Isaac stehen.
«Willst du deinen Teer nicht haben? Nur ein kleiner Kuß und eine Umarmung.» Hier, vor all den Leuten?
Sie zögerte, schüttelte dann aber den Kopf und drehte sich weg. Er stürzte auf sie zu und faßte sie um die Taille. Sie versuchte, sich aus der Umklammerung zu befreien. Als ihr das nicht gelang, biß sie ihm in die Hand, trat ihn lautlos und wand sich wie eine Schlange. Er zuckte zurück und schlug sie mit der anderen Hand auf die Wange, so sehr, daß ihre Zähne aufeinanderschlugen. Sie fiel auf den Rücken, er sprang auf sie zu und blieb dabei mit den Füßen in der Laufleine hängen, die Isaac und mich verband. Mit einem Aufschrei stürzte Duggie und drehte sich dabei gerade noch rechtzeitig zur Seite, um nicht ins Feuer zu fallen. Mit einem Bein stieß er dabei den Teerpott um. Der trudelte nun vom Feuer auf das Boot zu, Teer spritzte auf das trockene Holz. Sofort züngelten überall Flammen.
Das alles geschah innerhalb von Sekunden. Als sich Vater und die anderen auf Isaacs Geschrei hin umdrehten, sahen sie, wie das Zigeunermädchen im Kies lag und Duggie neben dem Boot kniete und es mit Sand bewarf, um die Flammen zu löschen.

So wie Duggie dann die Situation erklärte, war alles klar. Die Zigeunerin hatte um Teer gebeten, und als sie keinen bekam, den Topf heruntergeworfen. Das Mädchen, das von zwei Männern festgehalten wurde, hatte sich das Haar über ihr Gesicht geworfen und stand ebenso eigensinnig, gekränkt und still da, wie sie gekämpft hatte. Sie beantwortete keine Frage, als ob sie wüßte, daß man ihr nicht glauben würde, oder als ob sie zu stolz wäre, zu erklären, was geschehen war. Der Zigeunerjunge war verschwunden.

Ein ärgerliches Gemurmel ging durch die Gruppe. Immer mehr Schaulustige kamen hinzu.

«Dieses verdammte Zigeunerpack – jedes Jahr wird es schlimmer mit ihnen – da muß was getan werden – die Stadträte – ach, die tun sowieso nichts – verdammtes Zigeunerpack – die stehlen nur und setzen alles in Brand – sie selbst sollte man verbrennen – ja, das ist richtig, verbrennen, bis keiner mehr übrig ist!»

Wer auch immer etwas sagte, bekam sofort Beifall. Jetzt waren ungefähr hundert Menschen versammelt, und das Gemurre wurde lauter. Sie liefen durcheinander, begannen zu rufen, und sogar die Hunde bellten vor Aufregung.

Das Mädchen hob für einen Moment den Kopf, und ihre Augen funkelten durch ihr Haar hindurch. Doch dann sah sie hoffnungslos wieder zu Boden.

«Na, was sagst du dazu, meine kleine Prinzessin?» kreischte eine Frau zu ihr herüber. «Du kriegst was auf den Hintern – unsere Boote in Brand zu stecken, was? Gebt sie Katie und mir, wir werden sie schon für euch festhalten.» Festhalten, das war es nicht, was sie meinte.

«Die kannst du nicht ungestraft davonkommen lassen, John Main!» rief Duggie Ralph. Mein Vater nickte schließlich und stimmte zu.

Es war das triumphierende höhnische Grinsen in Duggie Ralphs Gesicht, das mich dazu bewegte, etwas zu tun. Ich hatte gelernt,

den Erwachsenen nicht zu widersprechen – und Duggie Ralph zu widersprechen war besonders schlimm. Aber ich konnte meinen Vater da nicht hineinrasseln lassen. Wenn ich ihn nicht zurückhielt, würde Duggie ihn irgendwie schlagen. Es war einfach nicht richtig so.
Ich löste die Leine und befahl Isaac, die Schüssel zu halten und niemandem im Weg zu stehen. Dann drängelte und wand ich mich zwischen Röcken und Hosen hindurch, meine nackten Füße wurden immer wieder von harten Absätzen getreten, bis ich endlich Vaters Hemd zu fassen bekam. Er besprach gerade mit einigen Männern, wer schnell zu den Booten nach Lochloy laufen könnte, denn er wußte, daß es in dem Zeltlager der Zigeuner eine Menge kräftiger Männer gab, die kämpfen konnten wie der Teufel. Er würde alle Hilfe brauchen, die er bekommen konnte. Die Männer meinten, daß es sicher einen Toten geben würde, und lachten vor Aufregung.
Ich zog an seinem Ärmel, bis er endlich meine Anwesenheit bemerkte.
«Geh nach Hause, Jeannie, ich habe jetzt keine Zeit für dich.»
«Aber, Vater...»
«Ab mit dir!» befahl er ärgerlich.
«Aber das ist doch alles nicht wahr!» rief ich verzweifelt, doch er hörte mich nicht. Jemand aus der Menge schubste mich, und ich stolperte rückwärts über einen Hund. Meine Verzweiflung wuchs.
«Was hampelst du denn hier noch herum?» Donald zog mich hoch, und Vater wandte sich ungeduldig einem anderen Mann zu, um mit ihm zu sprechen.
«Geh zu deiner Mutter!»
«Aber Duggie hat gelogen!» kreischte ich ihm ins Ohr. Endlich wurde jemand auf mich aufmerksam. Vater drehte sich herum, als er das Wort ‹gelogen› aus dem Tumult heraushörte.
«Wer hat gelogen? Moment, Alec. Was meinst du, Jeannie – schnell, sag es mir!»

Ich zögerte. Plötzlich fühlte ich mich überwältigt und erschreckt. Alle Augen blickten auf mich. Ich sah, wie Duggies Gesicht sich verzerrte und vor Wut rötete. Beinahe hätte ich den Mut verloren. Aber dann blickte die Zigeunerin auf. Auf ihrem Gesicht zeichnete sich dort, wo Duggie sie geschlagen hatte, ein roter Striemen ab, und dort, wo die Frauen sie gekratzt hatten, blutete es. Irgend jemand hatte ihre Ohrringe herausgerissen.

Die Worte sprudelten beinahe gegen meinen Willen aus mir heraus.

«Duggie hat den Teerpott heruntergerissen. Er wollte ihr nur Teer geben, wenn sie ihn küßt. Sie wollte nicht, da versuchte er einfach, sie trotzdem zu küssen. Dabei stolperte er über das Seil, und der Teer begann herauszufließen. Nicht sie war schuld, sondern er.» Ich fing an zu schniefen.

Die Gesichter wandten sich von mir zu Duggie.

«Sie lügt. Sie ist eine kleine, verlogene Hexe.» Niemand sagte ein Wort. «Es war das Zigeunermädchen, nicht ich.»

Inzwischen waren über zweihundert Menschen zusammengekommen, aber es war vollkommen still; nur mein Schniefen und die Schreie der Möwen waren zu hören. Ein Hauch von Verzweiflung dämpfte den Ärger in Duggies Stimme. «Glaubt ihr einem dummen, kleinen Mädchen eher als mir?»

Aber sie kannten ihn alle zu gut. Einige glaubten mir sofort, andere waren unsicher.

Mein Vater nahm mich aus Donalds Arm. Mit einem Zipfel meiner Schürze wischte er mir das Gesicht ab, stellte mich vorsichtig auf die Füße und trat einen Schritt zurück, so daß ich alleine da stand. Ich sah zu ihm auf und schaute von ihm zu Donald und Jaikie und in all die anderen strengen Gesichter. Ich stellte mich gerade hin und versuchte, das Schniefen und Zittern zu unterdrücken.

«Nun, Jeannie, ganz ruhig. Jeannie, kannst du mir bei Gott

dem Allmächtigen schwören, daß du die Wahrheit gesagt hast? Überleg nochmal! Wenn du das nur gesagt hast, um das Mädchen hier zu schützen, verstehen wir dich und sind dir nicht böse. Aber du mußt uns die Wahrheit sagen. Bei deinem Glauben an Gott, Jeannie, sage mir, wer den Teertopf umgeworfen hat!»

Mein Vater hatte noch nie zuvor so ernst mit mir gesprochen. Ich konnte Duggies Zorn hinter mir spüren wie einen kalten Wind im Rücken. Aber jetzt blieb mir nichts anderes übrig, als die Wahrheit zu sagen, was auch immer geschehen würde.

«Es war Duggie. Sieh dir die Stelle an seiner Hand an. Dort hat sie ihn gebissen.»

Diese Stelle und die Tatsache, daß Duggie darüber nicht gesprochen hatte, überzeugte die letzten Zweifler. Während Duggie dastand, puterrot vor Zorn und Scham, erhob sich der Tumult von neuem, aber diesmal in einem anderen Ton.

Ich drängelte mich zu dem Zigeunermädchen durch. «Ist alles in Ordnung?» fragte ich sie. Die Frau, die sie festgehalten hatte, verschwand in der Menge. Das Mädchen rieb ihren schmerzenden Arm. Noch immer schweigend, schaute sie erst mich an und dann das, was hinter mir geschah.

«Du hättest zugelassen, daß wir unschuldige Männer töten, nur weil du gelogen hast!» sagte Vater voll Abscheu und Zorn.

«Ach was!» rief Duggie. «Unschuldig? Das sind nichts als Diebe! Keiner von ihnen ist unschuldig. Wenn sie auch jetzt nichts getan haben, so haben sie früher schon Schlimmeres angerichtet. Willst du dich zu ihrem Handlanger machen? Verdammt bist du und dein rothaariges Balg. Sie bringt uns sowieso nur Unglück. Aber was kann man schon erwarten, wenn du so ein Weib aus dem Hochland heiratest –»

Und Vater schlug ihn.

Es war ein schrecklicher Kampf. Sämtliche Fischer waren da. Sie jubelten, spotteten und verstummten schließlich, während sie um die Männer herumstanden oder ihnen folgten, die Dünen hoch und runter, ins Wasser hinein und wieder heraus. Annie Ralph war da, bleich und zitternd. Auch meine Mutter sah ich; sie hielt Isaac im Arm und drängelte und schrie mit den anderen. Sogar Ellen war gekommen, aufgeregt und nervös.

Ich bangte hauptsächlich um meinen Vater. Duggie war viel breiter, groß, stark und zäh. Seine Arme und Beine hatten eine enorme Reichweite. Er boxte Vater, hielt dabei aber Abstand. Blut spritzte. Aber auch mein Vater war nicht winzig, obwohl er einen Kopf kleiner war. Er war stämmig und seine Schultern kräftig, denn er hatte sein Leben lang gerudert oder Segel gesetzt. In seiner Jugend war er nach Rotterdam, Hamburg und Stockholm gesegelt. In diesen rauhen Städten hatte er das Kämpfen gelernt.

Duggie zielte auf Vaters Gesicht, doch der konnte die meisten Schläge mit seinen Armen und Schultern abwehren. So begannen Duggie die Hände zu schmerzen. Außerdem wurde er von Vater mehrmals an den Armen und an der Brust getroffen.

Einmal schnappte Duggie nach Luft, riß sich los und versuchte zu verschwinden. Aber die Menge ließ ihn nicht gehen. Er hatte sie angelogen und beinahe den Tod von einigen dieser Menschen verursacht. Die Männer und auch die Frauen kreisten ihn ein und drängten ihn zurück zu Vater, der auch keuchte und auf ihn wartete.

Also kämpfte er weiter. Er probierte alles aus, was er konnte. Er boxte, rang und trat. Beinahe hätte er Vater mit einem Ruder erschlagen, doch der konnte es ihm noch rechtzeitig entreißen und auf seinem Rücken zerbrechen. Einmal kämpften sie in dem kleinen Teich; das Wasser reichte ihnen bis zur Taille. Plötzlich drückte Duggie Vaters Gesicht hinunter. Es dauerte eine Ewigkeit, mir blieb fast das Herz stehen, und Mutter wurde weiß wie ein Laken. Doch endlich tauchte er mit einem gewaltigen Spritzer wieder auf und schüttelte ihn ab. Duggie versuchte auch, nach einem Beil zu greifen, doch eine Frau konnte es gerade noch rechtzeitig mit dem Fuß wegstoßen.

Nach einer halben Ewigkeit waren beide mit Blut bespritzt und so erschöpft, daß sie kaum einen Arm heben konnten. Vater hatte am meisten geblutet, und sein Gesicht bot einen schlimmen Anblick, doch er kämpfte weiter. Als die beiden schließlich kaum noch stehen konnten, rangen sie auf den Knien miteinander. Man sah deutlich, welche Anstrengung es meinen Vater kostete, immer weiter mit den Fäusten auf Duggie einzuhämmern; aber solange noch ein Funken Leben in ihm war, würde er nicht aufgeben. Das sah Duggie schließlich ein.

Ich hatte einmal jemanden sagen hören, er würde den Zorn Gottes weniger fürchten als John Main, wenn er wütend ist. Nun wußte ich, was er meinte.

Schließlich trat meine Mutter hinzu und beendete den Kampf. Eine merkwürdige Stille breitete sich aus, als wir den Sandhügel hinaufstapften. Sogar die Hunde hörten auf zu bellen. Niemand sprach, niemand scherzte. Nur ab und zu hörte man einen Mann «Ah» sagen, wie nach einer üppigen Mahlzeit, oder eine Frau schlucken. Sie machten uns Platz, so daß wir hindurchgehen konnten. Vater stützte sich mit seiner verletzten Hand – und mit mehr Gewicht, als die anderen merken sollten – auf meine Schulter. Das Blut tropfte meinen Rücken hinunter auf den Petticoat. Mutter stützte Vater schweigend auf der anderen Seite, und Isaac, der ausnahmsweise einmal sprachlos war vor lauter Schreck, hielt sich an ihren Röcken fest.

Sogar als die Männer vom Stadtrat eintrafen, vorsichtshalber etwas später wie immer, und Vater fragten, was mit ihm los sei, und der wie gewöhnlich antwortete, er sei im Boot ausgerutscht – denn die Angelegenheiten der Fischer gingen die Städter nichts an –, blieb das sonst übliche Gelächter und Spotten aus. Alle standen sie da und schauten unbehaglich und verlegen drein, denn das war kein gewöhnlicher Kampf gewesen.

Annie kniete allein vor ihrem Mann, der inzwischen ohnmächtig geworden war, und schluchzte verzweifelt. Ich überlegte, wie sie ihn wohl nach Hause transportieren würde.

Die Vision

Großmutter Main, Vaters Mutter, hatte zwar mit der kleinen Morag und den Zwillingen zuviel zu tun, um sich den Kampf anzusehen, aber sie wußte bereits bestens Bescheid. Als wir zu Hause ankamen, hatte sie etwas ungewöhnlich Vernünftiges getan, nämlich den großen Wasserkessel auf das Herdfeuer gestellt. Donnie, der vor uns nach Hause gelaufen war, hatte eine der Strohmatratzen aus dem Schrank geholt, damit Vater sich vor das Feuer legen konnte.

«Was ist das für ein Benehmen für einen gottesfürchtigen Mann?» begrüßte Großmutter uns. «Und du», wandte sie sich an Mutter», läufst weg und denkst nicht an das Baby, das nach seiner Milch schreit. Was soll der Pfarrer dazu sagen, daß John Main wie ein Heide kämpft und seine Tochter vor der ganzen Stadt spricht, als ob sie der Bürgermeister persönlich sei. Du solltest dich schämen, Jean Main. Wenn du meine Tochter wärest, könntest du was erleben! Bei deiner Erziehung hättest du dich wirklich besser benehmen können. Keines meiner Kinder hätte sich jemals so aufgespielt. Morag, setz dich und stille deine Tochter, bevor uns das Trommelfell platzt von ihrem Geschrei! Ich kümmere mich um meinen Sohn.»

Vater hatte sich auf die Matratze fallen lassen, und Mutter setzte sich müde auf den dreibeinigen Hocker am Feuer. Der Stolz, der Vater die Kraft gegeben hatte, auf seinen eigenen Beinen nach Hause zu laufen, war erloschen. Mutter und er waren zu erschöpft, um sich noch auf einen Streit einzulassen, außerdem waren sie Großmutters ständiges Klagen und Predigen gewöhnt. Mam nahm das Baby und stillte es. Ich setzte einen Topf mit Suppe für Isaac auf – das war die einzige Möglichkeit, ihn ruhig zu halten –, ebenso für die Zwillinge und für Ellen, die kurz nach uns ganz aufgeregt nach Hause kam.

«Großmutter», bat ich, «kannst du dich um Eddie und den kleinen Donnie kümmern? Ellen kann nicht mit den beiden gleichzeitig zurechtkommen.» Großmutter sorgte gerne für die fünfjährigen Zwillinge, ihre Lieblingsenkel, denn die beiden brauchten sie am meisten. Als Mutter mich dankbar anlächelte, atmeten Donnie und ich erleichtert auf und kümmerten uns, so gut wir konnten, um Vater.

Mam sagte uns, was wir tun sollten. Während Donnie das Blut und den Sand abwusch, holte ich den Kräuterkorb unter dem Bett hervor. Vater hatte drei Zähne verloren, und einige saßen locker, aber vielleicht wuchsen sie wieder an, wenn man sie in Ruhe ließ. Aus heißem Wasser, Torf und Schwarzwurz machten wir Umschläge für seine Hände und sein Gesicht.

Inzwischen war das Baby still, und Mam konnte es zurück in die Wiege legen. Sie tat nun das, was wir nicht mehr konnten, richtete Vaters gebrochene Nase, schiente sie mit Stoffrollen und legte die Umschläge so hin, daß er noch atmen konnte. Sie überprüfte die klaffende Wunde an seinem Kopf, die Duggie ihm mit dem Ruder zugefügt hatte. Die Schädeldecke war unverletzt geblieben. Vater hatte nur eine Platzwunde, die sie mit Haaren so verband, daß sie zusammenhielt.

Währenddessen rollte er zur Seite, übergab sich und zitterte am ganzen Leib. Ellen und Isaac starrten ihn an. Nun waren sogar sie still. Das war nicht der Vater, den sie kannten.

Wir wischten den Fußboden sauber und gaben Vater etwas Weidenrinde- und Bilsenkrauttee. Dabei bemerkten wir, daß sein Kiefer gebrochen war. Mam fluchte leise auf gälisch, während sie ihn verband. «Hoffentlich wächst er gerade zusammen, Jean.

Du hast ja fast den ganzen Sand aus den Wunden herausbekommen, prima. Sie bluten auch kaum noch. Donnie und Jeannie, nehmt euch was zu essen. Ich werde Vater noch warmreiben, dann ist er erstmal versorgt.»
«Versorgt?» klagte Großmutter. «Du hast leicht reden, es ist nicht dein Sohn, der da halbtot liegt.»
«Nein, Mutter, es ist mein Mann», entgegnete Mam mit scharfer Stimme. «Nun sei still und schau nach den Kindern. Wir haben keine Zeit, uns zu streiten. Du kannst ja für ihn beten, wenn du willst.»
Das war alles, was Großmutter brauchte. Sie betete zu dem Allmächtigen und bat ihn, ihren Sohn zu verschonen. Ich glaube, sie tat das hauptsächlich deshalb, um im Alter jemanden zu haben, der sie würde versorgen können. Als Isaac und Ellen unruhig wurden, gab ich jedem von ihnen einen Haferkuchen und schickte sie raus zum Spielen. Die Zwillinge saßen nur da und lächelten still vor sich hin, wie immer. Ich hob sie zur Tür hinaus, band sie wie gewöhnlich am Türpfosten fest und ließ sie in der Sonne sitzen und die kratzenden Hennen beobachten.
Mir schien es merkwürdig, daß es immer noch Nachmittag war, nach all dem, was der Tag schon gebracht hatte.
Mam war unruhig. Es war mehr als die Sorge um Vater, der aufgehört hatte zu zittern und zu schlafen schien. Immer wieder schaute sie zur Tür und rieb ihr Ohr, wie sie es tat, wenn sie sich Sorgen machte.
«Was ist los, Mam?» fragte ich sie.
«Wo bleiben die Leute?» wunderte sie sich. «Irgend etwas stimmt nicht. Das Haus müßte voller Menschen sein, die sich nach John erkundigen, sich über den Kampf unterhalten, fragen, ob sie uns helfen können, und erzählen, wie es Duggie Ralph geht. Warum kommt bloß keiner?» Wir sahen uns an. Sie hatte recht; es war unheimlich, daß niemand kam.

«Glauben sie, daß ich falsch gehandelt habe? Mam, glaubst du, daß ich falsch gehandelt habe?»
«Nein, nein, mein Schatz, ich habe gehört, was du gesagt hast. Du mußtest so handeln. Dieser Kerl wird noch mal jemanden umbringen. Nein, du hattest vollkommen recht. Ich bin stolz auf dich. Ich wünschte, du hättest es nicht tun müssen, aber...» Sie seufzte und betrachtete Vater, der ruhig auf seiner Matratze lag. «Soll ich mal rübergehen und sehen, ob ich Annie helfen kann? Sie kann ja nichts dafür. Nein, ich bleibe lieber hier. Wenn Duggie glaubt, Annie hätte mich um Hilfe gebeten, wird er sie halb tot prügeln.»
Wir wußten alle, was sie meinte. Duggie würde die Wut über seine Niederlage an Annie auslassen. Das tat er immer, wenn er Pech hatte oder ihm etwas nicht gelang. Mutter konnte es nicht riskieren, Annies Lage noch zu verschlimmern. Sie hatte es ohnehin schon schwer genug.
«Vielleicht ist er ja tot», überlegte ich fast hoffnungsvoll.
«Glaub ich nicht», sagte Donnie, «so leicht bringt den nichts um.»
«Auf jeden Fall wird er ein paar gebrochene Rippen haben», meinte Mutter voller Genugtuung, «vielleicht ist ihm das eine Lehre, aber das wage ich kaum zu hoffen.»
«Der Mann ist eine Bestie», warf Großmutter ein.
«Nein, das ist er nicht.» Die Stimme zu unseren Füßen ließ uns aufspringen. «John!» rief Mutter. «Wir dachten, du schläfst. Wie geht es dir?»
«Das ist eine verdammt dumme Frage», nuschelte er mit gequälter Stimme. «Was glaubst du wohl, wie es mir geht?»
Mam lachte und weinte gleichzeitig vor Erleichterung. Er war bei vollem Bewußtsein und klarem Verstand.
Großmutter antwortete an Mams Stelle:
«Nicht besser, als du es verdient hast, du... Kathole!» Eine schlimmere Beschimpfung fiel ihr nicht ein, und die Tränen ran-

nen ihr über das runzelige Gesicht. «Ach, wie du aussiehst – selbst der Teufel würde vor dir erschrecken. Nase und Kiefer sind gebrochen, die Hälfte deiner Zähne hat das Meer weggespült, und dein Gesicht sieht aus wie ein Eimer voller Fischköder.» Sie hatte recht, die vielen Schnittwunden, blauen Flecken und Beulen sahen tatsächlich aus wie ein Haufen aufgebrochener Muscheln, die auf den Angelhaken warteten.

«Du wirst mindestens einen Monat lang nicht fischen können.» Die einbandagierte Gestalt rollte sich auf die Seite. «Morgen früh!»

«Nein, John!» protestierte Mam.

«Duggie wird dort sein.»

«Das ist unmöglich», sagte sie.

«Doch, doch, Tante Morag, er wird dort sein», meinte auch Donnie. «Er ist zäh. Er wird dort sein, um zu beweisen, daß er der bessere Mann ist. Darum haben sie gekämpft. Es hat sich schon seit Monaten angestaut, das Ereignis am Strand war nur der Auslöser. Duggie meint, er müßte der Kapitän sein. Und wenn er morgen hinausfahren kann und Onkel John nicht...»

«Du wirst ihn doch wohl nicht länger in deinem Boot mitfahren lassen, Vater?» fragte ich erstaunt.

«Warum nicht? Er wird dort sein, aber er wird mich auch damit nicht besiegen.»

«Aber du hast doch gerade gekämpft!»

Vater seufzte bei der Vorstellung, mir das alles erklären zu müssen. «Laß gut sein, Jeannie», sagte Donnie. «Frauen verstehen einfach nichts von diesen Dingen. Er arbeitet gut und wird auf dem Boot gebraucht. Es gibt nicht viele Männer, die kräftig genug sind, um mit deinem Vater zusammen so zu rudern, daß das Boot geradeaus fährt. Solange dein Vater da ist, wird es keinen Ärger geben, aber wenn nicht...» Er zuckte die Achseln.

Mutter seufzte und versuchte, sich damit abzufinden. «Jean, wenn dein Vater morgen hinausgehen will, braucht er Blutegel für die Schwellungen an den Augen, sonst kann er nichts sehen. Lauf mit Ellen hinüber zum kleinen Teich und versuche, zwölf frische zu finden.»

«Du bist in Ordnung», murmelte Vater, und er meinte nicht mich. Nachdem wir einen Topf voller Blutegel gesammelt hatten – wir hatten Glück und fanden fünfzehn in einer Stunde, wobei Ellen allerdings die meiste Zeit am Ufer saß und über den Matsch jammerte, der in ihren Schuhen gluckste –, liefen wir vom Fluß hoch nach Hause. Dort fanden wir eine kleine Abordnung vor. Vater saß auf Großmutters Stuhl, und die Matratze lag wieder an ihrem alten Platz. Zwei der Fischer, der alte Jamie Bochel und Dugald Main, ein Vetter von Vater, standen auf dem kleinen Läufer vor dem Herd. Die Situation war ihnen offensichtlich peinlich, trotzdem wirkten sie entschieden. Mutter schimpfte sehr zornig mit ihnen.

«Sagt es ihr selbst!» rief sie. «Los, sagt es ihr!»

«Was ist los, Mam?» fragte ich, da alle schwiegen. Ellen versteckte sich in einer Ecke.

«Sie sagen, daß du nicht mehr zu den Booten gehen sollst, Jeannie. Du hast rote Haare, und das bringt Unglück. Niemals zuvor habe ich einen solchen Unsinn gehört!»

«Es gibt nichts Gefährlicheres in der Nähe eines Bootes als eine rothaarige Frau», schimpfte Großmutter. «Gott weiß es. Ich habe dich vor deiner Hochzeit gewarnt, Johnnie, aber du wolltest nicht hören.» Ich zog eine Haarsträhne hinter meiner Schulter hervor und betrachtete sie. Vorher war es mir nicht aufgefallen, aber sie hatten recht, mein Haar war rot, viel röter als das warme Gold von Mam. Mein Großvater Mackay muß diese Farbe gehabt haben, als er jung war.

«Eine rothaarige Frau...» sagte Jamie.

«Sie ist noch nicht mal zehn!»

«Alt genug», beharrte Jamie.

«Du siehst ja, daß es Unglück bringt, wenn sie in der Nähe ist»,

sagte Dugald. «Einmal war sie im Boot von Charlie Manson; kaum 'nen Monat später ist er ertrunken.»
«Und sie war dabei, als Kennie seinen Kahn an Land ziehen wollte. Das Boot rutschte weg, und Kennie brach sich ein Bein.»
«Kennie passiert doch dauernd etwas!»
«Aber sie war dabei.» Jamie war verlegen, aber stur. Ihnen fielen immer mehr Schauergeschichten von Booten ein, in deren Nähe ich mich aufgehalten hatte, Boote, die von Haien umgekippt oder von Stürmen und Felsen beschädigt worden waren.
«Und dann heute...» sagte Jamie.
Dugald stimmte ihm zu. «Wir sagen ja nicht, daß sie den bösen Blick hat, Morag...»
«Das solltet ihr auch lieber lassen!» Mutters Blick schien jetzt Funken zu sprühen, aber Jamie hielt stand.
«Aber sie bringt kein Glück. Und wir wollen sie nicht wieder bei den Booten sehen. Wir hatten eine Versammlung» – dort sind sie also alle gewesen – «und haben diesen Beschluß gefaßt. Es tut uns leid, aber es läßt sich nicht ändern. Alles klar?»
«Was soll klar sein? Ihr habt euch entschieden, ohne uns zu fragen. Oh, John!» Mam wandte sich an den Menschen, der ihr Halt gab. Der schwieg.
«Vater?» Ich wußte nicht, was ich tun sollte. Sollte ich etwa für immer als Unglücksbringerin abgestempelt werden? Fast jeden Tag, an dem die Männer zum Fischen hinausfuhren, habe ich die Boote berührt. Ich habe das Pony für sie angespannt, um ihnen zu helfen, die Boote an Land zu ziehen. Die meisten von ihnen hatten niemals einen Unfall. Wie konnten sie so etwas behaupten? Was sollte ich tun? «Vater?»
Alle schwiegen. Dann begann Vater, sich langsam zu erheben. Er schaute nach mir durch die Öffnungen seines Kopfverbandes und winkte mich zu sich. Seine große, schwere Hand lag auf meiner Schulter, das zweite Mal an diesem Tag, als er mit erstaunlich klarer Stimme zu sprechen anfing.

«Habt Dank für euer Kommen. Es war sicher nicht leicht für euch.» Nun sahen sie noch verlegener aus, obwohl das eigentlich kaum möglich war. «Wir glauben nicht, daß Jeannie Unglück bringt, aber wenn die meisten von euch das denken, müssen wir euren Entschluß achten. Sie wird sich nicht mehr in der Nähe der Boote aufhalten. Hast du das gehört, Jean?»
«Ja, Vater.» Was sollte ich sonst sagen?
«Ja, also...», sagte er.
«Wir müssen jetzt gehen. Guten Abend, John. Es tut uns leid. Fräulein Main! Morag!» Sie verbeugten sich, als ob wir eine königliche Familie wären.
Dad ließ sich wieder auf den Stuhl fallen. Mutter lief zu ihm hin und nahm uns beide in die Arme. «O John! O John!» war alles, was sie sagen konnte.
«Du lieber Gott!» sagte Donnie, der die ganze Zeit geschwiegen hatte.
«Nenne Gottes Namen nicht ohne Grund, Donald Main», begann Großmutter zu schimpfen. «Gott hat über dich gerichtet, Jean Main...»
«Um Gottes willen, Mutter, halt den Mund!» schnitt Vater ihr das Wort ab. Als sie vor Schreck nach Luft schnappte, wandte er sich schmerzerfüllt an Mutter: «Es fiel mir sehr schwer, aber ich konnte nicht anders handeln. Wir können uns nicht gegen alle anderen stellen. Wenn sie sich so entschieden haben, sollte sie besser wegbleiben.»
«Oh, John, ich weiß, was das bedeutet. Mir graust vor dem Gedanken... Sie wird niemals die Frau eines Fischers werden können. – Mach dir keine Sorgen, mein Schatz», versuchte sie mich zu trösten, aber ihre Hände zitterten. «Wir werden etwas Besseres für dich finden. Kümmere dich nicht um das, was sie sagen. Du bringst kein Unglück. Sie sind Idioten.»
Sie umarmte mich kräftig. «Vorsicht, Mam! Die Blutegel... sie liegen gleich alle auf dem Boden», rief ich, und da fing sie an zu

weinen. Vater legte unbeholfen seine verbundenen Hände auf ihre Schultern und drückte sie sanft an sich.
Als Großmutter den Mund öffnete, warfen Donnie und ich ihr funkelnde Blicke zu. Sie schloß ihn wieder und ging, in ein würdevolles Schweigen gehüllt, hinaus, um nach den Kindern zu sehen. Auch Ellen schlich sich hinaus. Heute hatte sie ihren Freunden eine Menge zu erzählen.
Den restlichen Tag über fühlte ich mich verloren. Sollte ich wirklich Unglück bringen? Ich kannte Dinge, die Unglück bringen. Zum Beispiel sollten wir unseren kleinen Hahn nicht aus dem Korb herauslassen, damit die Männer ihn nicht sehen, wenn sie vorbeigehen. War ich auch so ein Unglücksbringer? Was sollte ich tun, wenn ich nicht mehr zu den Booten gehen durfte? – Ich brachte Torf herein, holte Wasser vom Fluß und zog den Zwillingen frische Sachen an. Doch meine Gedanken drehten sich im Kreis wie ein Eichhörnchen im Käfig. Was sollte ich tun? Was sollte ich nur tun?
Ellen spielte und tuschelte mit ihren Freunden, als sie hinausgingen, um Muscheln als Köder zu sammeln. Keiner von ihnen sprach mit mir. Ich fühlte mich wie ein Gespenst.
Johnnie kam voller Stolz auf seinen Vater aus der Schule zurück. Sie hatten von dem Kampf gehört, und er war nun auf die Einzelheiten gespannt. Beinahe hätten wir uns gestritten, weil ich ihm nicht genau davon berichten konnte. Was das Verbot, das mir die Fischer erteilt hatten, für mich bedeutete, konnte er nicht verstehen.
«Freu dich doch!» meinte er und grinste mich aus seinem runden roten Gesicht an. «Möchtest du etwa dein Leben lang bis zu den Ellenbogen in Fischgedärmen stecken? Ich hätte dazu keine Lust. Was glaubst du, warum ich noch immer zur Schule gehe? Der alte Rosy Nosy ist zwar das langweiligste Wesen auf zwei Beinen, aber Schule ist trotzdem noch besser als Fische zu fangen. Also, warum beklagst du dich?»

Ellen erzählte ihm schließlich die Geschichte, die er hören wollte. Zusammen mit Großmutter sprachen sie darüber bis zum Abend, während wir die Netze für den nächsten Morgen mit Ködern bestückten. Ich hätte heulen können vor Wut.
Als der Tag sich dem Ende zuneigte, wurde Vater immer steifer. Er machte sich Sorgen, denn gegen Abend konnte er kaum noch die Arme bewegen, so sehr er sich auch darum bemühte. Die Schwellungen um die Augen herum konnte Mam mit Hilfe der Blutegel lindern. Sie rieb ihn mit Salbe ein und machte heiße Umschläge. Mehr konnte sie nicht tun, obwohl sie sehr geschickt war.
Als die Nacht hereinbrach, holten wir die Matratzen herunter und legten die Kleinen schlafen. Johnnie brachte noch Dancer, das einzige Pony in unserem Fischerdorf, in den Stall.
Dann rief er nach dem Schwein, das in dem Abfallhaufen herumschnüffelte, gab ihm zu fressen und sperrte es in seinen Verschlag. Wir fütterten die Hühner, die sich anschließend im Dachgebälk niederließen, um zu schlafen. Ellen, die gerade sieben Jahre alt geworden war, schlief nicht mit auf den Strohmatratzen, sondern in Großmutters Kämmerchen hinter dem Feuer. Johnnie wollte gerade zu Isaac ins Bett schlüpfen, als es an der Tür klopfte und anschließend Fußgetrappel zu hören war.
Doch als ich die Tür öffnete, war niemand zu sehen. Nur ein paar silberne Ohrringe lagen auf der Schwelle.
Dieser ereignisreiche Tag war also noch nicht einmal mit dem Einbruch der Dunkelheit vorüber. Mam und Donnie überlegten, wer sie uns gebracht haben könnte. Vater stöhnte von Zeit zu Zeit, als es plötzlich an der Tür kratzte.
«Was ist das jetzt wieder?» Mutter schwankte zwischen Wut und Furcht. Sie ging entschlossen zur Tür, schob den Riegel zurück und machte sie weit auf. Ich hörte, wie sie nach Luft schnappte. Dann trat sie zurück und bat den Besuch herein. Ich sah Ellen um die Ecke linsen.

Es war das Zigeunermädchen vom Strand mit einer älteren Frau. Zurückhaltend blieben sie in der Tür stehen und warteten ab, wie sie empfangen würden.
Großmutter war die erste, die sprach, und veranlaßte sie so gegen ihren Willen, daß die beiden letztendlich freundlich aufgenommen wurden. «Zigeunerpack in meinem Haus! Ich habe nie gedacht, daß mir einmal so etwas passieren würde. Raus mit euch, in Gottes Namen, und bleibt an der Schwelle stehen, wie es sich für euch gehört. Habt ihr nicht schon genug angerichtet?»
Mutter kniff vor Ärger die Lippen zusammen.
Die ältere Zigeunerin antwortete Großmutter: «Wir möchten mit Jean Main und ihrem Vater sprechen. Wenn das nicht erlaubt ist, werden wir wieder gehen.» Noch niemals habe ich jemanden so sprechen hören: langsam, freundlich und mit wohltönender Stimme. Hoffentlich ließ Vater mich mit ihnen sprechen.
Jedoch nicht er, sondern Mutter antwortete ihnen, mit einem strengen Blick zur Großmutter hin: «Das ist mein Haus, und alle, die in friedlicher Absicht kommen, sind gern gesehen.» Mutter sprach wie ihr Mann! Großmutter fiel der Unterkiefer herunter. Die Zigeuner schlugen ihre buntkarierten Umhänge zurück, mit denen sie ihre hübschen Gesichter bedeckt hatten. Die ältere der Frauen hatte große kupferne Ohrringe. Einen Augenblick lang dachte ich, sie seien aus Gold. Aber ich kannte nur eine einzige Frau, die Goldschmuck trug: die Frau des Bürgermeisters. Also konnten sie nicht aus Gold sein, oder? Die Zigeunerin war hochgewachsen, sogar größer als Mutter, die Vater schon um einen Kopf überragte und auch größer war als die meisten Frauen der Fischer. Ihr Gesicht war schmal, mit einer langen Hakennase. Sie war sicher keine Schönheit, aber sie wirkte beeindruckend und von einer sonderbaren Eleganz in ihrem zerrissenen roten Kleid mit dem grünen Tuch um das schwarze, streng zurückgekämmte Haar, das sie im Nacken zu

einer Rolle gebunden hatte. Das Mädchen hatte sich das Gesicht gewaschen und die dunklen Locken gekämmt. Donnie war von ihrer Lebhaftigkeit so beeindruckt, daß er die Augen nicht abwenden konnte.

«Ich heiße Margaret Davidson. Meine Tochter hier heißt ebenfalls Margaret Davidson. Wir stehen bei Ihnen und Ihrer Familie in großer Schuld. Viele Männer hätten heute sterben müssen. Auch ich habe Söhne im Zeltlager.»

Mutter stand aufrecht wie ein Stock hinter Vaters Stuhl, mit stolz erhobenem Kopf und einer Hand auf seiner Schulter. «Das ist John Main, der mit Duggie Ralph gekämpft hat, und hier ist unsere Tochter Jean. Haben Sie Dank für die Nachfrage, aber Jean und mein Mann taten nur das, was sie der Gerechtigkeit wegen tun mußten. Auch bei uns wären Männer getötet worden. Sie brauchen sich nicht zu bedanken.»

Margaret Davidson neigte würdevoll ihr Haupt. «Vielleicht haben Sie recht», antwortete sie, «trotzdem möchten wir Ihnen den Dank nicht schuldig bleiben.»

Plötzlich erinnerte ich mich an etwas: «Das sind deine, oder?» Ich hielt dem Mädchen die silbernen Ohrringe hin. Ihre Augen begannen zu leuchten. Sie kam auf mich zu, um die Ohrringe an sich zu nehmen. Da hielt ihre Mutter sie zurück. Enttäuscht blieb das Mädchen stehen.

«Mistress Jean, ich bitte Sie, die Ohrringe als Geschenk anzunehmen. Betrachten Sie sie als Pfand für etwas, das wir vielleicht noch für Sie tun können.»

Das Mädchen wirkte gleichgültig, aber ich wußte, daß sie sich bemühte, einen Wutanfall zu verbergen. Ich konnte sie gut verstehen. Mir tat es leid, daß sie meinetwegen ihre Ohrringe verlieren sollte. Aber da hatte Mutter sie schon in sanfter Weise für mich angenommen.

«Wir danken Ihnen. Noch ist Jeannie zwar zu jung, um solche Ohrringe zu tragen, aber wir werden sie für später aufbewahren.»

Die Zigeunerin verneigte sich abermals. «Ihnen, John Main, habe ich dies hier mitgebracht.» Aus einer Falte ihres Umhangs holte sie eine Lederflasche hervor. Ich überlegte, ob sie wohl mit Whisky gefüllt sei. Es war Whisky, aber keiner zum Trinken. «Er ist ganz frisch gebrannt und mit guten Kräutern veredelt. Wenn ich Ihnen Arme und Rücken damit einreibe, wird es Ihnen bessergehen.»

Großmutter, die auf dem Stuhl in der Ecke vor sich hin schimpfte, erhob sich voller Entsetzen. «Lassen Sie meinen Sohn mit Ihrem heidnischen Teufelsgebräu zufrieden. Herrgott, bewahre uns vor schwarzer Magie, halte das Böse von uns fern und rette unsere Seelen vor den Versuchungen des Teufels!»

«Stell dich nicht so an, Großmutter», meinte Donnie, «das ist doch nur etwas zum Einreiben, so wie das Zeug für unser Pony.»

Die Augenbrauen der Zigeunerin zuckten, aber sie lächelte nicht. «Brauchst du es nicht, John Main?» fragte sie ruhig.

Vater drehte sich herum und begann zum erstenmal zu sprechen. «Doch. In dieser Nacht nehme ich die Hilfe des Leibhaftigen und der ganzen Höllenbrut an. Was sagst du dazu, Morag?»

Statt zu antworten, begann sie, ihn aus dem Bettlaken herauszuwickeln. Die Zigeunerin legte Vater vor dem Feuer auf den Rükken und löste ihm die Tücher bis zu den Hüften. Das Mädchen ließ sich in der Nähe des Herdes nieder, und Donnie setzte sich so hin, daß er sie ansehen konnte.

Großmutter schimpfte leise vor sich hin und wollte gerade in ihr Bett steigen, als sie Ellen erwischte, die das Geschehen heimlich beobachtete. Sie befahl ihr, wieder unter die Decke zu kriechen und sich von solchen Zaubereien fernzuhalten. Wir hörten, daß sie Gebete murmelte, als sie an Ellen vorbeikletterte und sich zu den Zwillingen legte, die mit ihr in einem Bett schliefen. Sie rührten sich nicht.

Die Zigeunerin legte ihren Umhang ab, krempelte die Ärmel ihres roten Kleides auf und kniete nieder. Sie goß sich ein wenig

von der trüben Flüssigkeit aus der Flasche in ihre Hände und begann, Vaters Brust und Arme einzureiben.
Zuerst stöhnte er und wand sich, denn der Whisky brannte in seinen Wunden, aber nach einer Weile entspannte er sich und lag ruhig wie ein Toter, während ihn ihre kräftigen, schmutzigen Finger massierten. Ich beobachtete, wie seine Haut immer leichter durch ihre Finger glitt. Nach einer halben Stunde drehte sie ihn um und knetete ihm Schultern und Rücken.
Während sie sich hin und her wiegte und Vater in diesem Rhythmus massierte, summte sie eine Melodie. Sonst war es vollkommen still in unserem Haus. Donnie döste, sein Kopf war zurück an die Wand gefallen. Mam war auf ihrem Stuhl eingenickt. Sogar die Tiere waren ruhig. Der rote Schein des Feuers schimmerte auf Vaters Rücken, dem roten Kleid, in den Ecken des Zimmers und auf dem Gesicht der Zigeunerin. Der würzige Duft der Kräuter mischte sich mit dem scharfen Geruch des Whiskys und dem Rauch. Sie massierte und massierte, und ihre Bewegungen wurden dabei immer langsamer.
Das Zigeunermädchen richtete sich plötzlich auf, als ob sie ein Rufen gehört hätte.
«Jean Main», sagte ihre Mutter mit ruhiger, aber eindringlicher Stimme. «Jean Main.»
«Antworte ihr», sagte die Tochter. «Du mußt antworten. Sie hat eine Vision. Hör, was sie sagt, und nimm es dir zu Herzen. Es ist die Wahrheit. Antworte ihr.»
«Jean Main!» sagte die seltsame Stimme wieder.
«Ich bin hier», antwortete ich. Eigentlich hätte ich mich fürchten müssen, aber ich tat es nicht. Sonst rührte sich nichts. Sie wandte sich mir zu mit ihren dunklen, suchenden, aber blinden Augen.
«Wir werden uns im Schatten des Galgens wiedersehen, Jean Main. Viermal wirst du, ohne es zu wollen, über Leben und Tod entscheiden. Du weißt gar nicht, wie wichtig du bist. Du wirst einen König an die Macht bringen und einem seine Macht bre-

chen. Aber wirst du ein Kelpie reiten? Wir werden uns wiedersehen! Viermal! Suche das Kelpie, Jean Main!»
Das klang wie ein riesengroßer Unsinn. Aber das Mädchen schien es zu glauben und schaute mich erstaunt an. Unterdessen holte ihre Mutter tief Luft und schüttelte heftig den Kopf. Als ob sie sehr erschöpft wäre, erhob sie sich mit Hilfe ihrer Tochter und bewegte sich auf die Tür zu. Dabei schaute sie mich unentwegt an.
Vater seufzte und gähnte. Mutter schreckte aus dem Schlaf auf. Mit blinzelnden Augen sagte sie: «Vielen Dank für Ihre Hilfe, Mistress Davidson.»
Da richtete die Zigeunerin ihren starren Blick auf Mam.
«Mistress? Es ist lange her, daß ich so genannt wurde. An gutem Benehmen erkennt man ein vornehmes Haus, und Ihr Haus ist vornehm. Gott segne euch alle.» Sie sah mich noch einmal lange an, nickte und verschwand.
«Schau dir Donald an!» sagte Mutter und gähnte. Sie rüttelte ihn wach. «Los, ihr beiden, helft mir, John ins Bett zu bringen. Er ist gesund. Ich hätte nicht gedacht, daß er heute nacht schlafen würde. Es ist wie Zauberei, aber erzählt das ja nicht eurer Großmutter.»
Das versprach ich ihr. Mühsam brachten wir Vater dazu, mit unserer Hilfe in das große Schrankbett zu steigen, ohne ihn dabei ganz aufzuwecken. Als Mutter sich neben ihn legte und die Türen schloß, wickelte sich Donnie in die Decke auf seiner Matratze in der Ecke, und ich kletterte um ihn herum in mein eigenes Bett. Ich legte mich zu Ellen, die ich etwas zur Seite rollen mußte, weil sie wie immer auf meinem Bett lag, das so allerdings schon vorgewärmt war.
Merkwürdigerweise schlief ich ein, ohne viel über die Prophezeiungen der Zigeunerin nachzudenken. Ein Kelpie reiten, sowas! Und Galgen! Und Könige! Was für ein Geschwätz!
Wie wenig wußte ich damals wirklich.

Der kleine Bauernhof

In der folgenden Woche war der Fischfang erfolgreich. Vater meinte, die Fische seien durch den Sturm aufgewühlt worden. Die anderen Fischer sahen den Grund für den Erfolg in meiner Verbannung.

Vater ruderte vorsichtig, um seinen Kiefer zu schonen. Duggie ruderte vorsichtig, weil er sich drei Finger und vier Rippen angeknackst hatte. Er war einbandagiert wie ein Neugeborenes. Sie taten ihre Arbeit wie immer, sprachen aber kaum miteinander. Niemand verlor ein Wort über den Kampf.

Ich verbrachte wie gewöhnlich Zeit damit, mit dem Pony Torf hereinzuholen. Aber als mit der Flut die Boote zurückkamen, nahm nicht ich, sondern Ellen, die sich über diese Aufgabe bitter beklagte, Dancer, um den Fischern zu helfen, die Boote an Land zu ziehen. Dann versammelten sich die Frauen, die den Fisch abholen wollten. Der mußte jedoch zunächst aufgeteilt werden. Zwei Achtel gab es für das Boot – die bekam Vater; ein Achtel für das Netz – das gehörte Jaikie; jeder der Männer – Vater, Donnie, Jaikie und Duggie – bekam ein Achtel, und der Rest wurde an die Alten, Witwen und Waisen verteilt, die sich darum zankten wie Möwen um eine tote Robbe. In diesem Fischkorb waren immer die kleinen und kaputten Fische – denn die waren nicht für den Verkauf, sondern zum sofortigen Verzehr bestimmt –, auch dann, wenn beim ganzen Fang nur wenige bessere dabei waren. Vater bestand darauf.

«Gebt ab, solange ihr genug habe, denn auch uns kann es mal

erwischen», meinte er. Duggie sah ihn finster an, schwieg aber, denn er wußte, daß Vater recht hatte.
Unsere Familie mußte also die Hälfte des Fangs verarbeiten. Nachdem die Fischkörbe zu uns nach oben gebracht worden waren, säuberten Ellen und ich den Fisch alleine, denn Mutter, die auf einem Bauernhof großgeworden war, arbeitete zu langsam. Sie sortierte die Fische lieber. Einige bekam Großmutter, um sie an der Kreuzung zu verkaufen – allerdings nur so wenige, daß es gerade genügte, um die Stadträte zu beruhigen. Nach dem Gesetz sollte nämlich in unserer Stadt jeden Tag Fisch angeboten werden, um auch für die anderen Händler die Menschen aus dem Landesinneren anzulocken. Die Preise waren leider niedrig; es gab nur einen Penny für zwölf große Heringe. Also versuchten wir, dort so wenig wie möglich zu verkaufen. Einige behielten wir zum Essen, Salzen, Trocknen, Räuchern und Einlegen – Mutters eingelegter Fisch war überall bekannt. Doch die meisten verkauften wir im Landesinneren.
Nicht viele Fischer weideten die Fische aus, die sie verkaufen wollten, aber Mam probierte immer etwas Neues. Sie sah nicht ein, warum sie Fischabfälle die Berge hinaufschleppen sollte; außerdem hielt sich der Fisch so länger frisch. Sie konservierte die Leber, kochte den Rogen und warf den Rest unseren Schweinen vor. So konnte sie mehr tragen, hatte bessere Ware und einen höheren Gewinn. Außerdem brauchte sie den Fisch nicht für die Farmersfrauen auszunehmen, nur um etwas mehr zu verdienen. Ich hielt diese Idee für sehr vernünftig, aber die Menschen in Nairn, besonders die Fischer, sind stur. Es fällt ihnen schwer, sich auf etwas Neues einzustellen, besonders dann, wenn es jemand versucht, der nicht hier aufgewachsen ist.
Wenn wir soviel Fisch hatten, daß es sich lohnte, packte Mutter am Dienstag und Freitag sorgfältig die Fischkörbe für das Binnenland. Dienstags liefen wir eine kleine Runde, nur neun Meilen. Freitags gingen wir hoch zu Großvater Mackays Bauernhof

und blieben dort über Nacht. Hin und zurück mußten wir zehn Meilen durch unwegsames Moor gehen, und von dort aus begann die Zwölf-Meilen-Runde. Das konnten wir unmöglich alles an einem Tag schaffen.

In den Körben, die das Pony trug, war der frische, getrocknete oder geräucherte Fisch – Schellfisch oder Hering, Lengfisch, Kabeljau, Flundern, Schollen, Sprotten und Makrelen, die kein Fischer essen würde, weil sie Aasfresser sind. Alles war säuberlich in Farnkraut gewickelt. Ich trug einen kleinen Korb mit Lekkereien wie Herzmuscheln, Garnelen, Kaviar, Hornkrügen mit Kabeljauleberpastete und den Dingen, die Mutter für die Bauern aus der Stadt mitbrachte, wie Nägel, Bänder oder Salz. Manchmal bekam ich fürs Tragen eine kleine Münze, einen Viertelpenny. Mam trug den großen blau-weißen Krug mit dem eingelegten Fisch in einem besonderen Korb auf dem Rücken. Den vertraute sie niemandem an. Vater hatte ihr den Krug aus Seeland mitgebracht.

Am nächsten Freitag, zehn Tage vor Michaeli, wickelten wir uns in unsere Umhänge und zogen das Baby warm an, denn vor Sonnenaufgang war es noch sehr kalt. Dann führten wir Dancer auf die Weide, damit er sich austoben konnte, bevor wir die großen Körbe an seinem Sattel befestigten. Morags Tragekorb kam in die Mitte. Als nächstes halfen wir uns gegenseitig, die Lasten auf dem Rücken festzuschnallen, nahmen unser Strickzeug und schlossen uns Annie Ralph und den anderen Frauen an, um mit unserer Runde zu beginnen. Großmutter und Ellen standen etwas später auf. Sie versorgten die Männer und die Kleinen und schickten John zur Schule.

Die Stände für den Freitagsmarkt, den ich leider meist verpaßte, waren schon aufgebaut worden. Wir gingen an ihnen vorbei über die Brücke und auf den Weg, der aus der Stadt hinausführte. Die Kälte war schneidend, unser Atem bildete kleine Wolken. Zuerst war es still, doch als es den Frauen wärmer wurde, begannen sie zu schwatzen und zu klatschen: Was hatte wohl die Frau des Bürgermeisters für ihren roten Satinpetticoat bezahlt? – Mary Main ging abends immer lange aus. – Was hatte der Pfarrer zu Elsa Mackenzie gesagt, als sie um Geld gebettelt hatte, damit sie sich etwas Tee kaufen könne? – Ist es nicht ein Skandal, zwei Pfund, schottische Pfund natürlich, für ein Pfund Tee zu fordern, und das, obwohl es sich um geschmuggelten Tee handelte? – Jimmie Bullocks Gichtfinger sind schon so krumm, daß er keine Netze mehr reparieren kann. – Und Duggie Ralph hat gestern abend… pst, Annie hört zu. – Es gab keine Geheimnisse in Nairn; trotzdem wurden niemals die Gefühle der eigenen Leute verletzt. Annies blaue Flecken von der letzten Woche waren immer noch zu sehen.

Aber mit mir sprachen sie nicht. Vielleicht sahen sie mich aus Verlegenheit kaum an. Nur manchmal nickte mir eine zu. Mam bemühte sich, ihre Wut zu unterdrücken.

Ungefähr drei Meilen von Nairn entfernt, gerade an der Kreuzung nach Raitloan, hörten wir plötzlich Hufgeklapper dicht hinter uns. Ein Zigeunerjunge prügelte sein ungesatteltes Pferd den steinigen Pfad entlang und forderte uns mit Handzeichen auf, anzuhalten.

Die Frauen drängten sich ängstlich zusammen, als er herangerast kam und vor meiner Mutter vom Pferd sprang.

«Mistress Main!» keuchte er. «Mutter schickt mich. Auf dieser Straße sind Räuber. Ihr müßt euch verstecken, bis sie vorbei sind.»

«So nah bei der Stadt?» rief Teena Fisher. «Glaub ich nicht!» Alle schwiegen, aber ich sah an seinem Gesicht, daß er die Wahrheit sagte.

«Wir sollten es nicht drauf ankommen lassen!» sagte Mutter, griff nach Dancers Zügeln und lief mit ihm den Hang hinauf auf ein kleines Birkenwäldchen zu, um sich zu verstecken. Die kleine Morag wurde auf seinem Rücken durchgeschüttelt, als wir ihn

über die Heide zogen. Die anderen Frauen hoben ihre Röcke hoch und liefen hinterher. Der Zigeunerjunge folgte uns langsam und achtete darauf, daß wir keine Spuren hinterließen. Wir kämpften uns durch das Gebüsch, blieben dann aber hinter den ersten Bäumen stehen und schauten uns um. Doch der Zigeunerjunge drängte uns vorwärts, damit wir vom Weg aus nicht mehr gesehen werden konnten. Dann stellten wir unsere Körbe auf den Boden – im Notfall würden wir ohne diese schneller davonlaufen können – und schlichen uns zurück, um die Straße zu beobachten.
Ich legte mich neben den Jungen ins Moos. «Warst du das nicht letzte Woche am Strand?» fragte ich ihn.
Er sah mich kurz aus seinen listigen, braunen Augen an, schaute jedoch dann wieder auf die Schlucht. «Mhm», grummelte er.
«Wie geht's dem Mädchen?»
«Mag? Der geht's prima. Sie ärgert sich zwar, daß sie ihre Ohrringe verloren hat, aber daran ist sie selbst schuld. Sie hätte ihn küssen sollen, dann wäre der ganze Quatsch erledigt gewesen. Kannst du das Vieh nicht ruhig halten?»
Dancer, den die plötzliche Flucht aufgeregt hatte, warf seinen Kopf hin und her und trat von einem Fuß auf den anderen. Vielleicht würde er wiehern und so unser Versteck verraten.
«Ich fürchte nein», gab ich zu. Er sah mich mißbilligend an und hielt dann Dancers Kopf. Sein eigenes Pony atmete schwer, stand aber sonst ganz ruhig.
Mam hatte Morag vom Pferd gehoben und stillte sie, damit sie aufhörte zu weinen. Wie durch einen Zauber war Dancer plötzlich ruhig geworden, und alle warteten gespannt.
Gerade als Teena Fisher sich beschweren wollte: «Das ist doch Blödsinn. Er lügt...», kamen ungefähr ein Dutzend Highlander mit riesigen Umhängen und nackten Beinen den Weg von Foynesfield her herunter. Zwei von ihnen trugen Flinten. Einige hatten Bündel voller Diebesgut auf dem Rücken. Sie trieben vier Kühe mit hin- und herschlagenden Eutern vor sich her.

«Seht euch das an!» flüsterte Annie Ralph. «Das ist doch die Rotbraune von John Mackenzie. Ein lebensgefährliches Vieh. Die werden noch ihre Freude daran haben. Naja, nun wird sie mich wenigstens nicht mehr durch den Park jagen.»

«Diese verdammten Highlander!» fluchte Jessie Main. «Warum müssen sie andere Leute bestehlen?»

«Einige von ihnen sind am Verhungern», sagte Mam. «Das war ein schlimmes Jahr, und das nächste wird noch schwerer.»

«Je eher sie alle verhungern, desto besser für die anständigen Leute», schimpfte Jessie unbeirrt.

«Ruhe!» zischte der Zigeunerjunge. Die Männer unter uns waren stehen geblieben. Einer schaute in die Runde und schnupperte. «Dieser verdammte stinkende Fisch!» flüsterte der Zigeuner. «Den riecht man meilenweit!»

Sie durchsuchten den Hang mit den Augen, und wir harrten voller Spannung, bereit, jeden Moment die Flucht zu ergreifen. Endlich sprach einer von ihnen und deutete in die Richtung, aus der sie gekommen waren. Daraufhin begannen sie den eingeschlagenen Weg weiterzutrotten.

«Dank dir, mein Sohn», sagte Betsy zu dem Zigeunerjungen. Die anderen murmelten ihr Einverständnis. Nach einigem Zögern bot sie ihm einen halben Penny an. Er blickte voller Verachtung auf die Münze.

«Sind Sie sicher, daß Sie darauf verzichten können?» fragte er stolz. «Wenn Sie die für wertvoll halten, behalten Sie sie lieber. Sie brauchen sie nötiger als ich. Außerdem bin ich nicht Ihretwegen gekommen. Ma sagte mir, ich sollte Mistress Main warnen. Bedanken Sie sich bei ihr.» Er sprang auf den Rücken seines Ponys, nickte Mam zu und galoppierte davon. Seine nackten Füße strichen über die Heide.

Die Frauen sahen erst einander und dann Mam an. Die half ihnen nicht. Schließlich sprach Betsy für alle: «Wir danken dir, Morag.»

Wieder sahen sie einander an. Es schien, als ob sie eine unausgesprochene Verabredung getroffen hätten. Sie kamen auf mich zu, alle sechs, und dankten auch mir. Ich wurde dunkelrot.
«Ich kehre lieber um», sagte Betsy dann. «Auf dieser Straße gehe ich keinen Schritt weiter. Heute wird kein Fisch verkauft werden, jedenfalls nicht von mir.» Die anderen stimmten ihr zu.
«Ich bin fürs Weitergehen», sagte Mam. «Die Räuber sind schneller als wir. Wir werden ihnen nicht noch einmal begegnen. Komm, Jeannie, wir wagen es.»
Als wir weitergingen, sah ich den Zigeunerjungen oben am Hang Wache halten. «Tja», meinte Mam, «von Zigeunern sagt man, daß sie ihre Versprechen einhalten, im Guten wie im Bösen. Jeannie, ich glaube, du hast einen guten Freund gewonnen. Ich hatte noch niemals zuvor einen Schutzengel.»
In zwei Stunden hatten wir Großvater Mackays kleinen Hof erreicht. Er bestand aus ein paar kleinen Feldern am Bach, versteckt zwischen den Hügeln und einem Kiefernwäldchen, nur sichtbar für den, der ihn kannte. Wie immer tobten meine Vettern und Kusinen um das kleine Haus herum. Die Kuh war auf das Grasdach geklettert. Die Ziegen waren jeden Tag dort oben, aber die Kuh war schwerer, sie könnte also beim Schornstein einbrechen. Ich lief schnell hin, um mitzuhelfen. Schließlich konnten wir sie mit Steinwürfen herunterjagen und auf die Weide treiben. Wir schlossen das Gatter, damit sie kein Unheil mehr anrichten konnte.
Die Kinder begrüßten uns fröhlich. Sie juchzten und tobten um uns herum. Großvater Mackay und Mutters ältester Bruder Gavin schlenderten vom Bach herauf und hießen uns willkommen.
Sheila, Gavins Frau, und die Mädchen holten noch den letzten Torf herein. Die Männer boten Mutter an, sich eine Tasse Brühe aufzuwärmen. Gerne hätten sie selber welche getrunken, aber wie alle Highlander wagten sie es nicht, eine Frau darum zu bit-

ten, für sie zu arbeiten. Aber Mutter wollte nicht bleiben. Wir waren sowieso schon spät dran, mußten jedoch heute noch die Hälfte der Runde schaffen. Nur das Baby ließen wir dort. Erst nachdem wir an den gewohnten Stellen, die sich bis zum Ende der Schlucht erstreckten, Fisch verkauft hatten, kehrten wir zum Hof zurück, um uns auszuruhen.

Ich liebte den Moment, wenn wir wie die Kaninchen in ihren Bau durch die dicken, erdigen Wände hinabstiegen in die rauchige Dunkelheit und Unordnung des kleinen Raumes. Alles Leben spielte sich dort ab. Es gab keine Trennwände wie bei uns zu Hause, um einen Schlafplatz hinter dem Feuer abzuteilen. Sogar der Schornstein war anders als unserer, denn wir hatten einen großen Rauchfang, in dem wir den Fisch räucherten. Hier war die Feuerstelle nur von einer kleinen Mauer auf dem Fußboden umgeben. Der Rauch stieg gemächlich nach oben durch das Loch im Dach. Oft blieb er auf halber Höhe stehen, so daß er in den Augen brannte.

Wenn wir saßen, begann die Rauchschicht erst über unseren Köpfen. Alles in diesem Haus, angefangen bei den Fußabtretern bis hin zu den Strohmatten, die verhindern sollten, daß Torfstücke vom Dach in die Suppe fielen, war rußgeschwärzt oder zumindest grau von der Asche.

Hinter einer Trennwand standen im Winter die Ziegen und die Kuh. Hier gab es für die Tiere, im Gegensatz zu unserem Haus, keinen eigenen Eingang. Bald würde es Zeit werden, sie hereinzuholen. Der Stall war schon mit dem Heu für die langen, dunklen Wintermonate gefüllt. Dort schliefen Mutter und ich immer, wenn wir zu Besuch kamen. Es war sehr gemütlich.

Da die Nacht trocken war, konnten wir die Fischkörbe draußen lassen. Wir hängten sie an einen Zweig der großen Eberesche, die vor dem Eingang stand, um Hexen fernzuhalten. Dort konnte weder ein Fuchs noch ein Iltis danach schnappen.

Sheila und die Mädchen waren vom Torfstechen zurückgekehrt

und hatten das Abendessen vorbereitet. Erwartungsvoll setzten wir uns alle um einen großen Topf voller Erbsenbrei mit Hammelfleisch, der in der Mitte des Raumes auf dem Fußboden stand. Als wir unsere Hornlöffel hineintunkten, begann das Gespräch. Mutter berichtete von dem Kampf und meiner Verbannung. Alle waren entrüstet, als sie das hörten. Dann erzählte sie von dem Zigeuner, der uns vor den Räubern gewarnt hatte.
«Du bist ganz schön mutig, Morag, daß du dich trotzdem noch hier heraus gewagt hast», meinte Sheila anerkennend, «hattet ihr gar keine Angst?»
«Nein, Tante Sheila», antwortete ich. Natürlich sprach ich Gälisch ebensogut wie Englisch. Als die Kleinen mich voller Bewunderung ansahen, fügte ich hinzu: «Aber mir gruselte.» Da lachten sie alle erleichtert und verständnisvoll.
Wir lehnten uns entspannt zurück, aßen den restlichen Eintopf, leckten die Löffel ab und steckten sie zurück in die Taschen. Sheila brachte einen Krug mit frischem Honig und ein hölzernes Tablett voller Haferkuchen.
Die kleine Shiona, ihre zweitjüngste Tochter, piepste: «Erzähl uns eine Geschichte, Großvater!»
«Ach, ihr immer mit euren Geschichten!» klagte der alte Mann. «In diesem Haus bleibt mir keine Minute, um einfach nur dazusitzen und nachzudenken. Außerdem kennt ihr schon alle meine Geschichten. Ich erzähle euch jetzt keine mehr.»
Diese Worte hatten wir schon oft genug gehört. Mein Großvater war im ganzen Tal für seine Geschichten bekannt. Er wurde zu jedem Fest geladen. «Also, Vater», ermunterte ihn Mam, «unsere Neuigkeiten hast du erfahren. Meine Stimme ist schon heiser vom vielen Erzählen. Nun bist du dran!»
«Nun gut», stimmte er zu. «Was wollt ihr denn hören? Jeannie, du darfst dir etwas auswählen. Kennst du die Geschichte von Calum Beg, der es wagte, die Kuh des Gutsherrn zu stehlen?»

Diese Geschichte kannte ich. Nach unserem Erlebnis mit den Räubern hatte ich keine Lust, zu hören, wie Calum eines Tages den Gutsherrn besuchte. In der Nacht, als man glaubte, Calum schlafe im Bett des Gutsverwalters, schlich er sich hinaus und trieb eine fette junge Kuh aus der Herde des Gutsherrn zu sich nach Hause und schlüpfte dann leise ins Bett zurück. Als der Diebstahl am nächsten Morgen entdeckt wurde, verdächtigte man ihn sofort. Doch der Gutsverwalter beteuerte Calums Unschuld, denn der hätte doch die ganze Nacht neben ihm geschlafen.

Da erinnerte ich mich an die Worte der Zigeunerin und bat: «Großvater, erzähle uns etwas über Kelpies. Kennst du jemanden, der schon einmal auf einem Kelpie geritten ist?»

«Auf einem Kelpie geritten?» Großvater war erstaunt. «Ja, sicher.» Nun war ich überrascht. Diese Antwort hatte ich nicht erwartet. «Aber es ist niemals jemand zurückgekehrt, der davon erzählen konnte.»

Ach, du lieber Himmel!

«Ihr wißt, was ein Kelpie ist?» Als die kleine Shiona mit dem Kopf schüttelte, setzte Großvater sie auf seine Knie und lehnte sich in seinem großen Sessel am Herd zurück. Sein weißer Bart berührte ihren Kopf, während er sprach. Sheila nahm leise den Topf, kratzte für die Hunde den Rest heraus, wusch ihn ab und füllte ihn mit Wasser für den morgigen Haferbrei. Satt und zufrieden lehnten wir uns auf unseren kleinen Stühlen zurück und freuten uns auf die Geschichte.

Großvaters dünne alte Stimme wurde tiefer, als er mit der Geschichte begann. «Ein Kelpie ist der grimmigste und gefährlichste Geist in ganz Schottland von Dunnet Head bis Kintyre – und vielleicht sogar auch in England. Solltest du einmal in einer dunklen Nacht spät vom Markt oder aus der Wirtschaft nach Hause kommen – nicht wahr, Gavin? – und ein großes schwarzes Pferd oder einen schönen schwarzen Bullen friedlich am

Wegesrand grasen sehen, kehre um, so schnell du kannst. Glaube nicht, es sei irgendwo entlaufen und du könntest es mit nach Hause nehmen. Versuche nicht einmal, einen Strick um seinen Hals zu legen, wie ruhig es auch steht und wie gutmütig es erscheinen mag. Selbst wenn das Pferd mit silbernem Zaum- und Sattelzeug geschmückt ist, bereit für dich, setze dich niemals auf seinen Rücken.
Wenn du aufsteigst, bist du so gut wie tot! Du kannst weder absteigen noch umwenden oder anhalten. Ja, du kannst nicht einmal herunterspringen. Denn es ist das Kelpie, und es wird dich zum See tragen, in dem es lebt, untertauchen, und niemand wird dich je wiedersehen.
Fünf Jahre ist es jetzt her, als Duncan Macalistair aus Dulsie, das liegt auf der anderen Seite des Hügels, und sein Sohn Tammas vom Markt in Geddes heimkehrten. Es war dunkel und stürmisch; der Wind heulte, als ob er die Toten aus den Gräbern aufwecken wollte. Die beiden liefen gerade durch den Wald bei Belivat, als Tammas stehenblieb:
‹Schau mal, Vater, ist das nicht der schönste Bulle, den du je gesehen hast? Wem mag der wohl gehören?›
‹Laß uns weitergehen›, sagte Duncan, der weise Mann. Aber Tammas wollte nicht hören. ‹Er ist ausgerissen. Schau mal, wie ruhig er ist. Er hat nicht einmal einen Nasenring. Den nehme ich mit nach Hause. Wenn Gott dir ein solches Geschenk über den Weg laufen läßt, wäre es eine Todsünde, es nicht anzunehmen.›
Duncan warnte ihn, aber der sture Kerl achtete nicht darauf. ‹Kelpies?›, höhnte er, ‹das sind doch Altweibergeschichten.› Und er schlang dem Tier seinen Gürtel als Führleine um den Hals. Der Bulle sah Tammas mit wilden, rollenden, roten Augen an, so daß dieser einen Augenblick lang sehr erschrocken war. Doch dann folgte er Tammas wie ein Lamm seiner Mutter.
‹Siehst du›, rief er voller Freude darüber, daß er doch recht behalten hatte, ‹das Tier ist vollkommen harmlos.›

Es donnerte und blitzte. Plötzlich stolperte sein Vater über eine Baumwurzel und verstauchte sich den Fuß.
Da meinte Tammas: ‹Vater, ich kann dich nicht bis nach Hause tragen. Klettere auf den Rücken des Bullen, damit er dich trägt.› Und sein Vater, der arme Duncan, halb betäubt von den Schmerzen im Fuß und dem Alkohol im Kopf, erklärte sich einverstanden. Er stellte sich auf einen umgestürzten Baumstamm, und Tammas führte den Bullen davor. Der folgte so willig, als ob er verstehen würde, was man von ihm verlangte, und stand wie ein Denkmal, als der alte Mann auf seinen Rücken kletterte. Er lächelte zu seinem Sohn herab, der sein Lächeln erwiderte.
Plötzlich raste die Bestie los wie ein geölter Blitz, stieß ein Siegesgebrüll aus, das wie Donner klang, und galoppierte durch die Bäume hindurch den Hügel hinauf. Tammas schrie und jagte hinterher, aber wie sollte er ihn jemals einholen? Er erreichte die höchste Stelle des Hügels gerade rechtzeitig, um zu sehen, wie das Kelpie, mit seinem schreienden und zappelnden Vater auf dem Rücken, in den Belivatsee sprang. Das Wasser schlug über ihnen zusammen, und sie wurden nicht mehr gesehen.
Tammas wußte, daß er am Tode seines Vaters schuld war. Seitdem ist er ein gebrochener Mann.»
Nach dieser Geschichte saßen wir alle schweigend im warmen, gemütlichen Feuerschein und dachten mit großem Entsetzen an Tammas.
«Also hat noch niemand den Ritt auf einem Kelpie überlebt, Großvater?» fragte Iain, mein vierzehnjähriger Vetter. «Niemand. Man sagt, daß derjenige, dem es gelingt, ein Kelpie zu reiten, einen Herzenswunsch erfüllt bekommt. Aber wer ist so ein guter Reiter und gleichzeitig unbedarft genug, daß er es versuchen würde?»
«Vielleicht werde ich es eines Tages tun, wäre das nicht großartig, Mutter?» fragte Iain.

Sheila sah ihn unwillig an. «Um Gottes willen, Iain!» rief sie.
«Ach, Mutter», neckte er sie, «so dumm wäre noch nicht mal ich.» Dann sah er meine Mutter an. «Michaeli werde ich zum Glenferness House gehen, um dort Pferde einzureiten. Mr. Mackintosh, der Gutsbesitzer, meinte, ich könnte gut mit Pferden umgehen. Er gibt mir eine Probezeit.»
«Tja», sagte sein Vater stolz, «er wird der erste Reiter und Wagenführer von Lord Leven werden, ehe er sich versieht.»
Wir sprachen so lange über diese Aussichten, daß ich das Kelpie wieder vergaß. In dieser Nacht hatte ich eine Idee.
Am nächsten Morgen sagte ich zu Mam, als wir uns gerade für die zweite Runde fertig machen wollten: «Mam, ich könnte doch als Hausangestellte arbeiten. Wenn Iain der erste Reiter eines Lords sein kann, könnte ich doch auch im Haushalt einer Lady arbeiten?»
Mutter sah mich nachdenklich an. «Keine schlechte Idee. Du hast wohl keine Lust, deinem Onkel James bei der Leinenherstellung zu helfen. Naja, das kann ich verstehen. Auch ich habe vor meiner Hochzeit als Hausangestellte gearbeitet, und zwar bei Mistress Janet Rose O'Broadley. Sie ist übrigens mit Patrick Clark, dem Chirurgen, verheiratet. Der ist jetzt Hilfssheriff. Sie wird sicherlich eine Hilfe im Haushalt brauchen können. Mal sehen. Wir müssen nur etwas für deine Hände tun, die sind zu rauh für eine Hausangestellte. Ich glaube, Mistress Rose hat mich in guter Erinnerung. Wir werden sehen.»
Und das war mein nächster Schritt zum Schatten des Galgens.

Das Haus der Clarks

Mutter trödelte niemals. Noch am selben Abend sprach sie mit Vater. Nicht mal am nächsten Tag, dem heiligen Sonntag, ruhte sie. Als wir aus der Kirche zurück waren, flogen unsere Nadeln und verwandelten einen Strang blauer Wolle aus Mutters Korb in einen neuen Rock und ein neues Oberteil für mich. Denn Mutter meinte, meine alten Kleider sähen aus wie ein Handschuh. Ellen war nicht gerade begeistert, als sie das hörte, denn sie sollte diese später auftragen. Großmutter, die sich darüber beschwerte, daß wir die Sonntagsruhe nicht einhielten, brachten wir zum Schweigen, indem wir ihr meinen neuen Unterrock zum Umsäumen gaben.

Am Abend, als die Kleinen im Bett waren, wurden Johnnie und die Männer zu einem Spaziergang nach draußen geschickt. Dann wusch mich Mutter am ganzen Körper. Nicht einmal meine Haare blieben verschont, zum ersten Mal seit ewigen Zeiten. Ellen kicherte, und Großmutter unkte, daß ich an einer Lungenentzündung sterben würde. Doch Mutter schrubbte mich ungerührt mit einem rauhen Handtuch und ihrer wertvollen Seife ab. Dann ließ ich mich zitternd vor Kälte am Feuer nieder und überlegte, ob das wohl nötig gewesen war.

Sobald die Männer am nächsten Morgen aus dem Hause waren, machten wir uns auf den Weg zur High Street. Meine neuen Kleider sahen großartig aus. Jessie Ralph piepste: «Hey, hey, Prinzessin Jeannie!» und alle meine Freunde kamen herbei, um mich anzustarren und zu verspotten. Ich war gereizt. Mir war unglaublich elend zumute. Vor lauter Aufregung und Sauberkeit hatte ich kaum geschlafen. Mein Magen fühlte sich merkwürdig leer an, trotzdem konnte ich meinen Haferbrei nicht essen. Zu allem Überfluß hatte Mutter auch noch meine Haare so straff zurückgekämmt, daß ich kaum die Augenbrauen bewegen konnte.

Kurz vor Mistress Clarks Haus in Kirk Vennel an der High Street, genau gegenüber vom Tolbooth, dem alten Gefängnis, überprüfte Mutter mich und sich selbst ein letztes Mal, um zu sehen, ob wir wirklich so sauber wie möglich waren. Sie war mindestens genauso aufgeregt wie ich. Das Haus war sehr vornehm, es hatte oben und unten zwei Räume und eine schwere Eichentür, die sich zu unserer Verwunderung sofort auf Mutters Klopfen hin öffnete.

Mistress Clark hatte gerade in der Küche gearbeitet, ihre Arme waren bis zu den Ellenbogen mit Mehl bedeckt. Sie war etwas kleiner als ich. Auch ihre eigenen Kinder überragten sie, so daß sie ihren Kopf zur Seite neigen und zu ihnen aufblicken mußte wie ein Rotkehlchen. Trotzdem zweifelte niemand daran, wer in diesem Haus die Zügel in der Hand hielt.

Sie wischte sich das Mehl von den Händen. «Natürlich erinnere ich mich an dich, Morag – Mistress Main sollte ich jetzt sagen. Geht es Ihrem Mann und Ihrer Familie gut? Celia, setz doch bitte Teewasser auf!» Kaum hatte sie die Teedose geöffnet und den feinen Tee abgemessen, da kochte auch schon das Wasser. «So, meine Liebe, was kann ich für Sie tun?» Sie setzte sich mit Mutter an den großen Tisch in der Mitte der Küche und begann das Gespräch ohne Umschweife.

Sie sprach mit einer vornehmen Stimme. Kein Wunder, denn sie zählte zu den Vornehmen der Stadt. Die Bürgermeister von Nairn waren Roses, Väter wie deren Söhne, und das seit zweihundert Jahren.

Die Wunder dieser Küche beeindruckten mich so sehr, daß ich mich zunächst nicht am Gespräch beteiligte. Der Steinfußboden war glatt und nicht wie bei uns mit getrocknetem Blut und verbrannten Muscheln bedeckt. Es gab Leinenvorhänge vor dem Fenster, riesige kupferne Töpfe und Pfannen. Ich konnte mir kaum vorstellen, wozu man die alle gebrauchen könnte. War dieser Teig auf dem Tisch etwa aus Weizenmehl? Er sah jedenfalls nicht wie der Roggen aus, mit dem wir immer backten. Die Wände waren voll mit Schränken und Regalen. In der Ecke stand ein großes Faß mit einem Zapfhahn – wer trank so viel Bier?

Plötzlich bemerkte ich, daß ich angesprochen wurde.

«Jeannie, du möchtest also hier arbeiten? Dreh dich mal herum, damit ich dich ansehen kann. Hmhm.» Ich fühlte mich wie ein Schaf auf dem Markt. «Zeig mir deine Hände.» Ich hatte sie zwei Stunden lang in Milch gebadet, denn sie sollten nicht mehr so rot und rissig aussehen. Aber die Mühe war umsonst. «Diese Hände sind Arbeit gewohnt, das gefällt mir. Hauptsache, du bist bereit zu arbeiten, alles andere können wir dir beibringen. Und da sie Ihre Tochter ist, Morag, wird sie schnell lernen.» Mutter sah mich mit einer Mischung aus Stolz und Schüchternheit an. «Früher oder später werden wir auch den Fischgeruch abgewaschen haben.» Es war interessant, Mutters Gesicht zu beobachten – nach der großen Wäsche, die sie gestern abend mit mir veranstaltet hatte.

«Das trifft sich gut, Morag. Ich habe im Moment viel um die Ohren. Ich will es mit Ihrer Tochter versuchen. Sie wird zusammen mit Mary» – die alte Frau, die gerade Milch abschöpfte, lächelte mich so an, daß all ihre Zahnlücken sichtbar wurden – «dort in der Ecke schlafen. Da hat sie es warm und gemütlich. Alle zwei Wochen bekommt sie vier Stunden frei, um ihre Familie zu besuchen. Hat sie Schuhe? Nein? Sie braucht aber welche für die Kirche. Ihr Jahreslohn beträgt dreizehn Schilling und vier Pence und zwei Paar Schuhe.»

«Sterling?» fragte Mam. Ein englisches Pfund war sechsmal so-

viel wert wie ein schottisches. Manche Menschen versuchten andere auf diese Weise zu betrügen. Mistress Clark schaute etwas beleidigt.
«Selbstverständlich!»
«Also, Sie kommen für Verpflegung und Unterkunft auf. Kümmern Sie sich auch um die ärztliche Versorgung, wenn Jean mal krank wird? Das ist allerdings unwahrscheinlich», fügte Mam schnell hinzu, «sie war noch nie ernstlich krank. Wie oft in der Woche bekommt sie Lachs?»
«Nicht öfter als zweimal», antwortete Mistress Clark stolz, denn das war ein Essen für arme Leute.
«Damit bin ich einverstanden, Mistress», sagte Mutter förmlich. Und so war die Sache abgemacht.
«Wann kann sie bei mir anfangen, Morag? Ich könnte ihre Hilfe schon heute gebrauchen», meinte Mistress Clark, «ich möchte nicht bis Michaeli warten. Heute abend bekommen wir Besuch. Ich wäre Ihnen sehr dankbar.»
«Kein Problem, Mistress Clark, sie kann gleich hierbleiben. Heute nachmittag bringe ich ihre Sachen.»
So schnell waren sie sich einig. Mam gab mir einen Abschiedskuß und ermahnte mich noch einmal, ein gutes und folgsames Mädchen zu sein. Dann schloß sich die Tür hinter ihr und meinem alten Leben. Bis jetzt hatte ich noch kein einziges Wort gesagt.
In den ersten Tagen war ich noch sehr unsicher. Ich fand mich nicht in der Küche zurecht und wußte nicht genau, was ich tun sollte. Aber Mistress Clark gab klare Anweisungen und urteilte gerecht. Auch die anderen halfen mir ein bißchen, und so kam ich zurecht, ohne mich allzu lächerlich zu machen. Der schlimmste Fehler unterlief mir, als ich die Bratspieße bestaunte, die sich dadurch drehten, daß ein kleiner Hund in einem Rad lief. So etwas hatte ich noch nie gesehen. Dabei warf ich mit meinem Ellenbogen eine Porzellanschüssel voller Heidelbeeren vom

Tisch, die für einen Kuchen gedacht waren. Ich fürchtete schon, daß Mistress Clark mich nach Hause zurückschicken würde, wenn sie die Scherben sähe. Aber nein, ich konnte wählen, ob ich eine Tracht Prügel haben oder die Schüssel bezahlen wollte. Die Prügel waren erträglich. Ich war von meinem Vater Schlimmeres gewohnt. Danach paßte ich besser auf.

Alle im Haus arbeiteten schwer, von der Hausherrin angefangen bis herunter zu mir. Die Clarks hatten zwei Töchter. Die ältere, Amanda, war vierzehn, und Celia war so alt wie ich. Miss Amanda war groß und blond und ein Genie beim Backen. Niemals war ihr Teig zu weich oder zu fest oder stürzte schon im Ofen ein. Sie hatte eine spitze Zunge und meinte, ich dürfe mich ihren Kuchen nicht nähern, bevor mein Fischgestank verschwunden sei. Ihre Mutter sah sie so streng an, daß sie ein rotes Gesicht bekam. Sie hat mich niemals besonders gemocht.

Aber mit Miss Celia, der jüngeren, verstand ich mich gut. Sie war so klein wie die Mutter und so blond wie ihr Vater und ihre Schwester. Sie sprühte vor Lustigkeit und guter Laune. Mit ihren Kochkünsten konnte sie niemanden am Leben erhalten, aber nähen konnte sie hervorragend. Gleich am ersten Tag zeigte sie mir die Schränke und die Schüsseln, die ich benutzen sollte, um etwas anzurühren. Sie warnte mich, Schlagsahne in einer Schüssel zu schlagen, in der vorher Zwiebeln zerkleinert worden waren. Sahne mit Zwiebelgeschmack wäre ungenießbar gewesen. Auf diese Weise entging ich einer weiteren Tracht Prügel. Ich war ihr sehr dankbar.

Mit Colin und Patrick, den Söhnen, hatte ich kaum etwas zu tun. Sie besuchten die Schule in Edinburgh und kamen nur in den Ferien nach Hause. Einmal hatten wir die verrückte Idee, aus sämtlichen Gärten Erbsen zu klauen. Ihr Vater, der Hilfssheriff, erließ schließlich eine spezielle Verordnung, die diesen Spaß beendete. Er ahnte nicht, daß seine Söhne und ich die Hauptschuldigen waren, Aber abgesehen von diesem einen Sommer sah ich

die beiden kaum. Sie gingen ihre eigenen Wege. Außer mir gab es noch zwei weitere Küchenhilfen: die alte Mary und Henny Grant.
Die Zähne der alten Mary berührten sich nirgends, und ihre Augen blickten niemals gleichzeitig auf einen Punkt. Es war fast unheimlich, wie sie einen erst mit dem einen und dann mit dem anderen Auge ansah. Man war sich niemals sicher, ob sie einen anschaute oder nicht. Aber sie war nett. Sie brauchte lange, bis sie mit einer Arbeit in Gang kam, brachte sie dann aber gewissenhaft zu Ende, auch wenn das Dach eingestürzt wäre. Ich übernahm all die kleinen Aufgaben und die Botengänge, während sie die längeren erledigte. So kamen wir prima miteinander aus. Sie schnarchte zwar nachts, aber auch nicht lauter als meine Großmutter.
Mit dem Küchenjungen Henny Grant kam ich nicht so gut zurecht. Mistress Clark besaß für ihn eine extra Rute. Das große Faß in der Ecke, das ich für ein Bierfaß hielt, entpuppte sich als Wasserbehälter, und Henny sollte darauf achten, daß es immer wieder aufgefüllt wurde. Doch er vergaß es ständig. Mir machte das nichts aus, denn ich nutzte gern die Gelegenheit, am Brunnen mit den anderen zu plaudern. Aber immer, wenn man ihn brauchte, war er im Stall bei seinem Bruder Hugh, Master Clarks Pferdepfleger. Seine Versuche, sich vor der Hausarbeit zu drücken, entschuldigte er mit fadenscheinigen Ausreden und einem einfältigen Grinsen, bei dem er sein pferdeähnliches Gebiß entblößte. Zuerst hatte ich es nicht leicht, weil er mir oft Streiche spielte, bis ich mich wehrte und ihn boxte, weil es mir zu bunt wurde.
Am ersten Tag jedenfalls hatte ich so viel gearbeitet, daß ich die Gäste kaum zu sehen bekam. Als wir gekocht, das Geschirr abgewaschen, wieder verstaut und die Küche für den nächsten Tag aufgeräumt hatten, reichte meine Kraft gerade noch, um auf meine Matratze in der Ecke zu fallen. Ich schaffte es kaum, mich

vor dem Einschlafen zuzudecken. Am nächsten Tag mußte ich mit dem Hahnenschrei aufstehen.
Schon nach den ersten zwei Tagen wußte ich, daß ich mit den Clarks auskommen würde. Glücklicherweise war ich weder launisch noch unwillig, denn diese Eigenschaften liebte Mistress Clark überhaupt nicht. Ihre Zunge konnte stärker verletzen als ihre Schläge. Niemals blieb ein Fehler unbemerkt, aber gute Arbeit lobte sie immer. Nachdem sie gesehen hatte, wie sehr ich mich bemühte, verstanden wir uns gut.
Am Mittwoch sollte ich Fisch fürs Abendessen besorgen. Natürlich ging ich zu Großmutter und bekam den besten, den sie hatte, Mistress Clark war ja nicht dumm. Auf dem Rückweg plauderte ich etwas mit Katie Main. Plötzlich schaute sie an mir vorbei, ihre Augen blickten kalt. Das Zigeunermädchen, Mag Davidson, stand hinter mir.
«Was willst du von mir?» fragte ich sie und dachte dabei an die silbernen Ohrringe, die ich hinter einem lockeren Stein zu Hause im Kamin verwahrt hatte.
«Mutter ist erwischt worden», sagte sie ruhig.
Ich wußte erst nicht, was sie meinte. «Wieso erwischt?»
«Sie ist im Tolbooth!» lautete die ungeduldige Antwort. «Sie soll gehängt werden. Sie wollte ein Huhn von Geordie Grants Hühnerhof stehlen. Dabei wurde sie erwischt. Gestern hat man sie eingesperrt. Morgen kommt sie vor das Schwurgericht. Du mußt zu ihr gehen.»
«Was? Ich kann doch nicht einfach weglaufen und Gefangene im Tolbooth besuchen!» rief ich entsetzt. «Mistress Clark wird mir den Rücken blutig schlagen!»
Mag zuckte mit den Schultern. «Versteh ich schon. Aber so hat Mutter es mir aufgetragen. Du wirst schon einen Weg finden.» Ohne ein weiteres Wort verschwand sie zwischen den Fußgängern.
Ich kehrte zu meiner Arbeit zurück und überlegte, was ich tun

könnte. Da kam, wie vom Schicksal gesandt, ein Mann, der einen Arzt brauchte, weil sein Sohn sich mit einer Sichel beinahe den Fuß abgeschnitten hätte. «Henny, sag Hugh Bescheid, daß er das Pferd satteln soll», rief Mistress Clark. «Jeannie, lauf und hole meinen Mann. Er ist im Tolbooth.» Mir fiel der Unterkiefer herunter. Einen Augenblick lang stand ich unschlüssig da. «Nun los», drängte sie, «hab keine Angst, er wird dich nicht fressen.»

Immer noch erstaunt, lief ich über die Straße auf das alte, halb verfallene Gefängnis zu. Master Clark war dort. Er unterhielt sich mit jemandem in einer Einzelzelle. Als ich ihm die Botschaft überbrachte, drehte er sich um und schloß die Tür.

«Also bis dann, Maggie», verabschiedete er sich, «wir sehen uns morgen bei der Verhandlung.»

«Gut, Sheriff Clark», antwortete eine Stimme, die mir bekannt und doch irgendwie fremd vorkam, «aber ihr werdet mich nicht hängen, diesmal nicht.»

«Da wäre ich nicht so sicher, Maggie!» Er schloß die Tür ab und reichte dem Wärter den Schlüssel, und der befestigte ihn an seinem Gürtel. Wie sollte ich in die Zelle gelangen? Master Clark wünschte Mag viel Glück und ging. Als er mit dem Gefängniswärter die Treppe hinunterging, blieb ich einfach zurück. Keiner bemerkte, wie ich auf Zehenspitzen zur Zelle schlich. Das Guckloch war mir zu hoch, um hineinzuschauen, aber Margaret Davidson sprach, obwohl sie mich nicht sah.

«Jeannie Main. Mag hat dich also gefunden.» Das Stroh raschelte, als sie zur Tür kam. «Du bist schneller gekommen, als ich erwartet habe. Sagte ich dir nicht, daß wir uns wiedertreffen würden?» Ihre Stimme klang normal, nicht so klar und glockenhell wie damals bei uns zu Hause. Ich brauchte gar nichts zu sagen. «Du wirst mir das Leben retten, Jeannie.» Warum sollte ich? Sie antwortete auf meinen Gedanken. «So ist es vorherbestimmt. Wir werden noch miteinander zu tun haben.» Aber wie?

«Ich weiß nicht wie, ich weiß nur, daß es so ist. Nun lauf los, Mädchen, sonst bekommst du Schwierigkeiten, und damit ist keinem gedient. Aber denk daran, du wirst mir helfen. Es geht um mein Leben.» Ihre Stimme zitterte nicht.

«Was ist denn da los?» rief die rauhe Stimme des Wärters von unten herauf. «Du bist doch das Küchenmädchen vom Arzt, nicht wahr? Sieh zu, daß du nach Hause kommst, oder ich beschwere mich bei Mistress Clark. Und dann kannst du was erleben. Also, ab mit dir!»

«Danke, Sir», sagte ich höflich und lief zurück, damit er seine Drohung nicht in die Tat umsetzte.

Den ganzen Tag überlegte ich während der Arbeit, wie ich der Zigeunerin helfen könnte. Sollte ich sie befreien, wie es einer der Anführer der Mackenzies getan hatte, um seinen Sohn zu retten, den man wegen Viehdiebstahls eingesperrt hatte? Nein, das war undurchführbar. Also, was sollte ich sonst tun?

Mag Davidson war eine bekannte Diebin, man hatte sie schon zum vierten Mal erwischt. Anfang des Jahres war sie mit einem eisernen Kragen um den Hals an einer Mauer angekettet worden – und das drei Tage lang. Damals hatten die Richter sie gewarnt, daß sie dem Galgen beim nächsten Mal nicht entgehen würde.

Mistress Clark war ungewöhnlich aufgeregt. «Der liebe Gott weiß, wie dein Vater es übers Herz bringen wird, Amanda. Du kennst ihn, er ist so weich wie Butter im Sommer. Aber er muß sich überwinden. Wir kochen ihm ein gutes Abendessen und versuchen, ihn auf andere Gedanken zu bringen. Wo ist das Rezept für die Fleischfüllung, das ich hier in die Schublade getan habe? Wir dünsten ihm ein paar Aprikosen; Aprikosenkuchen mit Mandeln mag er besonders gerne. Jeannie, setz vier Eier auf! O Gott, damit werden wir ihm den Magen verderben.»

Das abendliche Bibellesen dauerte länger als gewöhnlich, und die Gebete waren inbrünstiger. Master Clark bat Gott um die

Kraft, seine Pflicht ohne Zögern erfüllen zu können. Wir alle wußten, was er meinte. Niemals zuvor hatte er die Todesstrafe verhängen müssen. Ihm grauste davor, denn er war ein gutherziger Mensch. Als Arzt sah er seine Aufgabe darin, Leben zu retten und nicht auszulöschen. Henny und ich knieten in der hintersten Reihe im Salon. Beim letzten Amen taten uns die Knie weh. In der Nacht hörte ich, wie Master Clark sich im Bett hin und her wälzte. Manchmal stand er auf, um wieder zu beten. Er war ein schwerer Mann, die Bretter ächzten unter seinem Gewicht. Auch ich begann zu beten.

Und dadurch fand ich die Lösung.

Ich nahm mir vor, diejenige zu sein, die ihm die Tür öffnete, wenn er zum Gericht gehen wollte. Auf der Straße war ein Hämmern und Schlagen zu hören, denn heute war der erste Tag des großen Michaeli-Marktes. Am frühen Morgen wurden die Stände aufgebaut. Master Clark, der ja heute Richter des Schwurgerichts war, mußte sich nicht an den Vorbereitungen für das Fest beteiligen. Heute brauchte er nicht einmal mit den anderen Sheriffs über den Marktplatz zu gehen, um zu sehen, ob alles in Ordnung sei. Er war grauhaarig und hager. Henny machte sich über ihn lustig, indem er sagte, er hätte ein Maul wie ein Gaul – sein Mund entstellte wirklich sein merkwürdig flaches Gesicht. Aber er konnte nichts dafür, denn er war so auf die Welt gekommen. Mir tat er wirklich leid; so ein gutmütiger Mensch dürfte nicht Richter werden, egal wieviel Ehre und Lohn ihm dafür winkte.

Er war höflich, ebenso wie mein Vater. Obwohl er mit seinen eigenen Sorgen ausreichend beschäftigt war, bedankte er sich bei mir für das Öffnen der Türe. Das war die Gelegenheit, auszusprechen, was ich seit heute morgen um vier geübt hatte.

«Entschuldigen Sie bitte, Sir, könnten Sie mir eine Frage beantworten, falls Sie einen Moment Zeit haben?» Ich sprach so freundlich und höflich wie nur irgend möglich. Erstaunt blickte er auf mich herab. Küchenmädchen sprachen den Hausherrn nicht einfach an, ohne vorher gefragt worden zu sein. Ich versuchte, so unschuldig und sorgenvoll wie möglich auszusehen. Das fiel mir nicht schwer, und so nahm er meine Bitte ernst.

«Was bedrückt dich, Jeannie?» Er lächelte freundlich. «Ich habe Zeit genug.» Das stimmte. Die Gerichtsverhandlung sollte erst in zwei Stunden beginnen.

«Es geht um die Bibel, Sir.» Ich war sicher, daß ich ihn damit aufhalten konnte.

«So?» Er ging mit mir ins Haus zurück, weg von den neugierigen Blicken der anderen. Er führte mich in den Salon. Die Hausherrin war zum Glück nach oben ins Schlafzimmer gegangen, nachdem sie ihm seine Mütze richtig aufgesetzt hatte. Er setzte sie wieder ab, zerdrückte eine Kopflaus und legte die Mütze dann auf einen Stuhl. «Setz dich, Jeannie. Nun können wir in Ruhe reden.» Nervös rutschte ich an den äußersten Rand des Polstersessels und hoffte, daß mein Kleid so sauber sei, daß ich keinen Fleck hinterließ und mir so eine Tracht Prügel einhandeln würde. Meine Lage war sowieso schon schwierig genug.

«Nun, was gibt's?»

«Vor ungefähr einem Monat hat der Pfarrer etwas vorgelesen, das ich nicht verstanden habe.»

«Ich freue mich, daß du zuhörst und in der Kirche nicht vor dich hin träumst.»

«Nein, Sir. Ich meine, ja, Sir», sagte ich hastig und sprach schnell weiter, bevor Mistress Clark uns hören und unser Gespräch beenden würde. «Es ging um die Vergebung. Einer der Jünger fragte Jesus, wie oft man ein Vergehen vergeben solle? Siebenmal? Und der Herr sagte...»

«Siebzigmal siebenmal. Matthäus achtzehn, Vers zwanzig. Nein, zweiundzwanzig. Ich habe genau zugehört. Was verstehst du daran nicht?»

«Es tut mir leid, aber ich kann nicht verstehen, wie Sie über einen Menschen richten und ihn verurteilen können, nachdem Sie das gehört haben.»

Er schwieg einen Moment lang und lächelte dann. Ich horchte nach der Hausherrin, aber es blieb still. Er sagte langsam: «Das ist der Unterschied zwischen einer Sünde und einem Verbrechen, Jeannie. Eine Sünde, ja sogar ein Verbrechen, das an mir selbst begangen wurde, kann ich vergeben. Aber Straftäter müssen zum Schutz der ehrlichen Menschen bestraft werden. Wir müssen ihnen zeigen, was richtig und was falsch ist. Wenn es nicht genügt, daß wir es ihnen sagen, müssen sie es auf eine andere Weise lernen. Ist das eine Antwort auf deine Frage?»

«Aber was können sie noch lernen, wenn man sie hängt?»

Er schwieg wieder. «Das ist eine gute Frage, Jeannie. Die Antwort lautet: Wenn einer von ihnen gehängt wird, so ist das ein abschreckendes Beispiel für die anderen.»

Ich holte tief Luft. Das war meine letzte Chance. «Aber das hat Christus nicht so gesagt, oder?» fragte ich so unbefangen wie möglich. Er sah mich mißtrauisch an. Ich bemühte mich, einfach nur besorgt auszusehen. Das fiel mir auch diesmal nicht schwer.

«Ich muß jetzt gehen», sagte er und erhob sich.

«Tut mir leid, daß ich Sie aufgehalten habe, Sir», sagte ich. Er hatte mir nicht geantwortet. Ich nahm es als ein gutes Zeichen, denn anscheinend hatte ich ihn zum Nachdenken angeregt. Aber reichte das aus? Mehr konnte ich jedenfalls nicht tun. Ich gab ihm die Mütze mit den feinen Möwenfedern.

Gerade als er sie aufsetzen wollte, schief wie immer, rauschte Mistress Clark herein. «Ich dachte, du wärest schon längst weg, Patrick!»

«Jeannie hatte eine wichtige Frage, Janet. Die konnte nicht aufgeschoben werden.»

Sie sah mich prüfend an. «Tatsächlich?» fragte sie streng. «Es gibt eine Menge Arbeit. Die kann auch nicht aufgeschoben werden. Schau deine Mütze an. Vor fünf Minuten habe ich sie gerade gerückt. Bleib stehen, damit ich sie dir wieder vernünftig aufsetzen kann. Jeannie, der Fußboden muß noch gescheuert werden, bevor ich anfange zu kochen.»

Bevor sie zu Ende gesprochen hatte, war ich schon aus dem Zimmer und kniete mit der Scheuerbürste und dem heißen Wasser auf dem Küchenfußboden. Sie kam in die Küche und blickte einen Moment lang auf mich herab. «Mein Mann sagt, ich soll nicht mit dir schimpfen», meinte sie dann. Alle anderen hörten angestrengt zu, besonders Henny hatte die Ohren gespitzt. «Wenn du noch einmal eine Frage hast, wende dich an mich. Ich werde dann mit ihm sprechen, wenn es nötig ist. Merk dir das! Ich möchte kein Mädchen hier im Hause haben, das sich solche Freiheiten herausnimmt. So, nun kannst du weitermachen.»

Ich hatte eine anständige Tracht Prügel erwartet – verdammte Zigeunerin! –, aber wenn das alles war, hatte ich Glück gehabt. Henny sah enttäuscht aus. Vielleicht hatte Mistress Clark es bemerkt, denn als sie die anderen zur Weiterarbeit aufforderte, sah sie hauptsächlich ihn an.

Obwohl ich den Tag über hart arbeiten mußte, so daß ich nicht einmal kurz über den Markt laufen konnte, grübelte ich über Margaret Davidson nach. Was war geschehen? Celia spürte, daß mir etwas Sorgen bereitete. Sie stahl für mich ein Stück Obstkuchen aus der Speisekammer, um mich aufzuheitern, aber damit konnte sie mich nicht trösten. Doch als Mistress Clark den Verlust bemerkte, verdächtigte sie sofort Henny. Das freute mich, denn er hatte kurz vorher absichtlich Asche auf dem frisch gescheuerten Fußboden verstreut, um mich zu ärgern.

Mistress Clark ging natürlich zur Verhandlung. Sie zog ihren zweitbesten Mantel an, den braunen. Mit einem Gesicht wie ein Gewitterhimmel kam sie zurück und sagte kein Wort. Ich zitterte. Doch als endlich Master Clark heimkehrte, sah er erleich-

tert und fröhlich aus. Sofort wußte ich, daß alles in Ordnung war mit ihm und Margaret Davidson. Und wenn er zufrieden war, würde vielleicht auch ich ungestraft davonkommen.
Am späten Nachmittag, als Mistress Clark mit ihren Töchtern über den Markt schlenderte und wir uns alle eine Ruhepause gönnten, kam eine Freundin von Mary vorbei. Sie war bei der Verhandlung gewesen und konnte von nichts anderem erzählen.
«Ich begreif's nicht mehr, was hier geschieht. Der Mann ist eine Schande. Unsere Stadt wird bald von Verbrechern wimmeln. Die wissen doch jetzt, daß sie tun können, was sie wollen, ohne bestraft zu werden. Ein Skandal war das, wirklich unglaublich!»
Ihr feuchter Mund tauchte gierig in das Bierglas. «Gottes Wort hat er mißbraucht. Matthäus achtzehn, Vers zweiundzwanzig, sagte er, vergebe siebzigmal siebenmal. So ein Blödsinn. Und das bei einer Zigeunerin. Natürlich muß sie bestraft werden. Aber mit einer Peitsche durch die Stadt jagen, ihre Ohren an das Stadttor nageln und dann abschneiden, ein Brandmal auf die Wange und dann unter Todesdrohungen aus der Stadt verbannen... Was macht das einer Zigeunerin schon aus? Hängen muß sie. Anders begreift sie sowieso nichts. In unserer Stadt ist schon lange niemand mehr gehängt worden. Dabei ist das ein richtiges Fest. Jeder freut sich darüber, außer dem Gehängten natürlich, he, he, he!» Ihr Bauch, der unter der fettigen Schürze hervorquoll, wabbelte, während sie lachte. Sie war ekelerregend.
Ich ging hinaus, um den Abfalleimer auszuleeren. Auf der anderen Straßenseite stand Mag Davidson. Sie sagte nichts, sah mich nur an und lächelte. Mistress Clark, die gerade hereinkam, sah sie dort stehen.
Sie rief mich in den Salon. «Warum hast du das getan, Jeannie?» fragte sie streng. Mir wäre es niemals in den Sinn gekommen zu lügen, und so erzählte ich ihr die ganze Geschichte. Ich wußte

nicht, ob sie mir glauben würde. Aber auch in ihren Adern floß Hochlandblut, und sie kannte die Hellsichtigkeit. Als ich zu Ende gesprochen hatte, überlegte sie einen Moment. Dann sagte sie: «Jeannie, ich weiß nicht, ob du überhaupt begreifst, was du getan hast. Es ist eine sehr ernste Sache, den Lauf der Gerechtigkeit zu beeinflussen. Du könntest dafür ins Gefängnis kommen. Dieses eine Mal will ich dir verzeihen. Aber nur dieses eine Mal! Mit den Zigeunern ist jetzt Schluß. Und sprich mit niemandem darüber. Verstanden?»

«Ja, Mistress.» Ich verstand sie sehr gut. Wenn es sich herumspräche, daß der Hilfssheriff tat, was seine Küchenmagd ihm vorgeschlagen hatte, käme ich ins Gefängnis, und er würde zum Gespött von Nairn, vielleicht sogar von ganz Schottland werden.

Sie sah mich nochmals an. «Tja», sagte sie nachdenklich. Dann reichte sie mir etwas. «Hier, morgen gehst du mit Celia auf den Markt.» Es war ein Sixpencestück! «Aber geht den Zigeunern aus dem Weg. Sie bringen nur Unglück.»

Dazu war es zu spät.

Ich sah mir nicht an, wie Maggie Davidson ausgepeitscht wurde. Henny war enttäuscht – sie hatte nicht geschrien, nicht einmal, als sie ihr das Ohr abschnitten. Er hätte genauso gut zu Hause bleiben können, klagte er.

Der Markt

In den beiden folgenden Jahren fühlte ich mich bei den Clarks sehr wohl. Als die Mistress sah, daß ich ihr Haus nicht mit Zigeunern füllte und mir keine weiteren Frechheiten ihrem Mann gegenüber herausnahm, kamen wir wieder gut miteinander zurecht. Die Arbeit war zwar anstrengender als zu Hause, denn Mistress Clark hatte einen Sauberkeitsfimmel, aber da wir die Aufgaben untereinander aufteilten, konnten wir sie gut bewältigen und trotzdem noch Spaß miteinander haben.

Mit der fünf Jahre älteren Miss Amanda hatte ich nur in der Küche zu tun. Darüber war ich heilfroh, denn sie war mir zu fein. Mit Miss Celia verstand ich mich prächtig. Sie war ein temperamentvolles, lustiges Mädchen. Manchmal brachte sie mich allerdings auch in peinliche Situationen.

So in meinem ersten Sommer bei den Clarks, als die Mistress uns damit beauftragte, Blütenblätter wilder Rosen zu sammeln, die sie für ihren Rosé brauchte. Durch diesen Wein war sie in ganz Nairn berühmt geworden. Wir gingen den Fluß entlang. Als unsere Körbe gefüllt waren, hatten wir uns schon viel weiter von zu Hause entfernt, als wir durften. Da wir nun sowieso schon Ärger bekommen würden, schlug Celia vor, die Kleider auszuziehen. Sie wollte mir beibringen, so zu schwimmen wie die Jungs. Ich weigerte mich – kein Fischer konnte schwimmen. Warum sollte man die Gefahr des Ertrinkens heraufbeschwören? Aber Celia meinte, ich sei kein Fischer mehr, außerdem sei es so heiß und kein Mensch in der Nähe. Schließlich waren Haare und Kleider durch unser Herumtollen so naß geworden, daß der Rückweg nicht ausreichen würde, sie zu trocknen. Wir beschlossen – das heißt Celia beschloß –, daß wir nun das Beste aus unserer Lage machen müßten. Bevor ich wußte, was sie meinte, schubste sie mich mit meiner Kleidung ins Wasser und sprang dann hinterher.

Auf dem Heimweg überlegten wir uns eine grandiose Ausrede: Ich war ins Wasser gefallen – das war ja nicht ganz falsch –, und die tapfere Celia hatte mir das Leben gerettet. In unserer ersten Fassung sollte ich Celia gerettet haben, aber ich dachte, die Mistress wollte lieber hören, daß ihre eigene Tochter eine Heldin sei. Wir schmückten jede Einzelheit aus und probten unseren Auftritt auf dem langen Heimweg immer wieder. Es war ein Kunstwerk.

Die Mistress hörte uns schweigend zu, den Kopf zur Seite geneigt wie immer. Dann, weiterhin schweigend, zog sie uns aus und verprügelte uns beide in gleicher Weise. Wir fanden das ungerecht. Das waren nicht mal unsere besten Sachen, und außerdem hatten wir ihr die Rosen gebracht.

In diesen zwei Jahren veränderte sich eine Menge. Der Sheriff von Nairn starb, und sein Nachfolger ernannte seinen Vetter zum Hilfssheriff. Master Clark bedauerte nicht, diesen Posten zu verlieren, blieb aber weiterhin Stadtrat. Im März 1745 wurden seine Fähigkeiten als Stadtarzt bis an die Grenzen erprobt. In Nairn waren die Masern ausgebrochen. Die alte Mary starb daran und mit ihr noch fünfzehn andere Menschen.

Auch meine eigene Familie hatte es schlimm erwischt. Zum Glück starb keiner, doch die inzwischen achtjährigen Zwillinge waren sehr krank, und es dauerte lange, bis sie sich wieder einigermaßen erholten. Obwohl sie schon immer langsam lernten – der Master meinte, sie hätten bei der Geburt einen Schaden erlitten und würden niemals so sein wie die anderen Kinder –, waren sie doch fröhlich, kräftig und gesund; es war niemals schwierig, sie sauber und zufrieden zu halten. Nun jammerten sie den ganzen Tag, aßen nichts und brauchten Großmutters Liebe mehr als zuvor. Sie hatte kaum Zeit für etwas anderes. Später bekam sie selber die Masern und verlor dadurch fast ihr Gehör. Für Mam war das eine schwere Zeit.

Im August kam Prinz Charles Edward Stewart nach Schottland, um die Krone seines Großvaters zurückzuerobern, ein Plan, der seinem Vater vor dreißig Jahren mißlungen war. Er landete irgendwo an der Westküste, und viele Clans schlossen sich ihm an. Mich interessierte das alles nicht so besonders, obwohl der Master und die Mistress von nichts anderem mehr sprachen. Die Hochzeit meines Vetters Donald und das Haus, das er sich baute, waren mir viel wichtiger.

Doch ich wachte auf, als General Cope mit seiner Armee durch Nairn marschierte, um gegen die Rebellen zu kämpfen. Ich jubelte mit den anderen, als die großen Männer in ihren feinen rotweißen Uniformen mit den dreieckigen Hüten vorbeimarschierten. Zum erstenmal in meinem Leben sah ich richtige Engländer. Sie sahen ganz normal aus, ich war ziemlich enttäuscht. Sie blieben eine Nacht, und da einige von ihnen genau ihrem Haus gegenüber, auf der anderen Seite des Flusses, ihr Lager aufschlugen, war meine Tante Ellen so aufgeregt, daß ihr jüngstes Kind drei Wochen zu früh geboren wurde. Zu Ehren des Generals nannte sie ihren Sohn John Cope Main. Der General besuchte sie sogar, bevor er weiterzog, und schenkte dem Baby eine goldene Guinee. Das war eine wilde Nacht in unserem Fischerdorf. Ich durfte nicht hinuntergehen, die Mistress meinte, es sei zu gefährlich. Wahrscheinlich hatte sie recht.

In diesen zwei Jahren lernte ich eine Menge: für die kommende Jahreszeit zu planen; Seife, Kerzen, Wein, Stärkungsmittel und Sülze herzustellen; Lebensmittel wie Mehl, Fleisch, Getreide, Honig, Früchte, Gemüse und Wild haltbar zu machen und zu lagern – alles, was Fisch betraf, konnte die Mistress von mir lernen –; Bettwäsche, Vorhänge, Leinen, Wolle, Fell und Leder zu pflegen und zu nähen, obwohl ich es dabei nicht weiter als bis zum Umsäumen brachte. Außerdem konnte ich bald gute Arbeit von schlechter unterscheiden und kochen, wie Mutter es kaum zu träumen wagte, mit edlen Gewürzen und ausländischen Delikatessen wie Rosinen, Zucker, getrockneten Feigen und einmal sogar mit einer Zitrone, die niemand anderes als die Mistress selbst zubereiten durfte. Nun wußte ich auch, wie man sich in einem vornehmen Hause zu benehmen hatte und wie man dort bediente. Das Haus der Clarks war zwar nicht besonders groß, aber die Mistress erinnerte sich an ihr Elternhaus und führte ihre Familie so, daß sie selbst eines Tages ihren Platz in einem der feinsten Häuser des Landes einnehmen könnte. Sie war jedem gegenüber, der wirklich lernen wollte, großzügig mit Anweisungen und Erklärungen.

Ich saugte das Wissen auf wie ein trockener Schwamm. Dabei vergaß ich die Zigeunerin und all den Unsinn von Galgen, Kelpies und Königen. Statt dessen konzentrierte ich mich ganz auf die Künste einer Hausfrau und vor allen Dingen auf das Lesen- und Schreibenlernen. Denn als Miss Celia sah, daß ich nur meinen Namen kritzeln konnte, bekam sie Lust, mich zu unterrichten. Weder Miss Amanda noch Miss Celia besuchten die Gemeindeschule. Diese bestand nämlich aus einer Klasse von ungefähr siebzig Jungen, die von dem geübten Arm des Pfarrers, Mr. Alexander Rose Macnaughton, mit einem kräftigen Rutenbündel regiert wurde.

Mein Bruder Johnnie nannte den Pfarrer nur Rosy Nosy aus Gründen, die nahelagen, wenn man ihn sah. Diese Klasse war stürmisch, rauh und manchmal sogar gewalttätig, wenn zwischen den Fischerjungen und denen aus der Oberstadt, deren Vorfahren aus dem Hochland kamen, der alte Zwist ausgetragen wurde.

Mistress Clark und einige andere Mütter junger Möchte-gern-Damen baten den Pfarrer, eine kleine, vornehme Klasse zu bilden, die er an drei Abenden in der Woche unterrichten sollte. Dort lernten sie Lesen, Schönschrift, Rechnen und etwas Französisch, alles, was sie brauchten, um einen anständigen Haushalt zu führen. Voller Missionseifer bot Miss Celia mir an, ihr Wissen weiterzugeben.

Nach dem Mittagessen, wenn wir geputzt und aufgeräumt hatten, legte Mistress Clark meistens ein wenig die Füße hoch, bis die Nachmittagsarbeit begann. So konnten auch wir eine kleine Pause machen, wenn wir nicht noch etwas Besonderes zu tun hatten. Das war die Stunde, in der ich lernen konnte, wonach ich mich so oft gesehnt hatte.

Mistress Clark war damit einverstanden, der Pfarrer allerdings überhaupt nicht. Eines Tages kam er, um sich zu beschweren, doch die Mistress ließ sich nicht beirren. Als ich den Tee in den Salon brachte, glühte seine lange Nase vor Erregung, und seine trüben kleinen Augen blickten lebhafter als sonst. Er saß da, rauchte und schwieg, bis ich wieder draußen war.

«Du mußt einsehen, liebe Kusine», denn er war wie alle Roses ein entfernter Vetter der Mistress, «daß du dem Mädchen keinen Gefallen tust. Wozu soll ein einfaches Mädchen lernen? Sie ist nicht dazu geschaffen. Das verwirrt sie nur, und sie wird unzufrieden werden mit dem Leben, das Gott ihr vorbestimmt hat. Sie mutet sich zu viel zu.»

«Das tut sie manchmal», antwortete Mistress Clark trocken, «aber ein Löffel Biberöl bringt sie wieder zur Vernunft.» Er schnaubte verächtlich. Ich hatte ein Ohr ans Schlüsselloch gepreßt und konnte ein Kichern kaum unterdrücken. Er hob von neuem an, beschwerte sich mit kratziger Stimme, schlürfte den Tee und kaute zwischendurch große Mengen der trockenen Kekse. Nach einer Weile schnitt die Mistress ihm einfach das Wort ab: «Sie soll selbst entscheiden, wie sie ihr Leben gestalten will, Vetter Alexander. Sie ist klug und lernt sehr schnell. Wenn sie so weitermacht wie bisher, wird sie noch eines Tages einen

Ratsherrn heiraten. Ich habe keine Lust, mich länger mit dir zu streiten. Jeannie, du kannst hereinkommen und das Tablett abräumen!»

Ich stand schon mitten im Raum, als ich bemerkte, daß sie ihre Stimme nicht erhoben hatte. Woher wußte sie, daß ich gelauscht hatte? Manchmal glaubte ich, daß auch Mistress Clark ein wenig hellsichtig war.

So lernte ich also in zwei Jahren ohne große Schwierigkeiten Lesen und Schreiben. Mein Vater war zwar nicht ganz damit einverstanden, daß ich etwas lernte, was er nicht konnte, aber das störte mich nicht. Zum Michaelimarkt im Jahre 1745 konnte ich schon einen großen Teil der Bibel lesen, nur die langen Namen bereiteten mir noch Schwierigkeiten. Außerdem war ich in der Lage, einen vernünftigen Brief zu schreiben.

Diesmal kannte ich mich schon viel besser aus und konnte Mistress Clark beim Einkaufen behilflich sein. Am ersten Tag erwarben wir die wichtigsten Vorräte für den Winter: drei verschiedene Sorten Hafermehl, getrocknete Bohnen und Erbsen, Stockfisch – gesalzenen Dorsch und Lachs –, Salz, Weizenmehl, Pökelfleisch, Soleier, Äpfel, Nüsse, Honig, Gemüse und Nicht-Eßbares wie Leinen, Seile, Zwirn, Faden, Heu, Federn, um Matratzen zu stopfen, Wollstoff, Leder, geschälte Binsen, die in Fett getaucht als Lampen benutzt wurden, Wachs und Dochte für Kerzen, Alaun, Bleichmittel, Schüsseln und all die Dinge, die so im Haushalt gebraucht werden. Meine Füße und Beine schmerzten vom Laufen hoch auf den Boden und wieder hinunter in den Keller. Und da ich oft Henny oder Hugh herbeirufen mußte, damit sie mir halfen, war meine Stimme schon recht rauh.

Am Freitag war auf dem Markt am meisten los. Überall wimmelte es von Händlern mit alltäglicher, aber auch ausgefallener Ware, von Jongleuren, Weissagern und Bierverkäuferinnen. Aber trotz der vielen Menschen gab es wenig Ärger, denn zwanzig vernünftige Männer waren zu Wachposten bestimmt wor-

den. Einer von ihnen war mein Vater. Mistress Clark hatte die Gans für das Abendessen schon vorbereitet. Sie mußte nur noch gebraten werden. Dann wagte sie sich mit Miss Amanda, Miss Celia und mir ins Gedränge, um die einzelnen Stände zu begutachten. Henny war natürlich schon längst dort.
Wir kauften für den Arzneischrank Mohn, Kampfer, Sennesblätter und andere Dinge, die sonst schwer zu bekommen waren. Dann bezahlten wir eine unglaubliche Menge Silber für Zimt, Ingwer, Pfeffer und Gewürznelken. Weiter ging es langsam die Straße hinunter. Auf dem Weg erwarben wir Bänder, Stickgarn, Näh- und Stecknadeln; ein Satz Eibenholzschüsseln; zehn Pfund Zucker; einen Zinnkrug; ein neues Butterfaß, das geliefert werden sollte, und eine ganze Rolle feinen Batist für Petticoats, die uns zum Glück nach Hause geschickt wurde. Wir plauderten noch ein wenig mit Mam, an deren Stand wir vorbeikamen, und gingen dann zu den Pferdeständen bei der Brücke.
Mistress Clark meinte, daß sie sich bei den augenblicklichen Unruhen und umherstreunenden Hochländern mit einem Wachhund sicherer fühlen würde. Der kleine kläffende Dandy war zwar ein bissiges Biest, aber kein wirklicher Schutz. Natürlich fand sie bei den Pferdeständen zwischen den langhaarigen Shetlandponys und den herausgeputzten alten Mähren eine Gruppe von Zigeunern mit einem großen knurrenden Hund.
Ich war vorsichtig, und auch die jungen Damen hielten Abstand, aber die Mistress ließ sich nicht abschrecken. «Wem gehört der Hund? Kann man ihn kaufen?» fragte sie den stiernackigen jungen Mann und trat festen Schrittes auf ihn zu. Er betrachtete sie mit dem listigen halben Lächeln der Zigeuner. «Zum richtigen Preis können Sie alles kaufen, Lady», sagte er. Dann sah er mich an, und zu meiner Überraschung verbeugte er sich ein wenig und begrüßte mich: «Guten Tag, Mistress Jean.» Die anderen Männer nickten würdevoll. Ich schnappte nach Luft. Mistress Clark

wurde rot vor Ärger, aber sie sah an meinem Gesicht, daß ich mindestens genauso erstaunt war wie sie.
«Was soll er denn kosten?» fragte sie.
«Fünf Schilling», lautete die prompte Antwort.
«Was? Ich will doch keine Herde Schafe kaufen!» Und sie begannen zu handeln. Ich mußte sie bewundern. Innerhalb von zwei Minuten hatte sie ihn auf Tenpence heruntergehandelt und angeordnet, daß der Hund uns ins Haus gebracht werden sollte.
«Wieder mal deine Zigeunerfreunde, Jeannie?» fragte sie mich, als wir gingen. Doch schließlich glaubte sie mir, daß ich ihn niemals zuvor mit Bewußtsein gesehen hatte. Auf dem Rückweg kauften wir einen Lebkuchen für Celia, gezuckerte Mandeln für Amanda, zwei weiße Hasenhäute für Kappen, eine feine Spitze und zehn Ellen eines flauschigen braun-grün gestreiften Wollstoffes. Meine Arme wurden von Minute zu Minute länger.
Vor unserer Haustür wartete schon der Zigeuner mit dem Hund an der Leine. «Ah, prima», sagte die Mistress, «kommen Sie herein und lassen Sie das Biest an der Tür sitzen.» Sie schloß die Tür auf und ging hinein. Der Zigeuner kam hinterdrein, sein Hund folgte ihm dicht auf den Fersen.
Plötzlich schrie der Mann auf, stolperte, fiel zur Seite und brachte beinahe noch mich und die Mistress zu Fall. Der Hund sprang auf den Tisch, nahm die Gans zwischen seine enormen Kiefer, sprang über mich hinweg und sauste davon. Der Mann rappelte sich auf und rannte hinterher. Dabei rief er noch: «Machen Sie sich keine Sorgen, Mistress, ich bringe ihn zurück.»
Mistress Clark schrie auf und lief hinterher. Ich ließ den Korb fallen und folgte ihr, Celia hinterdrein. Die halbe Stadt beteiligte sich an der Jagd, rief und verfolgte Hund und Besitzer, erschreckte die Schafe und Rinder und hinterließ ein wüstes Durcheinander. Die Mistress war ziemlich schnell für eine feine

Dame in sechs Petticoats und einer engen Jacke. Wir liefen schon zum zweitenmal durch die Stadt, warfen Stapel von Kohlköpfen und Körben um, erschreckten die Pferde in der Schmiede, kletterten unter den Wagen hindurch, bis wir Hund und Herrchen schließlich bei den Gärten von Horologe Stone aus den Augen verloren. Das war die spannendste und aufregendste Jagd, die die Stadt seit Jahren erlebt hatte, aber der Zigeuner und sein Hund waren zu flink. Schließlich mußten wir aufgeben. Wir hatten die Spur verloren. Diejenigen, die bis zum Schluß durchgehalten hatten, lachten, riefen, steckten dankbar die Halfpencemünzen von der Mistress ein und kehrten an die Bierstände zurück. Auch wir machten uns auf den Heimweg.
Mistress Clark sah mich an, hochrot vor Ärger und Anstrengung: «Zigeunerpack!» japste sie entrüstet. «Den werden wir nie wiedersehen. Seinen Hund auch nicht. Und schon gar nicht meine schöne Gans. Das Geld hat er auch mitgenommen. In meinem Alter hätte ich das besser wissen sollen. Na ja, Jeannie, lauf zu deiner Mutter und hole uns einen Topf mit eingelegten Heringen zum Abendessen. Der Master braucht etwas zu essen, und jetzt ist es zu spät, um noch zu kochen.» Zu Celia gewandt, die nach Luft schnappend hinter uns her gelaufen war, fügte sie hinzu: «Und du kannst mitgehen. Du siehst aus, als ob du die Bewegung brauchen könntest. Wo ist Amanda?»
«Ich glaube, sie ist zu Hause geblieben, Mistress», antwortete ich ihr.
«Du weißt, daß sie nicht rennen kann, Mam. Das ist nicht damenhaft», meinte Celia.
«Der werd ich die Damenhaftigkeit schon austreiben. Sie schnürt sich wohl immer so fest, um in solchen Fällen zu Hause bleiben zu können. Aber heute ist es ganz gut, daß sie da ist, sonst wird noch unser Haus ausgeräumt. So, und nun lauf los, Jeannie! Und beeil dich! – Ach, da sind ja die Sheriffs. Mal wie-

der zu spät, meine Herren. Habt ihr geschlafen? Oder habt ihr das Bier probiert?»
Celia und ich lachten uns schlapp, als wir aus Mistress Clarks Blickfeld waren. Immer wieder fielen uns neue Einzelheiten der wilden Jagd ein. Der Weg, den die Gänse hinterließen, als sie durch John Stones Erbsen flatterten. Die Kuh, die auf die Gartenmauer sprang, als der Hund unter ihrem Bauch hindurchraste, steckenblieb und dann wie eine Wippe hin und her schaukelte. Wir mußten anhalten und uns vor Lachen schütteln. So dauerte es eine ganze Zeit, bis wir Mams Stand erreichten. Sie war gerade am Einpacken. Natürlich hatte sie den Lärm der wilden Jagd gehört und auch das Schwanzende des Hundes gesehen. So blieben wir eine Weile bei ihr und erzählten ihr ausführlich. Schließlich fischte sie aus dem großen Bottich zwei Dutzend von den besten Heringen für uns heraus.
Plötzlich hörten wir zwei Stände weiter ein erregtes Stimmengewirr. «Das ist mal wieder Duggie Ralph!» entrüstete sich Mam. Sie reckte den Kopf, um über die Menge hinweg zu sehen. «Er verbringt jetzt den ganzen Tag an Christian Sutherlands Bierstand. Annie erhält nicht einmal ein Zehntel des Geldes, das er für den Fisch bekommt. Sie muß heimlich etwas zurücklegen, um Lebensmittel zu kaufen. Wenn er das entdeckt, dann gnade ihr Gott!»
«Ein Glück, daß er keine Kinder hat, Mam», sagte ich.
«Vielleicht liegt darin das Problem», antwortete Mutter nachdenklich. «Annie hatte ein Kind von ihrem ersten Mann. Aber der und das Kind starben beide am Schweißfieber. Dann heiratete sie Duggie und bekam kein Kind mehr. Es ist also nicht ihre Schuld. Vielleicht wäre er anders, wenn er ein Kind hätte, aber wer weiß? Miss Celia, nehmen Sie die kleine Schüssel. Und nun saust los, sonst gibt es statt Abendessen eine Tracht Prügel.»
«Wir sind schon auf dem Weg, Mistress Main, vielen Dank», antwortete Celia. Sie nahm den Fisch, drehte sich um und –

stand genau vor Duggie. Er war die Straße entlanggetaumelt, sah schmutzig aus und verfluchte und bespuckte alles, was ihm in den Weg kam. Selbstverständlich gingen ihm alle Menschen aus dem Weg, nur die Mauern und Stände nicht. Er fluchte vor sich hin und war bereit, bei der leisesten Berührung zuzuschlagen. Als die arme Celia mit ihm zusammenstieß, zischelte er und erhob die Hand.

Ohne nachzudenken sprang ich auf ihn zu und hielt seinen Arm einen Augenblick lang fest. «Laß sie, Duggie Ralph!» rief ich. Meine Absicht – wenn ich überhaupt eine hatte – bestand darin, Ärger zu vermeiden. Die erstaunte Celia begann zu knicksen und Entschuldigungen zu stammeln, aber er beachtete sie gar nicht. Seine roten trunkenen Augen waren starr auf mich gerichtet.

«Oh, Gott!» bellte er. Aus dem zahnlosen Loch in seinem fleckigen gelben Bart wurde ich mit Bier besprüht. «Du schon wieder, du rothaarige Hexe! Du willst dich mit mir anlegen? Ich werde dir die Hammelbeine langziehen, du...» Er beschimpfte mich wüst und schwankte mit drohender Faust auf mich zu.

Mam stellte sich dazwischen und rief nach den Wachposten. Duggie stieß sie zur Seite, so daß sie auf den Fischabfällen ausrutschte. Ohne sich aufhalten zu lassen, lief er hinter mir her. Ich fürchtete mich nicht allzusehr. Betrunkene Männer hatte ich oft genug gesehen, und Duggies Sicht war so getrübt, daß ein Gichtkranker ihm hätte entwischen können. Solange ich mich außerhalb seiner Reichweite befand, konnte er mir nichts tun. Aber Celia konnte das nicht wissen. Sie war behüteter aufgewachsen. Gewalttätigkeit und Trunkenheit erschreckten sie so sehr, daß sie glaubte, dieser riesengroße, tobende Trunkelbold würde mich in Stücke reißen.

Mit einem bewundernswerten Mut versuchte sie, mir zu helfen. Vorsichtig stellte sie die Schüssel mit dem Fisch auf den Boden – an welch unwichtige Dinge man manchmal in solchen Augenblicken denkt! – und sprang auf ihn zu wie ein Terrier auf einen

Bullen. Ihr blondes Haar flog unter dem rutschenden Käppchen hervor, als sie ihn an seinem rechten Handgelenk packte und entschlossen festhielt. Sie schrie auf, als er sich herumdrehte und sie den Boden unter den Füßen verlor. Ihr blauer Rock wehte. Ich versuchte ihr zu helfen und hielt seinen anderen Arm fest. Einen Moment lang wirbelten wir um ihn herum. Wir hingen an seinen Armen wie Wäsche auf der Leine. Als ich durch die Luft flog, dachte ich, daß ich schon lange nicht mehr so etwas Dusseliges angestellt hatte. Mistress Clark würde vor Wut zerspringen – und das mit Recht. Er schüttelte mich ab, und bevor ich Celia helfen konnte, gab er ihr einen so heftigen Stoß, wie vor zwei Jahren dem Zigeunermädchen. Sie ließ ihn los, taumelte und fiel rücklings in den Stand hinter ihr, genau an den Pfosten, an dem Mam den großen Krug aus Seeland mit dem eingelegten Fisch gehängt hatte. Der Gurt rutschte vom Haken, der Krug fiel herunter und zerbrach auf ihrem Kopf.

Plötzlich wurde es still. Die Menschen, die uns beobachtet und über den großen Mann mit den zwei kleinen Mädchen gelacht hatten, schnappten erschreckt nach Luft, als sie sahen, daß wirkliches Unheil angerichtet worden war. Celia war bewußtlos. Aus einer großen Wunde an der Seite ihres Kopfes floß dunkelrotes Blut auf ihr blaues Kleid, über den silbrig glänzenden Fisch und die Scherben des Kruges. Es sah schlimm aus.

Mam kniete sich neben sie, nahm sie beschützend in den Arm und schrie Duggie an. Ich rappelte mich auf. Schimpfend und fluchend stürzte Duggie wieder auf mich los. Zum Glück hatte sich gerade in diesem Moment Dad mit zwei anderen Wachposten den Weg durch die Menge gebahnt und Duggie ergriffen.

Sie mußten sich sehr anstrengen, um ihn zu überwältigen und ins Tolbooth zu bringen, aber alle Männer waren durch Celias Verletzung so erschrocken, daß sie mithalfen und ihn so end-

lich fortziehen konnten. Jemand lief, um Mistress Clark zu holen, und Celia wurde vorsichtig nach Hause getragen, mit einem Verband aus Mams Petticoat um den Kopf. Ich hob die Schüssel mit den Heringen auf, die das ganze Gewimmel unbeschadet überstanden hatte, und lief hinterher.
Zum Glück war Celia nicht ernstlich verletzt. Innerhalb von einer Stunde war sie wieder bei Bewußtsein und brauchte dann nur noch zwei Tage im Bett zu bleiben. Unsere Erzählungen von den Ereignissen auf dem Markt stimmten zwar überein, doch die Mistress sah mich noch einige Tage lang böse an. Aber was hätte ich tun können?
Am nächsten Tag kam Duggie vor das Geschworenengericht. Gewaltanwendung war eine ernste Angelegenheit, besonders, wenn sie gegen die Tochter eines Stadtrates gerichtet war. Der Richter Campbell nahm den Fall nicht auf die leichte Schulter. Duggie wurde zu zehn Dutzend Peitschenhieben verurteilt: zwei Dutzend an jedem der folgenden fünf Samstage. Mams Krug wurde nicht erwähnt, obwohl er dafür hätte haften müssen. Mam sagte, daß sie Annie nicht noch mehr Sorgen bereiten wollte.
Natürlich war ich als Zeuge geladen. Während der Urteilsverkündung starrte Duggie mich drohend an. Ich spürte, daß er sich Rache schwor. Mir lief ein kalter Schauer den Rücken herunter.
Als Duggie und Vater drei Wochen später ein Netz hereinholten, begann das Boot zu schlingern. Da es sehr böig war, hatten Jaikie und Donald alle Hände voll zu tun, das Boot gegen den Wind zu richten. Sie bemerkten nicht, was um sie herum geschah. Plötzlich rutschte Vater aus, ausgerechnet er, der sein ganzes Leben auf Booten zugebracht hatte. Im Fallen drehte er sich und landete mit dem Rücken auf einer der Ruderpinnen, die an der Seite des Bootes herausragten.
Gelähmt von der Hüfte abwärts, trugen sie ihn nach Hause.
Keiner war so entsetzt wie Duggie.

Der Knochen und das Zauberwort

Als ich nach Hause kam, konnte ich mir kaum vorstellen, daß dieses stöhnende, fiebernde Bündel, das sich auf der Matratze hin und her wälzte, mein starker, gesunder Vater sein sollte. Ich erinnerte mich an die erschrockenen Blicke der Kleinen, damals nach dem wilden Kampf. Wieder drehten sich meine Gedanken im Kreis. War es meine Schuld? Oder wäre es, wie Donnie sagte, sowieso passiert, egal, was ich getan hätte.

Eine Woche später erschien Mam bei den Clarks, um die Mistress zu sprechen. Sie war sehr unglücklich.

«Es tut mir leid, Sie so sorgenvoll zu sehen, Morag», begrüßte die Mistress meine Mutter und bot ihr einen Platz am Feuer an. «Hoffentlich kann ich etwas für Sie tun.»

«Vielen Dank!» Mam haßte es, jemanden um einen Gefallen zu bitten, und ich sah, wie sie sich innerlich wand. «Ich habe eine Bitte.» Sie machte eine Pause, wickelte sich fester in ihr Tuch, als ob sie neben dem warmen Herd frieren würde, und holte tief Luft. «Wir können nicht auskommen, wenn Jeannie keinen Lohn bekommt.» Sie drückte meine Hand, als ich mich neben sie setzte.

Mistress Clark schaute sie überrascht an. «Einen Lohn?» fragte sie. «Ja, einen Lohn. Ich werde Ihnen erzählen, weshalb ich Sie darum bitten muß.»

«Tun Sie das», ermunterte die Mistress sie und schenkte ihr ein Glas von dem guten Rotwein ein, den sie für besondere Gäste aufbewahrte. Mutter nippte vorsichtig daran – sie trank sonst natürlich nur Bier –, entspannte sich ein wenig und fragte die Mistress, ob sie wüßte, was geschehen sei.

«Der Master erzählte mir, daß Ihr Mann nie wieder laufen wird. Der Wille Gottes hat ihn hart getroffen.»
Mutter lächelte bitter. «Der Wille Gottes ist schwer verständlich, Mistress Clark. Letzte Woche hatte ich einen gesunden, kräftigen Mann, und nun lebe ich mit einem Krüppel, der wie ein Baby angezogen und saubergemacht werden muß. Als ob ich nicht schon genug Kinder hätte. Aber es könnte schlimmer sein. Johnnie muß nun seinen Wunsch, Rechtsanwalt zu werden, aufgeben, die Schule verlassen und das Ruder seines Vaters übernehmen. Er ist noch etwas jung, aber Donnie hat sich für ihn eingesetzt. Damals, als sein Vater, mein Bruder Donald, ertrank, war mein John Donnies Fürsprecher, so daß Donnie der dritte Ruderer an Bord wurde, obwohl er erst zehn Jahre alt war. Und nun hat sich Donnie für Johnnie eingesetzt. Duggie Ralph ist es zwar nicht recht, aber Jaikie ist einverstanden.»
Armer Johnnie, dachte ich. Er haßte das Fischen und mußte nun die Schule verlassen, um das Geld zu verdienen, das wir dringend brauchten, denn als Bootsbesitzer mußten wir Steuern zahlen, dreizehn Schilling und vier Pence pro Woche. Nun sollte er sein ganzes Leben lang Netze einholen und am Ruder kämpfen – in einem Boot mit Duggie Ralph.
«Weiß man, wie das passieren konnte?» fragte die Mistress.
«Nein, John sagt, er wüßte es nicht, und Duggie und Jaikie haben nichts gesehen. Aber ich weiß es, Mistress Clark. Und Gott weiß es.» Sie holte tief Luft. «Ich brauche Jeannies Hilfe an einigen Tagen. John ist schwer, und seine Mutter kann ihn nicht einmal mit Ellens Hilfe pflegen. So kann ich immer nur für wenige Stunden das Haus verlassen. Die Runde nach Coulmony dauert mir nun zu lange. Aber wenn Jeannie freitags und samstags frei hätte... an diesen Tagen bekommt sie natürlich keinen Lohn...»
«Das geht schon in Ordnung, Morag», sagte die Mistress mit fester Stimme. «Sie wird frei haben, und kein Wort von einer

Lohnkürzung!» Als sie sah, daß Mutter vor Erleichterung weinte, legte sie ihr liebevoll einen Arm um die Schulter.
Die neue Regelung trat noch in derselben Woche in Kraft. Steuern und Beerdigungen können nicht warten. Bei Winterwetter und mit Johnnie an Vaters Platz war es zu gefährlich, weit mit dem Boot hinauszufahren. Außerdem hatte Duggie längst nicht so viel Erfahrung wie Vater. So fiel der Fang meistens kläglich aus. Aber was wir hatten, sollte wenigstens gut verkauft werden. Etwas Geld hatten wir zusammen mit meinen Silberohrringen hinter einem lockeren Stein im Kamin versteckt, aber das war nur für Notfälle gedacht. Wir mußten uns auf einen harten Winter einstellen.
Margaret Davidson hatte nach Erduldung ihrer Strafe die Stadt verlassen, war jedoch nicht weit fortgezogen. Drei Wochen nach Vaters Unfall stand sie eines Nachts vor der Tür meiner Eltern. Sie riskierte ihr Leben, nur um zu fragen, ob sie uns helfen könne. Sogar Großmutter freute sich, sie zu sehen. Im schummrigen Licht des Feuers untersuchte sie Vaters Rücken und schüttelte dann voller Bedauern den Kopf.
«Nein, Mistress Main», murmelte sie dann mit ihrer klaren, förmlichen Stimme, «es liegt in Gottes Händen.» Großmutter nickte und seufzte. «Aber ich habe schon erlebt, daß eine solche Verletzung wieder heilt, und niemand weiß, warum. Ohne besonderen Grund kann sich der Knoten im Rücken Ihres Mannes plötzlich lösen, und er wird sich wieder bewegen können. Aber Sie müssen ihn darauf vorbereiten. Wenn Sie das nicht tun, zerfallen seine Muskeln wie vertrocknete Blätter.»
Sie zeigte Mam, wie sie Vaters Beine reiben sollte, um sie geschmeidig zu halten, und gab ihr eine Salbe für die wundgelegenen Stellen. Vater seufzte erleichtert, als Margaret Davidson zur Tür ging. Die Untersuchung hatte ihm große Schmerzen bereitet. Auf der Schwelle drehte sie sich noch einmal zu mir um. «Wir werden uns wieder begegnen, Jean Main», flüsterte sie.

«Noch dreimal. Denkst du an das Kelpie?» Und sie verschwand in der Dunkelheit.
«Was war das, Jeannie?» fragte Mutter. Ich konnte nicht antworten; es war einfach zu dämlich.
Zum Glück war dieser Winter nicht so stürmisch. Die Männer konnten mit dem Boot hinausfahren. Nur die eisige Kälte machte uns allen zu schaffen. Vater, der auf seiner Matratze lag, spürte sie vom Boden aufsteigen, durch die drei Zoll dicken Wände dringen und als Eiswind durch die Türritzen pfeifen. Er ertrug die Rückenschmerzen und seine Bewegungsunfähigkeit mit Mut und bewundernswerter Geduld, obwohl er so ein lebendiger und tatendurstiger Mensch war. Aber die Kälte, die er sonst mit körperlicher Arbeit besiegte, quälte ihn.
Wir alle froren erbärmlich. Immer, wenn ich von der Runde zurückkehrte, belud ich Dancer mit Holz aus den Bergen, damit wir uns an einem anständigen Feuer erwärmen konnten. Johnnie litt an Krämpfen und Schmerzen, die ihn fast an der Arbeit hinderten. Mutter massierte ihn ebenso, wie die Zigeunerin es ihr für Vater geraten hatte, aber Johnnie bewegte sich noch immer wie ein alter Mann. Das hatten wir Duggie Ralph zu verdanken.
Ein von Robben zerrissenes Netz, ein verschwundenes Seil, ja sogar das Bespritzen durch eine quer heranrollende Welle – für alles, was schiefging, beschuldigte Duggie Johnnie. Johnnies wunde Stellen und blauen Flecken stammten nicht nur vom Schlingern des Bootes und der nassen Kleidung, sondern auch von Tritten und Boxhieben. Mindestens ebenso schlimm waren die bösen Reden, Schwüre und Flüche, die er sich anhören mußte. Duggie versuchte, Johnnie zu verletzen, indem er Vater einen nutzlosen Krüppel und Mutter eine Hexe nannte. Beinahe heulend vor Wut erzählte mir Johnnie einmal, als die Eltern uns nicht hören konnten, was er alles ertragen mußte.
Aber, was sollte er tun?
Die anderen Männer wollten oder konnten ihm nicht helfen.

Donnie hatte ein kleines Baby, und Jaikie kam gerade so zurecht. Sie riskierten nicht, sich mit Duggie für einen Jungen anzulegen, der nicht schlimmer als viele andere auch behandelt wurde. Sie hatten ihre Pflicht erfüllt, indem sie ihn überhaupt erst mal in das Boot hineingenommen hatten. Johnnie mußte es ertragen; aber er schmiedete Pläne, was er tun würde, wenn er älter und stärker wäre.

Ich fand den Winter nicht so schlimm, obwohl meine verweichlichten Füße über und über mit Frostbeulen bedeckt waren. Vater versprach mir ein Paar Holzschuhe, wie er sie in Seeland gesehen hatte. Der Schuster fertigte sie mir an. Ich füllte sie mit Wolle und war so vor Frost geschützt. Außerdem konnte ich hervorragend mit ihnen auf dem Eis schliddern. Mutter strickte mir ein Paar dicke Socken und schenkte mir den wärmsten Umhang. Zunächst genoß ich damit den Weg hinauf zu Großvater Mackays kleinem Bauernhof.

Sogar oben in den Bergen lag kaum Schnee. Das Klima in Nairn war meist recht mild. Dieser Winter bildete wirklich eine Ausnahme.

Die Sonne schien, und der Himmel wirkte hoch und blau. Ich war jung, gesund und dank Mistress Clarks großzügiger Verpflegung auch gut genährt. Einige Mädchen in der Stadt waren halb verhungert und mußten weitaus schlimmere Arbeiten tun, als mit einem warmen Pony an der Seite, an dem ich meine Finger wärmte, wenn ich unter dem Umhang nicht mehr weiterstricken konnte, durch die klirrende Kälte zu wandern. Es schneite so wenig, daß ich Woche für Woche in der Spur laufen konnte, die ich nach dem ersten Schneefall hinterlassen hatte. Der Schnee lag nur an einzelnen Stellen und verschwand langsam an den Südhängen, ohne jedoch zu schmelzen. Ein merkwürdiger Winter. Immerhin verhinderte die Kälte, daß der Fisch anfing zu faulen.

Meine Familie kam ganz gut über den Winter. Immer wenn der

Fang spärlich ausfiel, lag etwas Eßbares vor der Tür, wie von Feenhand dorthin gezaubert – eine Krähe, ein paar Drosseln, ein halber Hase, ein Eichhörnchen, ein Stück Wild, einmal sogar etwas gestohlenes Hammelfleisch. Geteilt durch sieben war das nicht viel, aber es hielt uns über Wasser. Ellen und Isaac fischten wie immer nach Herzmuscheln und Seetang. Mistress Clark schickte ihnen manchmal etwas Kuchen oder die Reste eines Mittagsmahles. Vater, der jedesmal, wenn ich ihn sah, blasser und dünner geworden war, versuchte, über sein faules Leben zu scherzen, und Mutter, die ein paar neue Falten im Gesicht hatte, griff den Scherz auf – zu lange.

Aber die Anstrengung erschöpfte sie alle, Mam pflegte Vater und die kranken Zwillinge; Großmutter wurde älter, zittriger und schwerhöriger; Johnnie verzweifelte fast im Boot und kam jedesmal stiller und grimmiger heim. Vater sah die Beulen, konnte aber nichts anderes tun, als sich zu ärgern. Isaac war voller Zerstörungswut, Ellen jammerte und mußte zur Arbeit getrieben werden. Nur die kleine Morag war immer fröhlich.

Der Frühling kam spät in diesem Jahr.

Wir hatten weder Muße noch Interesse, uns um die großen Ereignisse der Zeit zu kümmern. Sollte sich Master Clark nur sorgen, weil der Prinz in England einfiel und beinahe King George vom Thron stürzte oder weil Sir John Cope bei der Schlacht von Prestonpans geschlagen wurde – Tante Ellen war bestürzt, als ob sie etwas damit zu tun hätte, jedenfalls meldete sie sich nicht mehr bei uns, eines der wenigen freudigen Ereignisse in diesem Winter –, um die Eroberung von Carlisle, den Rückzug der Hochländer aus Derby und die Schlacht von Falkirk; aber meine Familie und ich waren zu erschöpft, um uns darüber aufzuregen.

Ich war genauso erschöpft wie die anderen. Die Runde war groß und der Fischkorb schwer. Anschließend mußte ich besonders schuften, damit meine Arbeit bei den Clarks nicht liegen blieb. Seitdem der Master seinen Posten als Hilfssheriff abgegeben

hatte, konnten sie sich kein weiteres Dienstmädchen leisten. Doch weil sie immer gut zu mir waren, wollte auch ich ihnen mein Bestes geben. Celia half mir so gut sie konnte, aber ich war trotzdem hundemüde, als der März begann.
Manchmal dachte ich an das Kelpie. Großvater Mackay hatte gesagt, daß mein sehnlichster Wunsch erfüllt würde, wenn es mir gelänge, das Kelpie zu reiten. Ich wünschte mir so sehr, daß Vater wieder gesund würde. Könnte ich ein Kelpie finden? Und darauf reiten? Würde ich es überhaupt wagen?
Großvaters Geschichte handelte von einem Kelpie im Belivatsee. Auf dem Weg zu Großvaters Hof und zurück machte ich es mir zur Gewohnheit, aller Müdigkeit zum Trotz den Hang hinaufzuklettern und hinabzuschauen in den schwarzen, von blauweißen Hügeln umsäumten See. Im Sommer war es dort angenehm, aber schaurig und dunkel schien es im Winter. Doch ich sah niemals etwas Besonderes. War ja auch nicht anders zu erwarten! Oder doch? Was würde ich dann tun?
Unterwegs traf ich häufig Zigeuner. Mag Davidson und ihr Bruder Aelec begleiteten mich manchmal und trugen mir den großen Korb. Sie teilten mir einiges von ihrem Zigeunerwissen mit, zum Beispiel, daß ich nicht mein ganzes Geld an einer Stelle aufbewahren sollte, sondern es verteilen, einen Teil davon an der Straße verstecken und auf dem Rückweg wieder mitnehmen, falls man mich berauben würde. Sie zeigten mir, wie man Fallen für Kaninchen und Vögel auslegt und die Beute auf dem Rückweg daraus befreit. Ich lernte auch, was ich tun müßte, falls ich angegriffen würde oder mir den Knöchel bräche und keiner in der Nähe sei, und vieles mehr. Ich glaube, es machte ihnen Spaß, etwas vor mir zu prahlen. Für mich war es am aufregendsten, das Wildern zu lernen. Mag und Aelec halfen mir viel und ermutigten mich oft.
Als ich Anfang März die erste Runde nach Coulmony lief, tauchten beide plötzlich auf. Sie waren sehr aufgeregt. «Du mußt bis

Tagesanbruch warten und die andere Runde morgen drehen», meinte Mag. «Ma sagt, daß es heute nacht etwas für dich zu sehen gibt. Wir sollen dich mit herunternehmen nach Ferness. Komm!» Sie ließen nicht mit sich reden. Ihre Mutter hatte ihnen Anweisungen gegeben, und das genügte.
Ihre Aufregung steckte mich so an, daß ich nicht widersprechen konnte. Wir versteckten die Körbe im Stechginster, ich schwang mich auf Dancers Rücken, und sie liefen vor mir her den Hang hinauf.
Am Findhorn-Fluß, ungefähr drei Meilen vom Ferness-Haus entfernt, hielten wir an. Erschöpft glitt ich vom Pferd und rieb mir das Hinterteil, denn ich war es nicht gewohnt, so schnell zu reiten. Wir befanden uns in der Nähe einer alten, steinernen Kultstätte. Ein aufrechter Stein lehnte an zwei liegenden Steinen, die mit Brombeersträuchern und Stechginster bewachsen waren. Sie standen in der Mitte einer von Bäumen umsäumten Wiese. Neben den Steinen loderte ein Lagerfeuer.
«Da sind wir!» Aelec sah mich an. «Hier sollst du dich verstekken!»
«Wo?» fragte ich verwirrt.
«Unter dem Stein!» rief er ungeduldig.
Er zog mich dorthin, während ich noch nach Luft schnappte. Dabei vermied er es, auf die verschneiten Stellen zu treten, damit wir keine Fußspuren hinterließen.
Mag hielt Dancer fest und rief: «Viel Glück!» Viel Glück? Was, zum Teufel, hatte das zu bedeuten?
Aelec öffnete mir vorsichtig den Eingang zu einem kleinen Pfad, der durch die Brombeeren führte. Unter dem Stein war es geräumig und trocken. Es stank etwas, wahrscheinlich war es ein Ruheplatz für Füchse. Noch immer voller Unverständnis, kroch ich hinein, raffte meine Röcke, um nicht an den Dornen hängen zu bleiben, und zog die Zweige hoch, damit man mich nicht von draußen sehen konnte. «Sei vorsichtig», mahnte Aelec, «nie-

mand darf wissen, daß du da drin bist, hörst du? Bewege dich nicht, aber schau und höre gut zu. Und sprich zu niemandem darüber, sonst setzen wir unser Leben aufs Spiel.» Ich holte tief Luft. «Wir sind gerade rechtzeitig gekommen, in ein paar Minuten werden sie hier sein.»
«Wer?» wollte ich wissen. «Was ist hier los?»
Schon auf dem Rückweg zu seiner Schwester, zischte er: «Sei still, du möchstest doch lernen, wie man ein Kelpie reitet, oder?»
Seine Schritte entfernten sich, und ich blieb in unbequemer Haltung zwischen den Brombeerzweigen hocken. Worauf sollte ich reiten?
Die Schatten wurden bereits länger. Die Luft war eiskalt, obwohl die Sonne den Tag über geschienen hatte. Der Schweiß vom Reiten gefror mir auf der Haut. Von Minute zu Minute wurde ich kälter und steifer. Seit Tagesanbruch hatte ich nichts gegessen. Was sollte ich lernen? Wie man ein Kelpie reitet? Sicher hatte ich ihn falsch verstanden. Das war zu dämlich. Vielleicht sind sie einfach mit meinem Pony und den Fischkörben davongelaufen?
Ich wollte schon aus meinem Versteck herauskriechen, als ich menschliche Schritte und Stimmen unten am Fluß zwischen den Bäumen vernahm. Fackeln leuchteten, und eine Prozession von ungefähr zwanzig Männern näherte sich singend und tanzend den Steinen. Ich wußte, daß ich mich jetzt nicht bewegen durfte.
Als ich zwischen den Zweigen hindurchblinzelte, durchfuhr mich ein eisiger Schrecken. Eine der Gestalten, die auf mich zutanzten, hatte einen Pferdekopf.
Ich erstarrte. Der Teufel selber war heute nacht unterwegs. Sicher würde man mich entdecken. Oh, Großmutter hatte recht. Warum hatte ich nur auf die Zigeuner gehört?
Die Männer kreisten um die Steine herum, sangen und schwenkten ihre Fackeln. Erst langsam bemerkte ich, daß sie mich nicht sehen konnten. Plötzlich trat der Mann mit dem Pferdekopf hervor und sprach beschwörende Worte in die zunehmende Dun-

kelheit hinein. Ich entspannte mich ein wenig und begann genauer hinzuschauen. Anscheinend waren die Gestalten wirklich nur Männer.
Der Gesang klang sehr fremd, aber nach einigen Minuten gelang es mir, ein oder zwei merkwürdig verdrehte Worte zu verstehen. Das Lied handelte von Pferden, ich hatte es jedoch noch nie zuvor gehört.
Bald verklang der Gesang auf mißtönende Weise. Eine rauhe Stimme rief laut: «Sind alle Meister zusammengekommen?»
«Sind wir!» riefen sie und schwenkten ihre Fackeln.
«Gut, dann laßt uns beginnen. Führt den Suchenden vor!»
Sie schoben einen jungen Mann mit verbundenen Augen in den Kreis. Unsicher blieb er stehen. Sie drehten ihn herum, so daß sein Gesicht dem Stein zugewandt war. Ich spürte, wie über mir der Stein zitterte, weil jemand hinaufkletterte.
«Großer Herr der Pferde», rief der Anführer, «hier ist ein junger Mann, der ernsthaft begehrt, in die Gemeinschaft der großen Reiter aufgenommen zu werden, denen dein Wort die Herrschaft über die Gattung der Pferde verliehen hat. Willst du ihn anerkennen?»
«Hat er die Prüfung bestanden?» ertönte über meinem Kopf die Stimme des Mannes auf dem Stein.
«Hat er.»
«Ist er völlig gesund und belastbar, so daß er weder lahmt, hustet noch koppt?»
«Ist er.» Die Männer jubelten ihm zu.
«Ist er ausgewachsen und frei von Mängeln und Unarten?»
Ein oder zwei Zwischenrufer, die Unarten nannten, die er vielleicht versteckt haben könnte, wurden schnell besänftigt.
«Kann er ein Pferd mit Kraft und Willen bezwingen?»
«Ja, kann er. Ich selbst habe ihn unterwiesen, er beherrscht jedes Pferd in meinem Stall», rief der Anführer. «Er kann pflügen, eggen, Holz holen und kutschieren. Auch das Einreiten eines

Pferdes bereitet ihm keine Schwierigkeiten. Ich kann mich über ihn nicht beklagen.»
«Wer bürgt für ihn?» fragte die Stimme über mir.
«Ich selbst, Jamie Mackenzie in Ferness und Jamie Robb O'Relugas.»
«Trete vor, Suchender!» Der junge Mann trat vorsichtig einen Schritt auf mich zu. Sie gaben ihm eine Kerze in die eine Hand und ein Buch in die andere. Dann ließen sie ihn niederknien.
«Ersuchst du ernsthaft den Eintritt in unsere Gemeinschaft?»
«Ja.» Die Stimme zitterte etwas. Komisch, irgendwie erschien sie mir vertraut. Wo hatte ich sie nur schon gehört?
«Wenn du das Wort erfährst, mit dem du die Macht über ausnahmslos jedes Pferd erlangst, darfst du es niemals dort über die Lippen bringen, wo es von einer Menschenseele gehört werden könnte. Schwörst du das? Weder vor deinem besten Freund, deinem Bruder noch deiner geliebten Frau? Schwörst du, daß dich das erstbeste Pferd zerreißen oder niedertrampeln soll, wenn du jemals vorsätzlich oder unabsichtlich die Geheimnisse dieser Versammlung verrätst?»
«Ja.»
«Schwöre!»
«Ich schwöre.»
«Schwöre bei deiner Hoffnung auf den Himmel und deiner Furcht vor der Hölle, auf die Bibel und die Kerze.»
«Ich schwöre.»
«Schwöre bei Salz und Brot und dem eisernen Messer!» Einer der Männer riß aus einem Laib Brot ein Stück heraus, tauchte es in Salz und hielt dem Jungen ein eisernes Messer vor den Mund.
«Schwöre bei Feuer und Wasser.» Eine im Wind flackernde Fackel wurde vor ihn gehalten, seine Hand wurde flüchtig durch die Flammen geführt und dann schnell in einen Wasser-

eimer getunkt. «Schwöre bei Sonne, Wind, Regen und Schnee, beim Herdfeuer deiner Mutter und der Tiefe deiner Seele, daß du dir eher die Zunge herausreißt, als dieses Geheimnis zu verraten! Schwöre es!»

«Schwöre!» riefen die anderen Männer und schwankten auf ihn zu.

Beinahe hätte ich selbst geschworen, mitgerissen von der Kraft der hohlen Stimme über mir.

Es entstand eine merkliche Pause, bis der junge Mann sprach.

«Ich schwöre!» Seine Stimme zitterte.

«Nehmt ihm die Augenbinde ab!» Der junge Mann erschauderte.

Der Mann, der über mir gestanden hatte, sprang mit einem Schrei herunter, der von den anderen aufgegriffen wurde. Es war die Gestalt mit dem Pferdekopf.

Die Zeremonie dauerte an, artete aber in Pferdespiele und Trunkenheit aus. Ein Pferdegeschirr wurde herbeigeschleppt und der junge Mann nackt wie ein Pferd über die Wiese getrieben. Endlich, als meine Glieder schon vor Kälte zu zittern und der starren Lage wegen zu schmerzen begannen und ich überlegte, warum ich mir dieses Theater anschauen sollte, zündeten sie das Feuer an.

Sie nahmen die Kleider des Jungen und verbrannten sie, um den alten Geruch eines Pferdeknechtes zu verbrennen, wie sie sagten. Dann führten sie ihn feierlich zum Feuer, wo der pferdeköpfige Mann ihm neue Kleider reichte.

«Trage sie und sei damit ohne Furcht vor der Gattung der Pferde. Von jetzt an bist du aufgenommen in die Gemeinschaft der großen Reiter, und jede Bestie in Schottland wird dir gehorchen. Nun komm hoch und vernimm die Worte der Macht!»

Meine Ohren wurden riesengroß.

Der Junge zwängte sich in sein neues Hemd und die Reithosen. Jetzt erst, im Schein des Feuers, erkannte ich ihn. Es war Iain,

mein Vetter! Was würde Tante Sheila sagen, wenn sie ihn so sehen würde?
Der Mann mit der großen Maske rief Iain herüber zu den Steinen. Ein paar Handbreit über meinem Kopf ließen sie sich nieder. Die anderen Männer sammelten sich am Feuer, um die Flaschen kreisen zu lassen. Die beiden Männer beim Stein konnte ich so gut verstehen, als sprächen sie mich direkt an.
«Zwei Dinge brauchst du, um ein großer Reiter zu werden: den Talisman und das Wort. Den Talisman mußt du dir selbst besorgen, ohne daß dich eine Menschenseele dabei sieht. Zuerst suchst du dir eine Kröte – es darf auf keinen Fall ein Frosch sein! Du mußt sie töten, ohne sie zu verwunden. Ertränke oder verbrenne sie, das ist gleich. Dann entfernst du die Knochen und wirfst sie vorsichtig in eine reine Quelle. Achte genau darauf, ob einer der Knochen nicht untergeht. Den schwimmenden Knochen fischst du dir heraus und bewahrst ihn in einem Beutelchen auf, das du dir um den Hals hängst. Wenn du es trägst, kannst du mit jedem Pferd im ganzen Land sprechen. Du verstehst es, und es versteht dich.
Nun mußt du noch das Wort kennenlernen, durch das es dir gehorchen wird. Denk daran: du hast geschworen, es geheim zu halten. Das Wort lautet: ‹Sic volo›. Merk dir das: ‹Sic volo›. Du kannst es in das Ohr eines jeden Pferdes sagen; wenn du den Talisman dabei trägst, wird es dir gehorchen.»
«Sic volo», flüsterte Iain. «Sic volo.» Und ich wiederholte es leise unter dem Stein.
«Ja, nun weißt du's. Und ich kann endlich diesen verdammten Kopf abnehmen.» Mit einem Seufzer der Erleichterung hob er sich die schwere Maske von den Schultern und legte sie auf den Stein.
«So, nun laß uns einen trinken, großer Reiter!» Er legte Iain kameradschaftlich die Hand auf die Schulter und ging mit ihm zu den anderen ans Feuer. Sie wurden fröhlich begrüßt und setzten sich dazu.

Der pferdeköpfige Mann war der Zigeuner, der Mistress Clark den Hund verkauft hatte, beziehungsweise der ihn nicht verkauft hatte.
Was für eine Nacht! Ich streckte meine verkrampften Glieder so gut ich konnte und vergegenwärtigte mir, was ich gelernt hatte. Ich konnte einen Zauberknochen bereiten und kannte das Zauberwort. Aber was würde geschehen, wenn sie es bemerkten? Würden sie mich wirklich töten, wie es der Eid verlangt? Aelec hatte auch so etwas gesagt. Ach was! Aber galt dieses Wort auch für ein Kelpie – falls ich jemals eins finden würde? Ich brauchte Zeit, um darüber nachzudenken.
Plötzlich erschien ein Schatten zwischen mir und dem Feuer. Ich schaute hoch und stieß mit dem Kopf an den Stein über mir. Beinahe hätte ich aufgeschrien vor Schmerz. Der Schatten sprang hoch und lehnte sich über die Steine, um gründlich in die Dunkelheit zwischen ihnen hinabzuschauen. Erschreckt duckte ich mich.
«Was ist denn das?» Ich hörte Iains Stimme und schaute hoch, um zu sehen, wie er den Kopf hob und die anderen rufen wollte, damit sie den Spion gemeinsam fangen könnten.
«Iain! Ich bin's! Jeannie!» flüsterte ich verzweifelt; zum Glück hörte er meinen Namen, bevor er rief. Er drehte sich um. Niemand hatte etwas bemerkt.
«Mein Gott, Jeannie! Was tust du da drinnen? Weißt du nicht, was hier heute nacht geschieht? Allmächtiger Gott, sie werden dich umbringen, Jeannie! Du kleiner Idiot!»
Sie würden es also wirklich tun! Würde Iain mich verraten, oder würde er den Eid brechen, den er gerade geschworen hatte?
Jemand rief, er solle sich beeilen, die Flasche sei wieder bei ihm angelangt. Er antwortete, daß er gleich käme. Wieder lehnte er sich über den Stein. «Du bleibst dort und rührst dich nicht», murmelte er. «Ich kann dich nicht verraten, in unseren Adern fließt dasselbe Blut. Aber wenn du irgend jemandem erzählst,

was du gesehen und gehört hast, verschuldest du nicht nur meinen, sondern auch deinen eigenen Tod. Verstanden?»
«Ich werde kein Wort sagen, Iain, ich verspreche es dir», flüsterte ich.
«Und ich habe einen Eid geschworen», brummte er. «Aber, was soll ich tun?» Die Männer riefen wieder, und mit einem letzten strengen Flüstern: «Kein Wort, hörst du? Wir werden uns wiedersehen!» nahm er die Maske und kehrte zur Gruppe zurück.
Ich rollte mich in meinen Umhang, lag da wie ein Igel im Winterschlaf und wurde immer kälter, bis sie endlich das Trinkgelage beendeten und stolpernd zwischen den Bäumen verschwanden. Inzwischen war ich so steif gefroren, daß ich mich kaum erheben konnte, als Aelec und Mag kamen, um mir herauszuhelfen. Sie hoben mich auf Dancers Rücken, banden mich am Packsattel fest, denn ich konnte mich nicht mehr mit eigener Kraft oben halten, und führten mich sicher durch die sternenklare Nacht zurück zum Haus meines Großvaters. Sie waren alle noch wach, weil sie sich Sorgen um mich gemacht hatten. Ich erzählte, ich hätte einen Unfall gehabt und die Zigeuner hätten mir geholfen. Sie bedankten sich bei ihnen, brachten mich in das warme Heubett neben der Kuh und umsorgten mich wie die Henne ein frischgeschlüpftes Küken.
Auch am Morgen erzählte ich ihnen nichts. Ich konnte es nicht riskieren, Iain und mich ins Unglück zu stürzen. Aber ich nahm mir vor, bald eine Kröte zu finden.

Die Hochländer

In der darauffolgenden Woche stolperte ich über einen Stein am Wegesrand. Und was lag darunter? Eine tote, aber unverletzte Kröte. Welch ein Glück, denn nicht einmal meinem Vater zuliebe hätte ich so ein armes kleines Tierchen töten mögen. Vielleicht war sie erfroren, denn das Wetter war plötzlich umgeschlagen. Ein richtiger Winter mit Schnee und Graupelschauern hatte die Landschaft verwandelt. Vorsichtig wickelte ich die Kröte in einen Lappen und begrub sie in einem Ameisenhaufen am Fluß, damit die Ameisen alles bis auf die Knochen wegfressen konnten. Es war gar nicht leicht, sie in dem harten, gefrorenen Boden zu vergraben.

Dabei hatte ich leider vergessen, daß die Ameisen im Winter sterben. Jedesmal, wenn ich die Kröte in der Hoffnung ausgrub, nur noch die Knochen vorzufinden, sah sie aus wie vorher. Die Kälte hielt sie frisch. Nach einer Weile gab ich es auf.

Noch Wochen nach meinem nächtlichen Abenteuer fürchtete ich mich vor meinem eigenen Schatten. Was würde der bullige Zigeuner tun, wenn er erführe, daß ich seine Geheimnisse belauscht hatte? Fünf Menschen schwebten in Lebensgefahr: Iain, Margaret Davidson, die mir von dem Treffen hatte erzählen lassen, Mag und Aelec, die mich hingeführt hatten, und ich selbst natürlich. Aber mit der Zeit verschwand die Angst wieder.

Nun begann ich ernsthaft, nach einem Kelpie zu suchen; immerhin bestand die Möglichkeit, daß ich es reiten könnte. Immer, wenn ich auf dem kleinen Bauernhof war, löcherte ich meinen Großvater mit der Frage, wie es möglich wäre, ein Kelpie zu finden. Schließlich fragte er mich, warum ich das unbedingt wissen wolle – natürlich konnte ich es ihm nicht sagen. Auf unserem Weg ins Landesinnere fragte ich die Fischersfrauen. Ich solle nicht so dumme Fragen stellen, meinten die, so etwas gäbe es nicht – hoffentlich. Ich nahm sogar allen Mut zusammen und fragte den Pfarrer, Alexander Rose. Er beantwortete meine Frage mit seinem Stock, weil er sie für unverschämt hielt. Zum erstenmal in den drei Jahren, die er schon in Nairn lebte, besuchte er meine Eltern, um sich zu beschweren, daß ich mich für einen solchen heidnischen Blödsinn interessiere. Es war nicht leicht, das meinen Eltern und Mistress Clark zu erklären.

Ich hatte Pech. Niemand konnte meine Fragen beantworten.

Dad lag die ganze Zeit über nur auf seiner Matratze. Seine Rükkenschmerzen hatten nachgelassen. Nachts konnten wir ihn schon in das Schrankbett legen. Seine Arme konnte er wieder gebrauchen, so daß es leichter wurde, ihn zu verpflegen. Er versuchte, auf seinen Knien Netze zu flicken und Angelhaken mit Ködern zu bestücken. Das war eine Arbeit für alte Leute, und trotzdem brauchte er lange. Es tat mir in der Seele weh, wie er da saß, angelehnt an eine Matratze, und sich mit schmerzverzerrtem Gesicht mit einer Arbeit abmühte, die sogar Ellen einfach fand. Er stöhnte jedesmal, wenn er sich ausstrecken mußte oder wenn der Haken seine ungeübten Finger verletzte. Die Angelschnüre mußten vorsichtig in die Fässer gelegt werden, damit sie sich nicht verknoteten, wenn man sie herausholen wollte. Dad hatte den Dreh nicht raus. Johnnie erzählte ihm nie, wie Duggie ihn wegen der verwickelten Schnüre beschimpfte und schlug.

Bald hatten wir an anderes zu denken. Die Hochländer kamen. Natürlich wußten wir das vorher. Vor einem Monat hatten sie Aberdeen eingenommen. Danach hatten sie sich noch einmal ins Hochland zurückgezogen, um mehr Männer um sich zu scharen. Master Clark meinte, er hätte nie zuvor gehört, daß sich eine siegreiche Armee zurückzog. Die Hochländer hatten die Heere des Königs in jeder Schlacht besiegt. Sie waren nur noch hundert Meilen von London entfernt gewesen, so daß der König schon seine Flucht vorbereitete. Aber die Hochländer handelten immer anders als andere Menschen. Wahrscheinlich hatten sie zu viele Kühe von Englands saftigen Wiesen geraubt und wollten nun erst einmal ihre Beute in Sicherheit bringen. Deshalb zwangen sie den Prinzen zur Umkehr. Die Stewarts hatten immer Pech.

Jedenfalls breiteten sie sich von Aberdeen nach Norden und Westen aus. Sie fielen in Fort William und Fort Augustus ein. Den Soldaten des Königs jagten sie einen solchen Schrecken ein, daß König Georges General im Norden, Lord Loudon, so blitzartig die Flucht nach Helmdale ergriff, daß ihm nach dem wilden Ritt noch lange das Steißbein schmerzte. Was hatte ihn so erschreckt? Die Gräfin von Moy und ein halbes Dutzend ihrer Diener hatten ein solches Kriegsgeschrei erhoben, daß sie dachten, es sei eine ganze Armee. Darüber lachte das ganze Land. Wie eine Heuschreckenplage breiteten sich die Hochländer dann von Inverness nach Elgin aus und durchsuchten das Gebiet nach Eßbarem.

Wir wohnten genau in der Mitte.

Von der Plünderei, über die sich die Menschen beklagten, war nichts zu bemerken, als die ersten von ihnen in Nairn einzogen. Am fünften April marschierte eine Gruppe von ungefähr vierzig Männern aus dem Clan der Macdonalds, mit zwei Reitern in der Mitte, in die Stadt ein. Sie kamen aus westlicher Richtung. Ich saß gerade mit meinen Freunden am Brunnen und plauderte. Wir erschraken sehr, als wir sie sahen, wie sie am Horologe Stone hielten. Einer von ihnen nahm einen Dudelsack von der Schulter. Dann bildeten sie eine Art Kolonne und marschierten geradewegs auf das Haus des Bürgermeisters zu.

Der größte Teil der Landbevölkerung trug den Kilt, und wir alle hatten unsere karierten Umhänge. Die meisten Frauen waren mit karierten Röcken und die Männer mit ebensolchen Mänteln und Hosen bekleidet. Auch das einfache Grau war sehr verbreitet. Aber keiner der Menschen hier trug diese riesigen karierten Gewänder, die gleichzeitig als Kilt und Umhang dienten und wie zerlumpte Bettlaken mehrmals um den Körper gewickelt wurden, nur durch einen Gürtel oder eine Sicherheitsnadel auf der Schulter zusammengehalten. Außerdem trugen bei uns fast alle Männer und auch einige Frauen lange Unterhosen und Schuhe. Aber diese großen, etwas unangenehm riechenden Rauhbeine liefen mit nackten Füßen durch den Schneematsch. Aus schmuddeligen Bärten schauten gelbe Zähne hervor, das lange Haar fiel ihnen auf die Schultern. Wie Kinder hielten sie ihre breiten Schwerter und Musketen in den knotigen, roten Händen.

Schweigend standen wir da und beobachteten, wie die Männer auf den Pferden die Zügel locker ließen und sich umschauten. Sie wirkten zivilisierter, denn sie trugen Reithosen und Mäntel. Aber wie sollte sich ein vernünftiger Mensch in die Nähe dieser Wilden wagen?

Der eine Reiter war ungefähr dreißig Jahre alt und trug einen Spitzenkragen wie der Master am Sonntag. Er wirkte müde und schlecht gelaunt, außerdem hätte er sich mal die Bartstoppeln abrasieren müssen. Der andere, ein etwa siebzehnjähriger Junge, trug eine grüne Jacke und eine schwarze Säbeltasche. Er hatte keinen Spitzenkragen, aber die Jacke war aus feinem Leinen. Nur mußte sie dringend gewaschen werden.

Als sie sich dem Haus des Bürgermeisters näherten, in dem Rose of Kilravock lebte, wenn er in Nairn war, fiel mir plötzlich ein, daß ich den Master warnen sollte. Ich boxte mich durch die Menge, die von Minute zu Minute wuchs, und sauste durch den spritzenden Schneematsch nach Hause. Aber sie wußten schon Bescheid. Der Master trug bereits Hut und Mantel, und die Mistress versuchte, ihn zu überreden, doch seinen Umhang über den Mantel zu ziehen, da es so kalt sei.

«Laß mich in Ruhe!» rief er und versuchte, sie wie eine Henne mit den Händen zu verscheuchen. «Soll ich vielleicht eingewikkelt wie ein kleines Kind vor den Halunken erscheinen? Ich gehöre zum Rat dieser Stadt und werde mich entsprechend anziehen.»

«Und dir den Tod holen!» fauchte sie zurück. Sie blieb erfolglos, denn er schob sie zur Seite und lief zur Tür. Gerade in diesem Augenblick erschien ein verschüchtertes kleines Mädchen, um ihm zu sagen, daß er sofort zum Haus des Bürgermeisters kommen solle. «Denn die Stadträte erhalten dort ihre Anordnungen von den Offizieren, Sir!»

«Anordnungen! Wohin soll das führen, wenn die Stadt Befehle von einer Handvoll rotbeiniger Soldaten annimmt? Na ja, ich muß los.»

Er holte tief Luft, um sich selbst zu ermutigen, atmete dann aber seufzend wieder aus, als seine Frau ihm den Kopf herunterzog und ihn auf die Wange küßte. Die Mistress! «Aber, aber», brummte er, «doch nicht vor den Mädchen!»

«Vor der ganzen Stadt, Patrick Clark», rief sie stolz. «Und nun geh los, aber sei so vorsichtig wie möglich!»

Als er loslief, rot im Gesicht, aber ermutigt, und mit dem kleinen Mädchen auf den Fersen in die High Street einbog, hörten wir plötzlich einen Schrei, dann ein Klirren. Kurz darauf war es wieder still. Celia und ich wollten hinausgehen, um zu gucken, aber die Mistress verbot es. Dann sah sie uns nachdenklich an, schloß die Tür ab und bat uns in die Küche.

«Um Schwierigkeiten zu vermeiden, gibt es jetzt einiges zu regeln. Hugh und Henny, ihr werdet die Einkäufe auf dem Markt erledigen – wenn es noch einen Markt gibt –, solange die Rebellen in der Stadt sind. Ich möchte nicht, daß eine der Frauen das Haus verläßt, wenn es nicht unbedingt nötig ist. Hugh und Henny, benehmt euch anständig und ruhig. Ihr laßt euch zu leicht reizen. Die Männer sind müde, erschöpfte Kämpfer und wilde Hochländer, die leicht mal aus der Haut fahren können. Geht ihnen aus dem Weg und laßt euch auf keinen Streit ein, egal, was sie tun! Alles, was sie uns wegnehmen oder zerbrechen, können wir ersetzen, euch aber nicht. Schließt die Fensterläden, wir brauchen ihnen nicht zu zeigen, was wir hier haben.

Amanda, du wirst die ganze Zeit drinnen bleiben», Amanda schaute sie ärgerlich an, «wenn ich ein Mädchen hinausschicke, dann Celia oder Jeannie. Ein kleines Mädchen ist weniger gefährdet als du. Und bleibe auch vom Fenster weg.»

Amanda strich sich über das lange, blonde Haar. «Wir haben noch genügend Vorräte, von denen wir zehren können, bis sie wieder weg sind.»

Ich hatte eine Idee: «Mistress, werden sie nicht Abgaben von uns fordern? Wir sollten unsere Vorräte in drei oder vier kleinere Mengen aufteilen und etwas davon verstecken. Sonst nehmen sie uns alles weg.»

«Das ist vernünftig, Jeannie», die Mistress nickte, «gibt es sonst noch etwas zu bedenken?»

Das war ihre Art – Lob zu spenden, wenn es verdient war, und Ratschläge anzunehmen, die vernünftig erschienen.

«Ich erinnere mich an etwas, das Mag vorschlug...», die Mistress schnaubte verächtlich und dämpfte damit meine Freude am Erzählen. Unsicher fuhr ich fort: «...wenn es mehr sind, als du bekämpfen kannst, dann lächle oder weine und versuche, sie mit Worten zu besänftigen. Vielleicht kommst du dann mit einem blauen Auge davon. Einen einzelnen kannst du für kurze Zeit außer Gefecht setzen, indem du ihn trittst, und zwar in die...»

«Das ist ein guter Vorschlag, Jeannie», unterbrach sie mich entschieden und hob eine Augenbraue. Celia konnte kaum ein Kichern unterdrücken, und Amanda versuchte, geschockt auszusehen. «Du kannst uns später erzählen, was sie sonst noch gesagt hat. Nun laß uns nach den Vorräten sehen.»

Wir hatten ungefähr zwei Stunden gearbeitet, als der Master zurückkam. Mit ihm war alles in Ordnung. Darüber war die Mistress so erleichtert, daß sie ihn beinahe noch einmal geküßt hätte. Doch er war sehr in Eile.

«Ich kann nicht bleiben, Janet. Was macht ihr denn da? Ah, prima, macht weiter. Hugh, bitte sattle mein Pferd. Ich muß schauen, ob ich den Verwundeten helfen kann.»

«Nein, Patrick», schrie sie. «Es sind Rebellen! Das ist Verrat! Du steckst deinen Kopf in die Schlinge!»

«Das muß ausgerechnet die Tochter von Rose O'Broadley sagen!» Er umarmte sie kurz. Es war wohl die drohende Gefahr, die sie so liebevoll miteinander umgehen ließ. «Dein Vater ist jetzt der bedeutendste Mann in der Stadt, weil er den Hochländern so nahesteht.»

«Ach, Vater», schnaubte sie verächtlich, «wer hört schon auf ihn? Aber der Prinz kann nicht siegen, und wenn sie wieder weg sind...»

«Nein, es ist in Ordnung. Ich handele unter Zwang. Ich habe dem Bürgermeister selbst geschrieben, daß sie mein Leben bedroht haben und mich nur unter der Bedingung gehen ließen, daß ich den Verwundeten helfen würde. Jeannie, sei so lieb und gib mir meinen Umhang. Innerhalb der nächsten beiden Stunden werden an die tausend Menschen in der Stadt sein und sich in den Häusern verteilen. Angeblich wollen sie bezahlen, was sie mitnehmen, aber ich weiß nicht, womit – sie haben nichts bezahlt, seit sie England verließen. Aus Frankreich sollte ein Schiff mit Geld für den Prinzen kommen, aber das ist wahrscheinlich in der Pentland-Förde untergegangen. Die Stelle ist gefährlich. Wo ist meine Tasche? Ah, danke dir, Celia. Also, macht keinen Unsinn und übersteht alles gut. Ich muß los. Paßt gut auf euch auf!» Und weg war er.

«An die tausend Männer!» Mistress Clark war erschrocken. «Mein Gott!»

Es gab kaum Probleme. Die meisten Hochländer verhielten sich ruhig, und Nairn behielt seine Regierung. Einige Steine wurden geworfen, einige Mädchen wurden unglücklicherweise – allerdings nicht ganz ungewollt – geküßt, zwei oder drei Schädelknochen brachen, und sämtliche Hühner, Enten, Gänse und Schweine verschwanden innerhalb der ersten zwei Tage. Mams Viecher waren natürlich schon lange vorher verspeist worden. Danny Souters Schuhmacherwerkstatt wurde geplündert. Sie nahmen das ganze Leder mit, um sich Stiefel zu machen. Das beste hatte er allerdings so gut versteckt, daß sie es nicht finden konnten. In jener Nacht lag Danny Souter im Bett und hörte, wie sie ein Stockwerk tiefer im Geschäft lärmten. Er erzählte niemandem, was er gehört hatte. Noch ein paar andere Geschäfte wurden geplündert, aber ansonsten blieb es ruhig. Der Bürgermeister und die anderen Ratsherren zogen in ihre Landhäuser und überließen den Hochländern ihre Häuser in der Stadt.
Bei uns wurden zehn Soldaten und drei Offiziere untergebracht. Von da an schlief ich mit Amanda und Celia auf Strohsäcken im Schlafzimmer der Clarks. In der Küche konnten wir uns kaum noch bewegen. Mißtrauische Hochländer beobachteten uns auf Schritt und Tritt. Außerdem rochen ihre riesigen Gewänder nicht besonders gut. Eines Tages verlor die Mistress die Geduld, warf sie aus der Küche und brachte sie im Stall unter. Wie sollte sie kochen, wenn sie über riesige Hirschlederstiefel stolperte, sobald sie sich umdrehte? Nun wurden ihnen die Mahlzeiten in den Stall gebracht. Da ich Gälisch sprach, war ich das beliebteste Mädchen in der Stadt. Einige Hochländer wurden schon am ersten Tag krank, weil sie auf leeren Magen zu viel gegessen hatten. Mir gelang es, sie von dem Gedanken abzubringen, daß wir sie mit dem Pfeffer im Fleisch vergiften wollten. In vielen Häusern war ich als Übersetzerin gefragt.
Wie durch Zauberei verschwanden zwei der versteckten Essensvorräte. Die Mistress war mit den Nerven am Ende.

Der Prinz fuhr zweimal in seiner Kutsche mit dem königlichen Wappen an der Tür durch die Stadt. Ich hörte, wie ihm einige Menschen zujubelten, sehen konnte ich ihn nicht. Beim zweiten Mal stand seine Kutsche zwei Stunden lang vor dem Rathaus. Der Rat wurde einberufen. Die Mistress hatte für diese Begegnung ihren schönsten Mantel angezogen, aber der Prinz litt an einer fürchterlichen Erkältung und konnte nicht bleiben. Wieder war sie sehr verärgert. Als wir den Master über den Prinzen ausfragten, machte er ein ernstes Gesicht. «Als Prinz ist er eine faszinierende, romantische Gestalt, aber ich sehe in ihm keinen König. Ein König hätte sich niemals überreden lassen, aus Derby umzukehren.»
Der erste Berater des Prinzen, Lord George Murray, hielt sich öfter in Nairn auf, und ich sah ihn ein- oder zweimal in der High Street. Ansonsten hatte ich mit den Hochländern außerhalb unseres Hauses wenig zu tun.
Tagesgespräch von Nairn war der Graf von Cumberland, der Sohn König Georgs des Zweiten, der bald in unsere Stadt kommen sollte. Er war Oberbefehlshaber des königlichen Heeres und kam mit zwei anderen Generälen und einer Armee aus Aberdeen. Die Aufregung in der Stadt nahm zu. Die Hochländer wurden unruhig und die Stadtbevölkerung aufmüpfig. Von da an gab es öfter Ärger.
Master Clark kümmerte sich noch immer um die Kranken. Sie litten an Erfrierungserscheinungen oder Skorbut, bedingt durch die schlechte Ernährung. Die meisten von ihnen waren halb verhungert.
Master Clark stritt sich oft mit den Offizieren, die bei uns untergebracht waren, darüber, wer der wahre König sei. Der Master meinte, es sei King George, aber die Offiziere vertraten die Ansicht, daß James Anrecht auf den Thron habe, denn sein Vater, King James, war vor vierzig Jahren als Anhänger des Papstes vom Thron gejagt worden. Prinz Charles wollte die Krone seines Vaters für ihn zurückerobern.

Ich verstand nicht einmal die Hälfte von dem, was sie sagten. Ich verhielt mich ruhig, wie die Mistress es uns geraten hatte, brachte ihnen Essen und Bier und ging wie immer meiner Arbeit nach. Ich war nicht wie Miss Amanda, die dem gutaussehenden Captain schöne Augen machte, wenn ihre Mutter nicht hinsah. Der andere ältere Offizier war mir zu wild, aber ich unterhielt mich öfter mit dem jüngsten, der damals mit den ersten Hochländern in Nairn eingetroffen war.

Er hieß Gillies, Alistair Gillies. Sein Vater war Tuchhändler in Perth, und er hatte sich den Soldaten angeschlossen, um seinen Vetter zu begleiten. Der Vetter war Pächter bei einem der Anführer der Macdonalds. Alistair und sein Vetter hatten voller Eifer dem großen Abenteuer entgegengefiebert: dem Kampf gegen einen fremdländischen Tyrannen, der weißen Kockade, den wenigen Getreuen, die sich für den wahren, aus dem Exil zurückgekehrten König erhoben. Doch die Wirklichkeit sah anders aus. Er hatte genug vom Krieg. Weniger von den Kämpfen, die entsprachen so etwa seinen Erwartungen. Aber er sah keinen Sinn mehr in der ganzen Sache.

Eines Abends, als wir am erlöschenden Feuer saßen, erzählte er mir, daß viele Männer gezwungen wurden, sich ihren Clanführern anzuschließen, indem diese ihnen drohten, ihre Häuser anzuzünden oder ihre Tiere zu töten.

«Das war nicht fair, Jean», sagte er traurig. Manchmal erschien er mir so jung, daß ich mich wie seine Großmutter fühlte. «Sie wurden in den Krieg gezwungen. Nun fliehen sie wieder zurück nach Hause, denn sie bekommen weder Lohn noch etwas zu essen.» Wenn die Männer des Königs sie erwischen, werden sie als Rebellen gehängt; fallen sie ihren eigenen Führern in die Hände, werden sie als Deserteure gehängt; fliehen sie nicht, müssen sie verhungern, denn niemand kann ihre Felder bestellen.» Er seufzte.

«Das geschieht euch recht», antwortete ich ihm. «Ihr seid Katholiken.»

«Nicht alle. Außerdem ist das gleich. Wir sind alle nur Menschen. In den letzten Monaten habe ich Gutes und Böses bei den verschiedensten Menschen erlebt.»
Der Gedanke, daß Katholiken ganz normale Menschen seien, war mir neu. Großmutter behauptete, sie hätten Hörner und einen Schwanz und äßen kleine Babys. Auch der Master und die Mistress urteilten hart über sie. Die beiden unterstützten die in einigen Gegenden gültigen Gesetze, die ihnen zum Beispiel verboten, zu heiraten, Land zu besitzen oder ihre Kinder zur Schule zu schicken. Mutter und Vater hatten allerdings nie schlecht von den Katholiken gesprochen. Jetzt, da ich darüber nachdachte, wurde es mir bewußt. Wenn ich den armen Alistair ansah, wie er in seinen Unterhosen am Feuer saß, während ich seine Reithosen stopfte, merkte ich, daß zumindest die Geschichte mit dem Schwanz nicht stimmte. Vielleicht war das andere auch Blödsinn?
«Seid ihr Christen?» fragte ich.
«Natürlich!» antwortete er beleidigt. «Hast du denn überhaupt keine Ahnung?»
«Aber ihr seid Götzenanbeter und verehrt den römischen Antichristen.»
«Was?» Er mußte lachen. «Was ist denn ein Götzenanbeter?»
Ich sah ihn erstaunt an. Die Frage hatte ich mir noch nie gestellt. «Das sagt meine Großmutter», war alles, was mir dazu einfiel.
Er zuckte die Achseln. «Ihr habt doch Priester.»
«Und ihr habt Pastoren. Das ist dasselbe.»
Ich wußte nicht mehr, was ich antworten sollte. Aber diese Nacht ging ich mit einem ganz neuen Gedanken schlafen. Waren Katholiken richtige Menschen? Ein unbequemer Gedanke, aber nicht uninteressant.
Am nächsten Tag, es war Samstag, der zwölfte April, besuchte ich meine Eltern. Die Mistress schickte ihnen einen Korb mit Eßbarem. Alistair, den der Captain gerade nicht brauchte, be-

gleitete mich, um mir tragen zu helfen. Er half mir auch wirklich.

In der High Street begegnete uns kaum ein Mensch, obwohl viele Hochländer in der Stadt untergebracht waren. Die Händler mußten so hohe Zölle zahlen, daß sie lieber zu Hause blieben. Die Fischer, die die Hälfte des Fangs abgeben mußten, hatten kaum noch Einnahmen und kehrten deshalb mit fast leeren Booten zurück. Die meisten wären gar nicht mehr hinausgefahren, wenn die Rebellen nicht gedroht hätten, sie zu erschießen. Der Freitagsmarkt war nur noch ein Viertel von dem, was er sein sollte, und an diesem Samstag sah ich nur zwei Händlerinnen, die Fisch anboten, und eine, die ein paar alte Zwiebeln verkaufen wollte.

Alistair und ich gingen die Straße hinunter, ohne viel zu sprechen. Ich hatte wie immer mein Strickzeug dabei. Wir Frauen klapperten fast immer mit den Nadeln, wenn wir unterwegs waren und die Hände frei hatten. Wir trugen einen Gürtel mit einem Lederpolster, in das wir eine Nadel stecken konnten, um auch einhändig zu stricken, wenn nötig sogar unter unseren Umhängen. Auf dem Weg zu Großvater Mackays Bauernhof hatte ich meinem Vater schon viele Hosen gestrickt. Alistair und ich liefen den Abhang hinunter auf das Meer zu. Als wir uns den Fischerhütten näherten, hörte ich ein lautes Rufen. «Das ist meine Mutter!» stieß ich hervor und lief los. Alistair hob den Korb mit dem Essen auf die Schulter und folgte mir. Manchmal stolperte er auf dem unebenen Weg.

Vor unserer Haustür hatte sich eine Menschentraube gebildet. Viele Fischersfrauen und einige Männer standen dort, schimpften und drohten mit Fäusten und Stöcken. Von den hinteren begannen einige, Steine als Wurfgeschosse aufzusammeln. Ich schlängelte mich durch und sah ungefähr ein Dutzend Hochländer an der Schwelle stehen. Zwei von ihnen kamen gerade aus dem Haus heraus, eine Frau mit einem Bündel auf dem Kopf und ein Mann, der Dancer führte.

Blind vor Ärger und Entsetzen sprang ich auf die beiden zu. «Was habt ihr vor?» schrie ich. «Das ist unser Pferd. Laßt es los, ihr Hochlanddiebe!» Ich versuchte, dem Mann den Strick aus der Hand zu reißen, aber der schob mich zur Seite.

Ein anderer schleuderte mich herum auf einen dritten zu. «Brian, halte den kleinen Drachen fest», rief er auf gälisch. «Sonst wird sie uns noch alle verschlingen.»

«Der Drache wird euch den Kopf abbeißen, wenn ihr unser Pony nicht loslaßt!» schrie ich und schlug um mich wie eine Wilde. Und das, nachdem ich so oft davor gewarnt worden war, Ärger zu verursachen. Sie schauten mich überrascht an, weil ich ihre Sprache beherrschte. Ich nutzte den Augenblick, um mich zu befreien und den Mann, der mich festhielt, mit meinen Stricknadeln zu stechen. Fluchend ließ er mich los. Ich ging auf die Tür zu. Die knöchernen Nadeln trug ich wie ein Messer vor mir her. Die anderen bogen sich vor Lachen.

Mutter stolperte aus der Tür heraus und hielt sich die rechte Wange. Auch sie hatte gekämpft. Auf der Wange prangte ihr ein roter Striemen, und die Haut um das rechte Auge herum begann sich blau zu färben. Ich konnte hören, daß Großmutter und die Zwillinge im Hause vor sich hin jammerten und Vater von seiner Matratze aus fluchte und schimpfte.

«Laßt uns in Frieden!» schrie Mutter sie an. «Ihr Diebesgesindel, warum könnt ihr ehrliche Leute nicht in Ruhe lassen?» Wir sagten ihnen ganz schön die Meinung. Aber plötzlich faßte mich jemand von hinten. Ich schrie auf.

Eine Frau war durch die Stalltür ins Haus gelangt und hatte mich von hinten gepackt. Mit der einen Hand hielt sie meine Haare fest, mit der anderen drehte sie mir so das Handgelenk um, daß ich die Nadeln fallen lassen mußte. Dann hielt sie mich ihren jubelnden Freunden entgegen und rief: «Wer möchte ein schönes rotes Fuchsfell haben, um sich die Finger zu wärmen?»

Ich wand mich, schrie aber auf, als sich meine Haare von der

Kopfhaut zu lösen begannen. Mutter schlug nach der Hochländerin, hatte jedoch nicht genügend Kraft in den Armen, um mich zu befreien. Unsere Nachbarn begannen zu schimpfen, aber die drohenden Schwerter hielten sie zurück.
Plötzlich war es still. Kurz darauf hörte ich einen Schuß. Eine Stimme, die ich kaum wiedererkannte, sprach in die Stille hinein: «Behandeln die Chisholms so ihre eigenen Leute?» Schweigen. Alistair war da.
Die Hand in meinem Haar löste sich etwas.
«Was geht hier vor?» Noch immer schwiegen alle. «Ich bin Fähnrich Alistair Gillies vom Regiment der Macdonald of Glengarry. Wer ist hier verantwortlich?»
Einer der Männer trat vor. «Roderick Og MacIain selbst erteilte uns den Befehl, Pferde zu besorgen, damit wir die Verwundeten transportieren können. Das sind nicht unsere Leute, Alistair Gillies, sonst würden sie uns ihr Pferd freiwillig überlassen, um den Prinzen zu unterstützen.»
«Wenn ihr die Frauen so schlecht behandelt, haben sie dazu auch keinen Grund.» Alistair wirkte plötzlich viel erwachsener als gestern abend. Die Frau ließ mich los, und ich kümmerte mich um Mutter. Im Haus war es still. Sie lauschten.
«Wir behandeln sie schlecht?» rief der Mann, den ich gestochen hatte, und streckte seine Hand aus. Von seinen Fingern tropfte noch Blut. «Ich würde eher sagen, sie behandeln uns schlecht!» Sie lachten unsicher.
«Ihr möchtet doch sicher auch, daß eure Frauen und Töchter euren Besitz verteidigen. Beklagt euch nicht, wenn andere ebenso handeln. Und dieses Bündel, soll das ein Pferd sein?»
Alistairs Gälisch war zwar nicht ganz richtig, aber klar verständlich.
«Da drin sind die Kleider meines Mannes und Bettwäsche», rief Mam.
«Hat man euch befohlen, das auch mitzunehmen?» fragte

Alistair. «Einen Kranken zu bestehlen? Nein? Dann stellt es hin!»

Widerstrebend ließ die Frau das Bündel fallen. Alistair wandte sich meiner Mutter zu. Er sprach Englisch, so daß die anderen ihn verstehen konnten.

«Mistress Main, diese Männer, die Ihr Pferd wegnahmen, tun nur ihre Pflicht für ihre eigenen Leute. Wir haben Verwundete, die nach Hause gebracht werden müssen. Ich weiß, daß es schwer für Sie ist, aber ich kann und will nichts tun, um sie davon abzuhalten.» Unsere Freunde begannen ärgerlich zu murren, aber die Hochländer nickten zustimmend. «Noch heute werde ich mit Roderick Og sprechen», fuhr Alistair fort, «wenn er das Pony nicht bezahlen will, werde ich es selbst tun.»

Noch immer gab es viele ärgerliche Blicke, aber die größte Feindseligkeit war aus ihnen gewichen. Als die Hochländer, die sich sogar bei mir entschuldigten, den armen Dancer wegführten, folgten ihnen zwar Flüche, aber wenigstens keine Steine mehr.

«Wir sind Ihnen sehr dankbar, Sir», Mam hielt noch immer ihre Wange, sah aber nicht mehr ganz so erschüttert aus. «Möchten Sie nicht hereinkommen und eine Tasse Tee mit uns trinken?»

Sie führte Alistair ins Haus. Er begrüßte Vater und Großmutter höflich, als ob nichts geschehen wäre.

Ich folgte ihm, rieb mir den Kopf und zitterte vor Aufregung. Nun fühlte ich mich nicht mehr so großmütterlich. Es war eher wie in der Kirche. Ich konnte mich an ihm nicht satt sehen. Mit Freuden wäre ich für ihn gestorben.

Plötzlich erinnerte ich mich an das Essen. Ich lief wieder hinaus, um es zu holen, doch ich fand es nicht. Die Hochländer hatten es wohl mitgenommen. Meine Nadeln waren allerdings noch da, sogar mitsamt dem Socken. Immerhin etwas.

Die Prüfung

Wie erwartet, verschwanden die Hochländer bald wieder. Alistair blieb noch einen Tag länger, bis zum Sonntag. Als wir wie immer zur Kirche gingen, sah ich ihn. Er war gerade dabei, sich mit zehn seiner Männer auf den Weg zu machen. Ohne um Erlaubnis zu bitten, stürzte ich auf ihn zu. Um das entsetzte Zischen der Mistress hinter mir kümmerte ich mich nicht.

Als ich vor ihm stand und alle uns anstarrten, wußte ich kaum, was ich sagen sollte. «Reitest du jetzt zurück, Alistair?» fragte ich schließlich. Ich wollte nicht, daß er fortritt. Hatte er mich nicht noch gestern vor den Chisholms gerettet und Mutter das Geld für Dancer gegeben? Ich wollte unbedingt, daß er blieb. Aber er sah mich nur lächelnd an.

«Ja, Jeannie, in wenigen Minuten sind wir weg. Hier ist jemand, den ich dir gerne vorstellen möchte. Pater Malcolm, das ist das Mädchen aus dem Haus des Arztes: Jeannie Main.» Es war ein Priester. Erschreckt wollte ich davonlaufen, aber meine Beine versagten. Dann nahm ich mich zusammen und sah ihn richtig an. Er trug ein langes, schwarzes Gewand. Vielleicht hatte Gran doch insofern recht, daß nur Priester Schwänze haben.

Er war ungefähr sechs Fuß groß und lächelte auf mich herunter. Sein dünnes, braunes Gesicht sah freundlich aus. «Guten Tag, Mistress Jean Main», begrüßte er mich. «Alistair erzählte mir, daß du gestern in einer mißlichen Lage warst.»

Nach dem dritten Versuch brachte ich ein «Ja, Sir, und er rettete mich», heraus.

Er lächelte Alistair an. «Wie ich sehe, hast du Freunde gewonnen, mein Sohn. Du hast nicht unseren Glauben, Jean? Gott möge dir so oder so beistehen und Sorgen in Zukunft von dir fernhalten. Gott kann Wunder wirken, nicht wahr?»

Einen Schwanz hatte er anscheinend nicht. Als er sich herumdrehte, berührte ich vorsichtig seinen Mantel. «Ja, Mädchen, was ist los?»

Plötzlich kam mir der Gedanke, daß er als Hochländer vielleicht wüßte, wo und wie man ein Kelpie finden könne. Aber er schüttelte den Kopf mit einem lauten Lachen. Amanda starrte uns an. Der Master und die Mistress taten, als ob sie nichts sehen würden. «Gott segne dich, mein Kind, so habe ich schon lange nicht mehr gelacht. Nein, meine Liebe, ich weiß nichts über Kelpies. Warum ist das so wichtig?»

«Och, schon gut, Sir», murmelte ich und wurde knallrot. Ich würde wohl nie dazulernen, wie konnte ich mich vor der ganzen Stadt so lächerlich machen und mit einem katholischen Priester sprechen. Die Zigeunerin hatte mir schon eine Menge Unglück gebracht.

Er sah mich nachdenklich an. «Jeannie, was immer du suchst, ich bete für dich, daß du es findest. Nun lauf los, sonst wird deine Mistress sehr böse.» Da hatte er recht.

In diesem Augenblick kam der Captain angeritten. Er saß auf Master Clarks Pferd. Anscheinend waren es nicht nur die Armen, die ihre Pferde hergeben mußten. Captain Macdonald winkte Alistair, ihm zu folgen. Der Priester ging fort, und Alistair schwang sich in den Sattel. Er beugte sich noch einmal herab und nahm meine Hand. «Leb wohl, Jeannie, und vergiß mich nicht!»

«Nein», schniefte ich und bemühte mich, nicht zu weinen. Ich war sicher, daß ich ihn nie wiedersehen würde.

Plötzlich gab er mir einen Kuß auf die Hand. «Sei nicht traurig, schenk mir ein Lächeln, liebe Jeannie. Eines Tages werde ich wiederkommen, das versprech ich dir!» Ich schniefte noch mehr, versuchte aber zu lächeln, wie er es sich gewünscht hatte. Er ließ etwas in meine Hand gleiten, setzte sich dann schnell aufrecht in den Sattel und ermahnte seine Männer zum Aufbruch. Als er mit ihnen die High Street hinaufritt, schaute er sich nicht um. Ich fühlte, daß alle Augen der Stadt auf mich gerichtet waren, aber das war mir gleich. Schnell lief ich nach Hause und versteckte mich im Stall. Menschen um mich herum konnte ich jetzt nicht ertragen.

Die Mistress selbst befahl den anderen, mich in Ruhe zu lassen. Als ich an diesem Nachmittag endlich wieder erschien, sagte sie kein Wort. Henny grinste natürlich. Amanda sah finster drein – vielleicht war sie eifersüchtig –, und die gute Celia hatte mir etwas Mürbegebäck aufgehoben, um mich aufzumuntern. Aber es dauerte eine Weile, bis ich mich mit ihnen wieder frei und fröhlich fühlte.

Das Ding in meiner Hand war ein Shilling. Ich versteckte ihn gut.

Der Master hatte befürchtet, daß die Armee des Herzogs von Cumberland um die Stadt kämpfen müsse, aber das war nicht mehr nötig. Als sich am Montag die Späher des Herzogs, gefolgt von der Kavallerie, der Brücke näherten, waren nur noch wenige Dutzend Rebellen in Nairn zu finden. Die meisten von ihnen waren Franzosen oder Iren. Sie feuerten ein paar Schüsse ab, um etwas Kampfgeist zu zeigen, und galoppierten davon, verfolgt von den Flüchen der Bevölkerung und ein paar Steinen. Dann ritt der Herzog von Cumberland ein.

Jubelnd wurde er begrüßt. Nur von mir nicht. Ich wußte nicht mehr, auf wessen Seite ich stand. Ich wußte nicht mehr, was mit mir los war.

Die Soldaten des Herzogs errichteten ein ordentliches Lager südlich der Stadt, bei Balblair House. Ihre Kanonen, die mir riesig und unheimlich erschienen, standen östlich der Brücke. Dort

waren sie vor den Rebellen sicher. Ich half der Mistress die Betten, in denen die Offiziere der Rebellen geschlafen hatten, abzuziehen und die Wäsche zu waschen. Das war klug, denn in dieser Nacht bekamen wir drei neue Offiziere aus Barrels Regiment. Der erste war groß und dick, der zweite klein und dick und der dritte groß und dünn. Der dünne war der jüngste. Er war ungefähr dreißig und hieß Major Wolfe. Ich vermißte Alistair.
Major Wolfe war ein netter Kerl. Er war sehr schüchtern, und wenn er überlegte, was er sagen sollte, drehte er so lange an seinen Knöpfen, bis sie locker wurden. Am Nachmittag nähte ich sie wieder an, und er schenkte mir einen Penny dafür. Wenn das so weitergehen sollte, wäre ich bald reich.
Der Herzog befahl dem Master in einem ernsten Gespräch, daß er keinen Umgang mit den Rebellen haben sollte. Doch der Master zeigte ihm den Brief von Bürgermeister Rose, und schon war die Sache erledigt. Herzog Cumberland konnte gegen diesen Brief keine Einwände erheben, denn er war, wie die Rebellen vor ihm, im Haus des Bürgermeisters untergebracht.
Den ganzen Tag und die halbe Nacht über war die Stadt voller Leben. Zum erstenmal seit Wochen wagten sich die Menschen wieder aus den Häusern, um frische Luft zu schnappen. Es war zwar sehr kalt, aber sie wußten wenigstens, daß sie keine Angst mehr vor Räubern haben mußten. Die Stimmung war fast wie an einem Markttag, obwohl es in der ganzen Stadt kaum noch etwas zu kaufen gab. Nur für Christian Sutherland und die anderen Bierverkäufer war dies der ertragreichste Tag im Monat. Lange nach Mitternacht wankten die letzten Radaubrüder nach Hause, und ich konnte endlich einschlafen. Dabei überlegte ich mir noch, wo – und ob – Alistair in dieser Nacht schlafen würde.
Am nächsten Tag hatten Cumberlands Soldaten frei. Es war der Geburtstag des Herzogs. Er spendierte ihnen allen eine Extraportion Brot, Käse und Brandy, damit sie feiern konnten. Außerdem

hatten sie Zeit, ihre Uniformen zu flicken, die auf dem langen Fußmarsch von Aberdeen nach Nairn ziemlich gelitten hatten. Die Musik, die die Parademärsche und Übungen begleitete, tönte bis zu uns hinauf. Trotzdem fanden die Soldaten noch Zeit, um in die Stadt zu kommen. Die Geschwister Merrieton legten die weißen Halstücher, die sie für die Soldaten des Prinzen genäht hatten, weg und machten sich neue in Rot und Gelb, den Farben des Herzogs. Peter Falconer, der Schmied, arbeitete vom ersten Hahnenschrei bis lange nach Sonnenuntergang, um Harnische zu flicken. Während die Rebellen in der Stadt waren, hatte er sich versteckt, weil er befürchtet hatte, von ihnen entführt zu werden, um ihnen zu dienen wie andere Schmiede vor ihm. Nun war er glücklich, wieder herumlaufen zu können. Auch an diesem Tag machten die Bierverkäufer einen guten Umsatz. Viele Farmer aus den Bergen brachten Schafe und Rinder nach Nairn, die sie vor den Hochländern gerettet hatten und nun an die Marketender des Herzogs verkaufen wollten. Einige der Hühnerbesitzer waren unvorsichtig genug, ihre Tiere wieder frei laufen zu lassen. Doch das bereuten sie sehr bald, denn die Frauen dieser Soldaten stahlen ebenso gerne wie die der vorigen.

Jeden Tag erreichten neue Schiffe die Bucht. Sie ankerten vor dem Hafeneingang und brachten Offiziere, Soldaten, Pferde und Vorräte für den Herzog. Ein Regiment war dabei, ich glaube Houghtons, das gerade aus Amerika zurückgekehrt war. Auch Hannoveraner waren darunter, feine und höfliche große Männer. Obwohl sie kein Englisch sprachen, waren sie sogar für die sture Bevölkerung von Nairn interessant.

Leider hatte diese Geschäftigkeit auch eine dunkle Seite. Am nächsten Morgen verbreitete sich das Gerücht, daß ein Junge erwischt worden sei, der versucht habe, für die Rebellen zu spionieren. Er sollte verurteilt und gehängt werden. ‹Armer Kerl›, dachte ich und bügelte weiter.

Der Pastor kam, um den Master zu sprechen, doch der war nicht zu Hause. Miss Amanda bat ihn in den Salon, um mit ihr und dem großen dicken Offizier, der gerade frei hatte, ein Glas Rotwein zu trinken. Keine zehn Pferde hätten ihn davon abhalten können. Nach einer Weile begannen sie zu musizieren, und der englische Offizier übte mit ihnen das neueste Lied aus London ein: «God save the King.»
Ich bügelte Bettlaken, und einer der Offiziersburschen, den sie den ‹Putzer› nannten, schälte Kartoffeln – sie waren anstelliger als die Hochländer – und spielte mit dem kleinen Hund, der sonst im Rad lief und so den Bratspieß drehte. Sie hatten ähnliche Namen – Dandy und Andy –, und der Mann war ganz begeistert von der kleinen bissigen Bestie. Er formte mit seinen Armen einen Reifen und versuchte dem Hund beizubringen, hindurchzuspringen. Damit gefährdete er zwar seine Nase, erntete aber ein herzliches Gelächter von Celia und mir. Plötzlich klopfte es an der Tür. Celia kam mit erschreckten Augen zurück: «Es ist die Zigeunerin. Die mit dem einen Ohr.»
Margaret Davidson hier in der Stadt? Etwas Wichtiges mußte geschehen sein. Andy, der Engländer, wußte nicht, daß er es eigentlich den Stadtvätern melden müßte. «Laßt sie herein», sagte ich und stellte das Bügeleisen auf den Herd. Zum Glück war die Mistress unterwegs und Amanda beschäftigt. «Was kann ich für Sie tun, Mistress Davidson?» Ich stellte ihr einen Stuhl hin. Sie trug beide Ohrringe in einem Ohr und lachte, als Celia sie anstarrte.
«Ein gutes Benehmen in einem guten Hause. Das habe ich schon vor zwei Jahren zu deiner Mutter gesagt, und es stimmt noch immer. Habt ihr die Neuigkeiten schon gehört?»
«Welche Neuigkeiten?» fragte ich. In letzter Zeit war so viel geschehen.
«Von dem Jungen, der in Balblair gehängt werden soll. Kennt ihr ihn?»

«Wir wissen nur, daß er verhört werden soll...», meinte Celia. «Das Urteil ist gefällt. Er soll gehängt werden. Aber wißt ihr, wer er ist?» Ahnungslos schauten wir sie an. «Jeannie, erinnerst du dich, daß ich dir damals sagte, wir würden uns im Schatten des Galgens wiederbegegnen? Das ist jetzt das zweite Mal. Der Junge ist dein Vetter Iain.»

«Iain?» Beinahe hätte ich laut aufgeschrien. Celia sprang in die Höhe, und Henny steckte vom Stall aus seine Nase durch die Tür. Aber ich achtete nicht darauf. «Sind Sie sicher, Mistress?»

«Ganz sicher!» Hennys Ohren flatterten, und seine kleinen boshaften Augen begannen schadenfroh zu lächeln.

«Oh, lieber Gott, was kann ich nur tun?» seufzte ich. Ich wußte, daß ich etwas tun mußte. Mein Vetter. Auf dem geheimen Treffen hatte er sein Leben riskiert, statt mich zu verraten. Ich mußte etwas tun. Doch was nur? Was?

«Du wirst ihm helfen, das ist dein Schicksal, Mädchen.» Sie erhob sich und bewegte sich elegant zur Tür. «Du vergißt das Kelpie nicht?»

«Zum Teufel mit den Kelpies», fauchte ich. «Was kann ich tun, wenn Iain in den Händen der Engländer ist? Der Herzog wird mich nicht sehen wollen.»

«Das stimmt, Kleine», meinte Andy. «Niemand wird auf ein kleines Mädchen hören.»

«Was kann ich tun?» fragte ich verzweifelt.

«Nichts», antwortete die Zigeunerin. Ärgerlich drehte ich mich weg. Ich war ohnmächtig vor Wut. Was kann ein Kind in einer Männerwelt schon ausrichten? Doch die Zigeunerin fuhr fort: «Du selbst kannst nichts tun, aber wer kann dir helfen? Denk mal nach! Du brauchst Hilfe, aber von wem?»

«Dem Master», war alles, was mir einfiel.

«Er ist bei David Cumyngs, weil dort auf den Schiffen das Fieber ausgebrochen ist», meinte Celia.

«Holt ihn her!» sagte Margaret Davidson.
«Ihn herbestellen? Den Master? Ich kann ihn doch nicht hin- und herschicken.»
In Hennys kleinem, schmalem Gesicht blitzte ein boshafter Einfall auf. Er witterte eine Gelegenheit, mich in Schwierigkeiten zu bringen, ohne selbst etwas zu riskieren.
«Ich werde ihn holen», quiekte er. «Ich werde ihm sagen, daß du mich geschickt hast, um ihn zu holen.» Und weg war er. Ich wußte, daß der Master sehr böse werden würde, wenn er vor dem neuen Hilfssheriff Befehle von seinem Dienstmädchen erhalten würde. Aber das war mir inzwischen egal.
«Er wird zu spät hier sein», meinte Margaret Davidson. «Heute mittag soll Iain gehängt werden. Ich selbst habe es eben erst erfahren. Wir brauchen jemanden, den wir schneller erreichen können.»
«Du könntest Major Wolfe bitten, aber der ist im Lager», schlug der Engländer vor. «Der da drinnen würde nicht mal sein Hinterteil erheben, um seine eigene Mutter zu retten, geschweige denn einen Schotten.»
«Bleibt noch der Pastor», meinte Celia.
«Master Rose?» Ich war erschrocken. «Oh, nein, das kann ich nicht machen!»
«Warum nicht?» fragte die Zigeunerin. «Hast du etwa Angst?» Und sie schlüpfte zur Tür hinaus.
«Du hast keine andere Wahl», drängte Celia mich. «Los, du mußt es versuchen.»
«Du kannst nichts verlieren, Kleine», versuchte Andy mich zu ermutigen. Er hatte keine Ahnung. Aufmunternd nickte er mir zu. Mit zitternden Knien ging ich auf die Salontür zu. Nach zwei Anläufen wagte ich es endlich, anzuklopfen. Als ich dem Pastor das letzte Mal begegnet war, wollte er mich mit seinem Stock verprügeln. Vor Miss Amanda und dem Offizier würde er das sicher nicht tun, aber er hatte andere Möglichkeiten, mich zu

bestrafen, denn er war sehr einflußreich. Außerdem mochte er mich sowieso nicht. Eine Tracht Prügel wäre mir egal, doch wenn ich meine Arbeit verlieren würde... meine Eltern brauchten das Geld und das Essen, das ich ihnen brachte. Aber mir blieb keine andere Wahl.
«Komm herein», rief Miss Amanda. Sie saß in der Nähe des Tisches und hatte ihre Harfe aufgestellt. Angezogen hatte sie ihr bestes braunes Kleid, das mit dem Spitzenkragen. Neben ihr stand ein Glas Rosé. Unverdünnt durfte sie ihn trinken, denn sie war jetzt sechzehn und somit eine junge Dame. Pfarrer Rose saß ihr gegenüber, die Flasche stand neben seiner Geige auf dem Tisch. Der dicke Offizier hatte sich auf einem Stuhl am Feuer ausgebreitet und spielte Flöte. Als er mich sah, hörte er auf und starrte mich an. «Was ist los, Jeannie?» fragte Amanda kühl.
«Oh, Miss!» Ich konnte kaum sprechen. «Es tut mir leid, daß ich Sie störe, aber ich brauche Hilfe. Bitte, helfen Sie mir, Sir! Bitte! Er ist mein Vetter. Er wurde als Spion verhaftet und soll gehängt werden, aber so etwas würde er nie tun und –»
«Jeannie!» Miss Amandas Stimme gefror. «Hör auf zu schniefen und sage dem Pfarrer, was du von ihm willst! Entschuldigen Sie bitte, meine Herren.» Ich wischte mir mit meiner Schürze die Augen und versuchte, mich zu beherrschen.
«Machen Sie sich keine Sorgen, meine Liebe», schnarrte der Pfarrer. «Ich kenne Jean Main schon länger. Also, Jeannie, wer soll gehängt werden?»
Seine Stimme war schneidend, aber ich mußte fortfahren. «Mein Vetter Iain, Sir. Er soll ein Spion sein. Aber ich könnte schwören, daß er unschuldig ist.»
«Und ich soll um seinen Freispruch bitten?» spottete er.
Ich nahm seine Worte für bare Münze. «Oh, vielen Dank, Sir! Auf so einen feinen Menschen wie Sie werden die Engländer sicher hören. Vielen Dank!»
«Du hast mich falsch verstanden, meine Liebe. Niemals würde

ich den Herzog um so etwas bitten. Soll ich für einen Verräter um Gnade bitten? Ich bin doch nicht verrückt. Aber du bist verrückt, mir das vorzuschlagen. Ich würde riskieren, selbst gehängt zu werden.»

«Das stimmt, Herr Pfarrer», murmelte der Offizier. «Bei George, Billy ist nicht gerade ein freundlicher kleiner Mann. Der verprügelt Sie, wenn Sie vor ihm stehen, vielleicht auch schon vorher, bei George! Er kann die Schotten nicht ausstehen.»

Ich wollte es kaum glauben – und doch hatte ich das ja erwartet. Verzweiflung stieg in mir auf. «Entschuldigen Sie bitte, Sir», meine Hände verwandelten meine Schürze fast in einen Putzlappen. «Aber, bitte helfen Sie mir! Sie sind meine einzige Hoffnung! Bitte!»

Seine kleinen Augen zuckten. Großzügig schenkte er sich ein weiteres Glas Rosé ein. «Ich dachte, daß so ein vornehmes und gebildetes Mädchen wie du es bist, sich selber helfen kann», spottete er. «Schreib dem Herzog doch einen Brief.»

«Dazu ist die Zeit zu knapp.» Meine Lippen zuckten. Ich zitterte am ganzen Körper.

«Schreiben?» Mit einem Ruck setzte der Offizier sich aufrecht hin. «Sie kann schreiben? Lieber Gott!» Mehrmals murmelte er vor sich hin: «Schreiben! Ein kleines schlampiges Dienstmädchen, das schreiben kann! Bei George!»

Pfarrer Rose sah mich wütend an: «Jean Main, du bist eine eingebildete kleine Ziege! So ein aufgeblasenes Verhalten geziemt sich nicht in deiner Stellung! Ja, schreib doch einen Brief!»

«Vielleicht, Sir!» Meine Gedanken verwirrten sich. Vorne auf seiner Jacke war ein Eifleck, der wie ein Huhn geformt war.

«Kannst du das wirklich?» Seine Lippen verzogen sich zu einem boshaften Grinsen. «Paß auf, Jean, du beweist mir, daß du lesen und schreiben kannst, und ich werde sehen, was ich für dich tun kann.»

«Bei George, das ist ein faires Angebot», meinte der Rotrock. Er

trank einen Schluck Wein und lehnte sich entspannt zurück. «Eine Wette, bei George! Das ist eine faire Sache.»
Was sollte ich dazu sagen? «Was – wie, Sir?»
Der Pfarrer nahm ein Buch aus dem Regal neben dem Kamin und öffnete es. «Da», sagte er, «komm her und lies das vor!»
Die Schrift verschwamm vor meinen Augen, als ich sie sah. Miss Amanda runzelte die Stirn, sagte aber nichts. Vor mir lag ein Buch des Masters, eine Abhandlung über den Blutkreislauf. Vor einem Monat hatte ich mit Celia darin gelesen, aber jetzt schienen die Buchstaben vor meinen Augen zu tanzen. «Zu schwer, was? Wie schade.» Er sah den Engländer an und zuckte mit den Achseln.
«Nein, nein, Sir, ich kann das.» Ich begann zu lesen. Der Klang der Worte ermutigte mich. Er schnaufte ärgerlich, als ich am Ende der Seite angelangt war und mich nur bei den längeren Worten etwas verlesen hatte. Der Offizier begann vor Erstaunen schallend zu lachen.
Das war der Anfang einer schrecklichen Prüfung, die keinem Kind zugemutet werden sollte. Mit dem Tod meines Vetters im Nacken mußte ich lesen, buchstabieren, rechnen. Einen einzigen Fehler würde er als Beweis dafür nehmen, daß ich ihn belogen hatte. Ich mußte perfekt sein. Und der Engländer kicherte die ganze Zeit und machte seine Bemerkungen zu Miss Amanda und dem Pfarrer. Er meinte, ich könne im Zirkus auftreten; bei George, damit hatte er recht.
Miss Amanda schaute immer verlegener und trauriger drein. Ein- oder zweimal versuchte sie, mich zu unterbrechen, aber Master Rose fuhr unbeirrbar fort.
Wir hörten auf zu rechnen und wandten uns der Geographie zu. Der Schweiß tropfte mir den Rücken herunter. Dann folgte Geschichte. Und Französisch? Französisch hatte ich niemals gelernt. «Ich bin erleichtert, daß du den gebildeten Menschen wenigstens ein Gebiet überlassen hast.»

Als nächstes prüfte er in seiner Rolle als Pfarrer den Katechismus. Mit elf Jahren sollte ich das meiste davon kennen. Er begann mit dem Anfang. «Worin besteht die Hauptaufgabe des Menschen?»

In diesem Bereich fühlte ich mich sicher. «Die Hauptaufgabe des Menschen besteht darin, Gott für immer zu ehren und im Herzen zu tragen.» Ich beherrschte die Fragen und Antworten unserer Religion von vorne bis hinten. Seit meinem dritten Lebensjahr wurden sie mit mir geübt, und ich konnte schnell lernen. Insgesamt waren es hundertundneunundvierzig Fragen. Er wollte sie doch wohl nicht alle durcharbeiten? Er wollte.

Ich sprach gerade über die Erbsünde: «Die Schuld, die Adam auf sich nahm, indem er vom verbotenen Baum der Erkenntnis aß, führte zum Sündenfall des Menschen und zur Verderbtheit der Natur. Sie wird Erbsünde genannt. Die Erbsünde umfaßt alles Böse, das bis in die heutige Zeit hinein wirksam ist», als die Tür sich leise öffnete. Der Pfarrer, der das nicht bemerkt hatte, stellte die nächste Frage. Mit einem erschreckten Blick sprang Miss Amanda auf. Der Offizier rülpste und sah dann erstaunt den Master an, der im Türrahmen stand und so wütend aussah, wie ich ihn noch nie gesehen hatte.

Er stellte sich leise hinter Master Rose, und als dieser sich umdrehte, vielleicht, weil mein Gesichtsausdruck ihn vorgewarnt hatte, ergriff er ihn an seinem abgenutzten Kragen und hob ihn auf die Zehenspitzen. Die Hände des Pfarrers griffen erschreckt in die Luft. Master Clarks große Hände zitterten, und sein Gesicht war kreidebleich vor Zorn.

«Ich kann es kaum glauben. Ein Geistlicher, der ein kleines Mädchen so behandelt. Sie sind eine Schande für Ihren Talar. Ein folterndes, gemeines, ekelerregendes Zerrbild eines Mannes. Die spanische Inquisition war kaum schlimmer. Ich konnte kaum glauben, was Celia mir erzählte. Ich hätte ihr nicht geglaubt, wenn ich es nicht mit meinen eigenen Augen gesehen

hätte. Sie – Sie –» Er zitterte vor Wut, und ich begann zu weinen, nur wegen der Anspannung.
Das schien den Master wieder zur Besinnung zu bringen. Er ließ den Pfarrer auf die Knie fallen und schnappte nach Luft. Sein Gesicht war dunkelrot. Zu Miss Amanda gewandt, meinte er dann: «So, Fräulein, verschwinde in dein Zimmer. Mit dir werde ich noch sprechen. Wie kann man nur zulassen, daß so etwas in meinem Haus geschieht!» Mit einer Hand vorm Mund, um ein Schluchzen zu unterdrücken, floh sie nach oben. Die Absätze ihrer guten Schuhe klapperten auf der Treppe.
Der Master sah zu dem englischen Offizier hinüber, der versuchte, sich aus seinem Stuhl zu erheben. Klar, aber voller Verachtung sagte er: «Über Sie, Sir, kann ich nicht bestimmen. Wenn ich es könnte, würde ich darauf achten, daß ich Sie niemals mehr in meiner Nähe und der meines Hauses ertragen müßte. Ich würde mich freuen, wenn Sie ein anderes Quartier fänden. Ihr Benehmen ist für einen anständigen Menschen unerträglich. Ich empfinde Ihre Gegenwart als Beleidigung!»
Der Engländer wurde knallrot und begann zu toben, aber der Master hielt ihm nur die Tür auf. «Sir, Sie möchten doch sicher nicht, daß ich Ihren Offizierskollegen erzähle, daß Sie ein kleines Mädchen gequält haben!» Der Engländer senkte den Blick. Ich sah, wie Andy, der in der Küchentür stand, sich bemühte, ein breites Grinsen zu verstecken, als der Offizier mit eingefallener Brust in sein Schlafzimmer schlich.
Dann wandte er sich erneut Master Rose zu. «Nun, Sir», begann er, als wir plötzlich einen Trommelwirbel hörten, den der Wind leise herübertrug. «Was ist das?» fragte er.
Andy trat einen Schritt vor: «Es sind die Trommeln beim Galgen, Sir.» Er sah mich voller Bedauern an. «Jetzt ist es zu spät.»
«Hat man ihn schon gehängt? Oh, lieber Gott!» schrie ich.
«Wenn das Getrommel aufhört, Kleine, wird man ihn fallen lassen.»

Ich brach am Fuße der Treppe zusammen und begann, haltlos zu weinen. Aber der Master war noch nicht fertig. Er griff nach Master Roses Mantelkragen und stellte ihn auf die Füße. «Noch ist er nicht tot», schnaufte er. «Sie kommen mit mir, Pastor –», er zog das letzte Wort voller Verachtung in die Länge – «und halten Ihr Versprechen. Vielleicht kommen wir gerade noch rechtzeitig. Los, beeilen Sie sich, oder Sie können gleich aus der Stadt verschwinden!»

Er zog Master Rose nach draußen, die High Street hinauf und um die Ecke. Doch zu Fuß brauchte man fünf Minuten zum Balblair House, und als sie nicht mehr zu sehen waren, schwiegen die Trommeln. Es war zu spät.

Vergeblich versuchten Celia und Andy, mich zu trösten. Die barschen Fragen, die Mistress Clark stellte, nachdem sie zurückgekehrt war, und dann ihr aufrichtiges Mitgefühl und Verständnis beruhigten mich schon eher. Einige Minuten später eilte sie die Treppe hinauf zu Amanda. Die Schläge und das Gejammer waren bis nach unten zu hören.

Plötzlich ertönten die Trommeln von neuem. «Noch einer?» meinte Andy erstaunt, «ich wußte nicht, daß heute zwei dran sind. Das muß eine schnelle Verhandlung gewesen sein.» Als das Getrommel abbrach, seufzte er. «Wieder ein armer Teufel, der zu seinem Schöpfer gereist ist. Was hat der wohl verbrochen?»

Mir war es inzwischen gleichgültig. Stumm saß ich da und starrte ins erlöschende Feuer. Ob ich wohl noch zu Ende bügeln konnte? Ein Bettlaken war übriggeblieben.

Da hörten wir die Trommeln zum dritten Mal.

«Verdammt», rief Andy, «der dicke Billy feiert seinen Geburtstag besonders stilvoll. Das ist sogar für ihn ein bißchen viel. Wo kommen die beiden anderen her?»

Mir kam ein grauenvoller Verdacht. «Der Master – und der Pastor –», flüsterte ich.

«Oh, nein!» schrie Celia.

Andy sah mich verwundert an. «Das ist Unsinn, Kleine – obwohl sie Schotten sind. Nein, nein, denen kann er nichts tun.» Aber die Mistress war weiß wie ein Laken, als sie die Treppe herunterkam. Ich sah ihr an, daß sie denselben Gedanken hatte. Sie nahm Celia und mich in die Arme. So standen wir in der großen Küche und warteten auf Nachricht.

Die Entscheidung

Wir mußten fast eine Stunde warten. Andy meinte, wir sollten uns ans Feuer setzen, aber die Mistress hielt uns fest im Arm. Ich wußte nicht, ob sie uns oder sich damit beruhigen wollte. Schließlich kam ein kleiner Trommler angelaufen. Er war ungefähr acht Jahre alt. An unserer Tür bremste er so heftig, daß seine Trommel vom Kilt abprallte. «Clark?» rief er mit gewichtiger Stimme. «Ich habe eine Nachricht für Clarks!»

«Hier!» antwortete Andy, da die Mistress sich nicht rührte. Der kleine Junge salutierte zackig. «Nachricht beginnt. Junge in Sicherheit. Wird bald nach Hause gebracht. Ende der Nachricht.» Er salutierte wieder, entspannte sich ein wenig und lächelte erwartungsvoll.

Nach einer Weile bewegte sich Mistress Rose steif auf ihrem Stuhl. Andy sah sie an, griff nach dem Jungen und zog ihn herein. «Gut, Trommler –»

«MacCallum, Herr Unteroffizier. Argyller Heerestruppe. Oberst Jack.» Er war beim Regiment Campbell.

«Trommler MacCallum, rühren», befahl Andy, «und jetzt erzählen Sie uns, was geschehen ist!»

«Jawoll, Herr Unteroffizier!» Flink stellte sich der Junge neben das Feuer. Draußen war es eiskalt. «Wo soll ich anfangen?» Sein Westküstendialekt klang sanft, aber sein Lächeln wirkte aufgeweckt und übermütig.

«Haben sie den jungen Schotten verhört?»

«Allerdings, Herr Unteroffizier, und er wurde verurteilt. Aber dann geschah etwas, was Sie kaum glauben werden, weil Sie es

nicht mit eigenen Augen gesehen haben.» Er machte eine Pause und genoß unsere ungeteilte Aufmerksamkeit.
«Nun los, erzähl weiter!» forderte Andy ihn auf. Und der Bursche erzählte uns in seinem gebrochenen Englisch eine unglaubliche Geschichte. –
Als man Iain aus dem Gefängnis holte, schimpfte er wütend auf gälisch, ohne sich von dem Regimentskaplan stören zu lassen, der neben ihm betete. Inmitten von Soldaten, die die Bestrafung eines Verräters erleben wollten, stellte man ihn auf den Karren. Sogar der Herzog von Cumberland selbst stand zwischen seinen Offizieren und Gehilfen in der Tür des Balblair House, um alles zu sehen. Der Befehl wurde erteilt, das Pferd vorwärtsgetrieben und Iain fiel, schwang eine Sekunde lang hin und her und stürzte zu Boden. Das Seil war gerissen.
In dem folgenden Durcheinander verfluchte der Feldwebel den Unteroffizier und der Unteroffizier seine Leute. Major Wolfe, der bei uns einquartiert war, nutzte die Gelegenheit, sich für Iain einzusetzen: «Er ist zum Hängen verurteilt worden, und er wurde gehängt.» Aber sein Vorgesetzter, General Hawley, war damit nicht einverstanden: «Er soll hängen, bis er tot ist, Sir, hängen, bis er tot ist, so lautete der Befehl. Führt ihn hinaus!»
Mit einem neuen Strick um den Hals hob man den hustenden Iain ein zweites Mal auf den Karren. Wieder wurde ihm der Karren unter den Füßen weggezogen, und wieder riß der Strick. Die Zuschauer waren erstaunt und zum Teil verärgert. Einige Soldaten begannen schallend zu lachen.
Als der Feldwebel mit puterrotem Gesicht nach einem neuen Strick verlangte, gab es eine Unterbrechung. Vorbei an den abgelenkten Wachposten bahnten sich zwei Männer den Weg durch die Menge; der eine zog den anderen am Kragen hinter sich her. Sie marschierten über den gepflasterten Platz geradewegs auf den Herzog zu, der noch immer in der Tür stand und sich über die Kälte beklagte. Der Größere von den beiden

schob den Kleineren vor. «Nun», zischte er, «halte dein Versprechen!»
Der Kleinere, der Pastor, zitterte, aber tat, was von ihm verlangt wurde. Er fiel vor dem Herzog und seinen Offizieren auf die Knie und bat um Iains Leben. «Seid gnädig und milde, vergebt ihm» – aber der Herzog schnitt ihm mit seinem leicht deutschen Akzent das Wort ab.
«Ich kann doch nicht jedem zustimmen, der um das Leben eines Verräters bittet. Nein, nein, er wird sterben.» «Sehr richtig, Eure Königliche Hoheit», unterstützte ihn General Hawley.
Inzwischen lag ein neues Seil bereit. An jedem Ende hatten sechs Männer gezogen, um es auf seine Haltbarkeit hin zu überprüfen. Iain wurde auf den Karren gehoben, die Schlinge befestigt und das Pferd vorwärts getrieben. Und diesmal hielt der Strick. Die Soldaten jubelten, denn sie wollten so schnell wie möglich ins Warme, und der Herzog drehte sich schon weg, um hineinzugehen und sich an einem Glas Portwein zu erwärmen.
Aber als der zappelnde Iain am Galgen hing, schob Master Clark den Geistlichen wieder vor. Ohne sich um das Gelächter und die wütenden Blicke der Offiziere zu kümmern, bat er erneut um Iains Leben. Dabei warf er hin und wieder einen ängstlichen Blick auf den Master. «Heute ist der Geburtstag Eurer Königlichen Hoheit. Wäre es nicht eine großartige königliche Geste, diesem einen armen Kerl Gnade zu erweisen und die Gelegenheit zu nutzen, daß man sich an Eure Hoheit hier mit Liebe und Respekt erinnert, statt mit Haß und Furcht?»
Diese Worte schienen den Herzog schließlich zu berühren. General Hawley meinte zwar, egal, ob Geburtstag oder nicht, den Schotten müßte man erst mal Furcht einbleuen, und befahl den Wachposten, Master Clark und den Pfarrer rauszuwerfen, aber der Herzog gebot ihm Einhalt. «Ja», sagte er nachdenklich, «an meinem Geburtstag wäre es gut, Gnade walten zu lassen.»
«Ganz recht, Eure Königliche Hoheit», rief Master Rose eifrig,

«ich versichere Ihnen, der Junge ist nur ein einfacher Bursche vom Lande, den man versehentlich festgenommen hat. Er ist gewiß unschuldig.»
«Und ein Glückspilz, was, meine Herren?» meinte der Herzog zu seinen Beratern. «Wenn wir ihn freilassen, färbt vielleicht etwas von seinem Glück auf uns ab. Und das können wir morgen brauchen, was? Ihr könnt ihn haben. Beeilen Sie sich, Herr Major, sonst hat er nichts mehr von seinem Glück!» Alle lachten über den schwachen Witz, und die Offiziere gingen hinein ins Warme. Major Wolfe rief unterdessen nach dem Feldwebel.
Iain atmete bereits wieder, als der kleine Trommler den Richtplatz verließ. Der Master und der Regimentsarzt ließen ihn zur Ader und versuchten, ihn transportfähig zu machen. –
Der Junge strahlte uns an: «Meine Kehle ist ganz schön trocken vom vielen Sprechen.»
«Kann ich ihm was zu trinken anbieten, Madame?» fragte Andy, da die Mistress sich noch immer nicht rührte.
Langsam ließ sie Celia und mich los. Sie hatte uns lange sehr fest gehalten. «Trinken?» fragte sie mit belegter Stimme. «Ja sicher, Herr Unteroffizier, geben Sie dem Jungen etwas zu trinken.» Andy winkte dem Trommler und zapfte zwei Krüge randvoll mit Bier. Beide begannen, laut zu schlürfen. Wie betäubt sahen Celia und ich zu, wie die Mistress mein heißes Bügeleisen vom Herd nahm und sorgfältig in der Speisekammer verstaute. Noch am selben Abend suchten wir es eine Stunde lang vergeblich, weil wir das letzte Laken bügeln wollten. Wir fanden es erst am nächsten Tag, als ich die Haferplätzchen für das Frühstück backen wollte, konnten uns aber nicht mehr daran erinnern, wie es dort hingekommen war.
Der Trommler bekam einen ganzen Schilling. Er trottete die Straße hinauf, und sein Grinsen war beinahe noch auf seinem Hinterkopf sichtbar.

Schließlich kam der Master, gefolgt von zwei Männern, die Iain auf einer Trage brachten. Der Master wunderte sich über den herzlichen Empfang, aber wir konnten ihm nichts erklären. Ich versuchte, seine Hand zu küssen, aber er zog sie fort und entschuldigte sich bei mir. Er bestand darauf, daß auch Amanda sich entschuldigen sollte, und zwar vor all den anderen, weil sie mir nicht geholfen hatte, als die beiden Männer mich so grausam behandelten. Sie war ebenso dunkelrot wie ich.
Iain wurde in den Stall gelegt. Rund um seinen Hals, dort, wo der Strick gebrannt und gedrückt hatte, waren große schwarze und rote Furchen. Sie sahen gräßlich aus. Er war noch nicht wieder bei Bewußtsein, aber von Zeit zu Zeit röchelte und hustete er. Der Master meinte, daß er sich sehr langsam erholen würde. Dann hatte er noch eine schlechte Nachricht für mich. Es tat ihm sehr leid, aber er konnte Iain nicht im Haus behalten. «Morgen, Jeannie, oder vielleicht übermorgen wird hier in der Nähe gekämpft, und ich brauche Platz für die Verwundeten, um die ich mich kümmern muß. Deine Mutter kann den Jungen ebenso gut pflegen wie ich. Außerdem ist auf zwei amerikanischen Schiffen das Fieber ausgebrochen. Vielleicht breitet es sich in der ganzen Stadt aus, und ich werde wieder gebraucht.»
Mam hatte zum Glück schon von der wunderbaren Rettung gehört, bevor sie wußte, daß es sich um den Sohn ihres eigenen Bruders handelte. Sie war darüber so glücklich, daß sie zwölf Jungen in seiner Lage aufgenommen hätte. Gran meinte, ich sollte dem Herrn auf Knien für einen solchen Master danken. Ihr Vorschlag kam zu spät – ich hatte es längst getan. In dieser Nacht ging ein Gerücht um, über das alle Menschen in Nairn lachten. Während der Herzog von Cumberland, Sohn und General von König George, in Rose of Kilravocks Stadtwohnsitz in Nairn untergebracht wurde und herzliche Briefe des Lords empfing, in denen er ihn aufforderte, sich wie zu Hause zu fühlen, beherbergte der verschlagene Rose den

rebellischen Prinzen Charles Stewart in seinem Landhaus in Kilravock.

Charles hatte sich zunächst im Culloden House, ganz in der Nähe aufgehalten. Aus rein sportlichem Ehrgeiz entschloß er sich, Kilravock Castle aufzusuchen. Zu gerne hätte ich das Gesicht von Mistress Rose gesehen, als sie die Nachricht von diesem Besuch empfing.

Der Prinz speiste mit vierzig Männern bei ihm zu Abend, küßte die Kinder und scherzte über den Kampf, der am folgenden Tag stattfinden sollte. Von Mistress Rose sagte man, daß sie sich vor Anspannung und Entsetzen ins Bett legen mußte. Kein Wunder, was würde wohl der Herzog von Cumberland dazu sagen?

Wer auch immer gewinnen würde, Kilravock hatte sich einen Tag vor dem Kampf um beide gekümmert. Das war typisch für die Roses. Auf diese Weise hatten sie ihre Stellung im Land seit Generationen behauptet.

Nachmittags und abends hatte ich noch einige Schüttelanfälle. Außerdem mußte ich von Zeit zu Zeit plötzlich weinen, einfach so, ohne besonderen Grund. Ich kam mir richtig albern vor. Miss Celia ging es nicht anders. Schließlich schickte uns die Mistress, die selber noch aufgeregt und zittrig war, ins Bett, um alles zu überschlafen. Aber ich konnte keine Ruhe finden, denn die Mistress schnarchte im Hochbett, auf meiner linken Seite schniefte Amanda und warf sich hin und her, und rechts verteilte Celia im Schlaf Fußtritte und murmelte vor sich hin. Von der Straße her hörte ich noch den Lärm der krakeelenden Soldaten.

Nachdem ich eine Zeitlang vergeblich versucht hatte, einzuschlafen, entschloß ich mich, aufzustehen und mir eine Tasse Tee zu kochen. Hinter einem lockeren Brett unter der Treppe hatte ich mir einen kleinen Warenvorrat angelegt. Darunter waren auch ein paar Teeblätter. Wenn ich leise wäre, würde ich es schaffen, ohne die Engländer zu stören, die in der Küche schliefen. Selbst wenn sie aufwachten, würden sie der Mistress

sicher nichts verraten, wenn ich ihnen auch eine Tasse Tee anböte.
Ich schlich mich aus dem Zimmer und dann die Treppe hinunter in die Küche. Dabei vermied ich sorgfältig die knarrenden Stufen. Die Soldaten schnarchten ruhig vor sich hin. Kurz schaute ich nach, ob mit Iain, der im Stall schlief, alles in Ordnung war. Auch er schnarchte und grunzte zwischen Hugh und Henny. Ihn konnte ich als Grund angeben, wenn mich jemand entdecken würde. Wieder in der Küche, erhitzte ich das Wasser über dem Feuer und holte meine wertvollen Teeblätter hervor. Wenn man mich damit erwischen würde, gäbe es einen Riesenärger. Als ich gerade eine Messerspitze voll in die Tasse streute, ertönte ein zaghaftes Pochen an der Tür. Wer, um Himmels willen, konnte das sein, um diese Zeit? Es war nach Mitternacht, denn ich hatte den Nachtwächter bereits gehört.
Ich ging zur Tür und flüsterte: «Wer ist da?» Irgendwie war ich mir sicher, daß es wieder Margaret Davidson sein mußte. Aber nein, Aelec stand draußen, ihr Sohn.
Was ich zu tun hatte, war klar. Die Tür zulassen, ihm sagen, daß er gehen solle, und falls er nicht gehen würde, den Master wecken. Aber meine innere Stimme sagte etwas anderes. Ich folgte ihr. Leise öffnete ich die Tür und ließ ihn hereinschlüpfen.
«Was willst du?» flüsterte ich. Wenn sie merken würden, daß ich so einen komischen Kerl hereingelassen hätte, wäre eine Tracht Prügel noch das Gnädigste. «Warum willst du reinkommen?»
Er betrachtete kurz die schlafenden Soldaten, die wie in Bettlaken gewickelte Tote überall auf dem Fußboden lagen. «Warum hast du mich denn hereingelassen?» antwortete er schlagfertig, mit dem listigen Grinsen auf den Lippen, von dem er wußte, daß es mich zur Weißglut bringen konnte. Natürlich konnte ich mich in Gegenwart der Soldaten nicht auf einen Streit mit ihm einlassen.

Da kam mir eine Idee. Ich wandte mich dem Herd zu und füllte meine Tasse mit heißem Wasser. Der Teeduft breitete sich in der Küche aus und machte mir den Mund wäßrig. Einer der Soldaten murmelte etwas vor sich hin, drehte sich um und schlief weiter. Aelecs schwarze Augen glitzerten. «Sag's mir, dann bekommst du auch 'ne Tasse Tee», bot ich ihm an.
Er grinste. «Dann man zu», flüsterte er, «ich werd's dir erzählen.» Während ich die Teeblätter holte, spürte ich, wie er sich mein kleines Versteck ansah, nur so aus Gewohnheit. Ich brühte ihm seinen Tee auf. Wir rührten etwas Honig in unsere Tassen und hockten uns vor den immer noch warmen Herd, um uns leise zu unterhalten.
«Ich war draußen im Moor», flüsterte Aelec. Wie alle Zigeuner, unternahm er oft nächtliche Spaziergänge. Im Gegensatz zu den Menschen, die in Häusern lebten, hatten die Zigeuner keine Angst vor Gespenstern; außerdem war die Nacht die beste Zeit, um ‹verirrte› Hühner oder ‹verlorengegangene› Bettlaken zu finden, die zum Bleichen herausgehängt worden waren. Ich war also nicht überrascht, daß er hinausgegangen war, um zu sehen, ob er bei den beiden Armeen etwas Brauchbares finden könnte.
«Heute nacht ist ganz schön was los», murmelte er. «Die Hochländer haben sich über das ganze Drumossie-Moor verteilt. Der Mann, der für ihre Verpflegung verantwortlich ist – Hay heißt er, oder? – konnte nicht einmal ein Kaninchen aus seinem Loch herausholen. Einige von ihnen haben seit zwei Tagen nichts gegessen. Sie sind so hungrig und übermüdet, daß die Rotröcke sie wie Strohballen übereinanderstapeln könnten, ohne daß sie sich rühren würden. In Inverness wartet der Proviant auf sie, aber sie haben keine Wagen, um ihn zu holen. Und dann bereiten sie einen nächtlichen Überfall vor, die Trottel.»
«Einen nächtlichen Überfall?» Ich war erschrocken. «Wo?»
«Pst», mahnte er, «auf das Lager hier in Balblair. Sie sammeln

sich in der Nacht, um im Morgengrauen anzugreifen. Sie glauben, daß die Rotröcke nach dem heutigen Trinkgelage fest schlafen. Vielleicht haben sie recht, aber ich würde nicht um meinen letzten Schilling wetten. Vielleicht treffen sie mehr Männer an, als sie ahnen. Sie sagen, es wäre der Plan des Prinzen selbst.»

Ich kam gar nicht auf die Idee, ihn zu fragen, woher er das wisse. Wahrscheinlich hatte er unter einem Ginsterbusch gesessen und das Gespräch einiger Männer belauscht. Zu Ruhe und Verschwiegenheit war er erzogen worden. Ich konnte nur noch an den Kampf bei Balblair denken und an die Männer, die dort fallen könnten. Vielleicht Alistair. Vielleicht Major Wolfe – aber nein, der schlief ja unter der Treppe. Da er kein besonders geselliger Mensch war, hatte man ihn nicht zu den Feiern und Trinkgelagen eingeladen, bei denen die meisten Offiziere mitmachten, obwohl die Wahrscheinlichkeit, daß am nächsten Tag gekämpft werden würde, sehr groß war. Überall in der Stadt hatte man auf die Gesundheit des dicken Billy angestoßen. Wenn die Rebellen jetzt angreifen würden …

«Wirst du die Soldaten jetzt warnen?» fragte ich.

«Wieso?» antwortete er erstaunt. «Sie würden mir nicht glauben, und selbst wenn, warum sollte ich den Anhängern des Königs helfen? Die würden sich niemals um einen Zigeuner kümmern. Die Männer des Prinzen würden uns eher freundlich behandeln als König Georgs Soldaten. Nein, die können auf sich selber aufpassen. Das ist nicht meine Aufgabe.»

«Glaubst du, daß ihr Angriff erfolgreich sein wird?»

«Woher, zum Teufel, soll ich das wissen? Gott sei Dank bin ich kein Soldat. Ich rechne nicht damit, aber ich bin kein Fachmann. Auf jeden Fall wird es dort eine Menge zu holen geben. Schlachten haben ihre Vorteile für die Armen, die danach aufsammeln können, was übrig geblieben ist.

«Die Toten ausrauben?» Mir lief es kalt den Rücken herunter.

«Warum nicht?» fragte er nüchtern. «Die sind tot. Sie brauchen ihre Schuhe und Uhren nicht mehr.» Dann erschreckte er mich abermals: «Und wenn sie noch nicht ganz tot sind, kann man doch etwas nachhelfen, oder?»
«Du meinst, sie töten? Aelec, das ist Mord!»
Er zuckte mit den Achseln und zog sich hinter sein unbewegtes Zigeunergesicht zurück. «Sie würden sowieso erfrieren», erwiderte er. Offensichtlich fand er es nicht schlimm, Tote oder Sterbende zu berauben, und ärgerte sich, daß ich ihm deshalb Vorwürfe machte. Das war seine Lebensweise; sie war eben viel schwerer und härter als meine. Ich sah ihm an, daß er es bereute, mich ins Vertrauen gezogen zu haben. «Ich werde jetzt gehen, Mistress Jean», verabschiedete er sich förmlich. «Vielen Dank für die Gastfreundschaft.» Vielleicht sah er mir an, daß es mir leid tat, ihn gekränkt zu haben, denn er grinste noch mal. «Ich werde dich auch nicht bei Mistress Clark verpfeifen, weil du ihren Tee geklaut hast!»
Ich ließ ihn hinaus und schloß die Tür hinter ihm. Als ich in die Küche zurückkehrte, um die Tassen auszuspülen, überlegte ich, was ich tun könnte. Den Soldaten alles erzählen? Sie würden mich fragen, woher ich das wüßte. Damit würde ich mich, und auch Aelec, nur in Schwierigkeiten bringen. Und was würde mit Alistair geschehen, falls er unter den Angreifern wäre? Außerdem würde ich wahrscheinlich den Überfall dadurch nicht verhindern. Oder sollte ich gar nichts sagen und den Prinzen seine Krone gewinnen lassen? Aber der Kampf könnte sich auf die ganze Stadt ausdehnen. Auf der einen Seite dachte ich an meine Eltern und die Clarks, auf der anderen Seite an Alistair und das Vermeiden von Schwierigkeiten. Was sollte ich tun?
Als ich mich vom Waschbecken abwandte, wäre ich vor Schreck fast erstarrt.
Eine der mit Bettlaken umwickelten Gestalten auf dem Fußboden saß plötzlich aufrecht; die Augen leuchteten. Die Tassen

rutschten in meinen zitternden Händen, aber fielen zum Glück nicht zu Boden. Andy murmelte: «Na, Kleine, hast du ein schlechtes Gewissen? Eigentlich bist du ja noch ein bißchen jung für einen Freund, oder fangen die Schotten schon in der Wiege damit an?»

Er grinste. Ich brauchte ihm nichts zu erzählen. Aber wenn ich es wollte, wäre dies die letzte Möglichkeit. Später würde er mir nicht mehr glauben und fragen, warum ich das nicht eher erzählt hätte.

Jetzt oder nie.

Erinnerungen flackerten auf wie die Flamme in der Öllampe. Master Clark: ‹Als Prinz ist er eine faszinierende, romantische Gestalt, aber ich sehe in ihm keinen König.› Alistair: ‹Der wahre König.› Der arme Dancer, der den Weg hinaufgeführt wurde. Der Herzog, der Iain erst unschuldig verurteilte und dann doch begnadigte. Das bleiche Gesicht von Peter Falconer, als er wieder aus dem Keller auftauchte, nachdem er sich drei Wochen lang vor den Rebellen versteckt hatte.

Und Margaret Davidson. ‹Du wirst einen König an die Macht bringen und einem seine Macht brechen.›

‹Entschuldige bitte, Alistair›, dachte ich. Dann erzählte ich Andy das, was Aelec mir erzählt hatte.

Jetzt wurde schnell gehandelt. Andy weckte Major Wolfe. Als ich ihm die Geschichte wiederholte, erwachten der Master und die Mistress. Auch sie hörten zu, wobei ihre Gesichter immer finsterer wurden. Der Major stellte ein paar Fragen. Warum hatte der Junge ihm die Geschichte nicht selbst erzählt? Ich antwortete, er hätte Angst gehabt – eine Lüge, aber keine schlimme. Woher wußte der Zigeuner das alles? Wahrscheinlich hat er ein Gespräch belauscht, vermutete ich. Kann man ihm trauen? Ich bejahte, aber der Major bezweifelte es.

Schließlich entschied die Mistress für ihn. «Vor ein oder zwei Jahren hat Jeannie den Zigeunern aus der Patsche geholfen, sie

sind ihr einiges schuldig. Jaja, Sie können dem Jungen glauben.»
Der Major ließ sein Pferd satteln und ritt schnell davon. Mich überließ er meinem Schicksal. Wie sollte ich die Geschehnisse den Clarks erklären? Doch die Mistress hielt ihren Ehemann zurück. «Geh zu Bett, Jeannie», sagte sie streng. «Patrick, warte bis morgen. Es ist nichts Schlimmes geschehen. Wir brauchen alle unseren Schlaf.»
Schlafen? Ich nicht.
Etwas später, um zwei, erschollen Trommeln, Trompeten und Querpfeifen – Zapfenstreich, drei Stunden zu früh. Später erfuhren wir, daß es Major Wolfe nicht gelungen war, den diensthabenden Offizier im Lager zu überzeugen, daß ein Angriff geplant würde. So ordnete er auf eigene Verantwortung an, die Soldaten im Lager zu wecken. Bevor sie merkten, daß seine Warnung berechtigt war, hätten sie ihn beinahe festgenommen.
Die Soldaten des Prinzen, verspätet durch Erschöpfung und Hunger, überlegten, ob sie angreifen oder den Überfall abblasen sollten. Als sie die Trommeln und Querpfeifen hörten, entschlossen sie sich zum Rückzug. Einige von ihnen waren so erschöpft, daß sie sich nur noch in ihre Umhänge wickelten und den ganzen nächsten Tag und damit auch die Schlacht verschliefen. Andere begaben sich auf die Suche nach Eßbarem und verpaßten die Schlacht auf diese Weise.
Wenn ich den Mund gehalten hätte, wäre der Angriff wahrscheinlich durchgeführt worden. Vielleicht sogar erfolgreich. Und Prinz Charles hätte weitergekämpft, ermutigt durch den Erfolg, und vielleicht sogar den Krieg gewonnen.
Aber ich hatte die Nachricht des Zigeuners verraten, und der Prinz siegte nicht.
Sollte denn Margaret Davidson mit ihren Voraussagen recht behalten?

Nach der Schlacht

Eigentlich mag ich von der Schlacht bei Culloden gar nichts erzählen, aber ich fürchte, daß ich es tun muß. Sie war grauenvoll. Nur die Hälfte der Hochländer nahm am Kampf teil, die andere Hälfte befand sich auf Nahrungssuche oder schlief. Das ebene Schlachtfeld ließ ihnen keine Chance. Die Rotröcke setzten zunächst ihre Kanonen, dann die Musketen und schließlich die Bajonette ihrer Kavallerie ein. Die Schotten wurden reihenweise niedergemetzelt.

Grausam war diese Schlacht. Entgegen allen militärischen Gepflogenheiten hatte der Herzog von Cumberland angeordnet, daß es keine Gnade geben sollte. Keine Gefangenen durften gemacht werden, kein Menschenleben wurde geschont. Und die englischen Soldaten gehorchten. Die Verwundeten wurden auf der Stelle getötet. Und das Töten breitete sich aus. Menschen, die zusahen, ja sogar Menschen, die sich nicht in der Nähe des Schlachtfeldes aufhielten, wurden in ihren Häusern und auf ihren Feldern umgebracht, nur weil sie Schotten waren. Auch Frauen und Kinder, sogar Babys in den Armen ihrer Mütter.

Als die Rotröcke in Nairn lagerten, erschienen sie mir einigermaßen vernünftig, aber der Krieg verändert die Menschen. Vielleicht versuchten sie nur, ihre eigene Angst zu überspielen. Oder sie haben die Hochländer nicht als Menschen anerkannt. Vielleicht war es ihnen gleichgültig. Oder sie haben nur die Befehle ausgeführt. Einige behaupteten, es hätte begonnen, als ein Armeearzt, der bei den Männern sehr beliebt war, anhielt, um einem verwundeten Rebellen zu helfen, und dann von ihm getötet wurde. Doch niemand wußte es genau. Aus welchem Grund auch immer, die Rotröcke töteten und töteten, bis sie knietief im Blut wateten. Sie töteten alle Menschen auf der Straße nach Inverness, in der Stadt selbst und auf dem Lande drumherum. Sie töteten und töteten und töteten.

Drei Tage lang stellten sie rund um das Schlachtfeld herum Wachen auf, die alle Verwundeten umbrachten, die die Eiseskälte überlebt hatten und zu fliehen versuchten.

Henny war verschwunden, um sich mit seinen Freunden die Schlacht anzusehen. Voller grausiger Geschichten kam er am Nachmittag zurück. Ich konnte ihn nicht ertragen.

Den ganzen Vormittag über bereute ich, daß ich Aelec reingelassen hatte. Obwohl der Master und die Mistress es für richtig hielten, daß ich die Rotröcke gewarnt hatte, fanden sie die Weise, wie ich zu dieser Nachricht gekommen war, weniger gut. Ich hatte ein unangenehmes Gespräch mit der Mistress. Danach arbeitete ich weiter, aber niemand sprach mit mir.

Darüber war ich ganz froh, denn mir war nicht zum Reden zumute. Ich fragte mich bereits, ob ich richtig gehandelt hatte. Je mehr ich über die Schlacht erfuhr, desto stärker wurden meine Zweifel. Einige Tage später erreichten sie ihren Höhepunkt, als ich hörte, daß der Herzog von Cumberland sich den Spitznamen ‹Der Schlächter› verdient hatte.

Immerzu dachte ich ‹Alistair, überleb das! Alistair, komm gesund zurück!› Am Vormittag, als wir das dumpfe Knallen der Gewehre hörten, aber auch nachmittags, als sie verstummt waren, konnte ich an nichts anderes denken. Ich wunderte mich selbst, daß meine Gedanken sich nur um ihn drehten. Um Major Wolfe machte ich mir keine Sorgen, obwohl er versucht hatte, Iain zu retten. Ich verstand mich selbst nicht mehr.

Jedenfalls war es ein elend langer Tag.

Gegen Mittag wurde der erste Verwundete in den Stall gebracht. Er gehörte zu einem der auf den Schiffen stationierten Regimenter. Iain war bereits am Morgen in das Haus meines Vaters transportiert worden. Für die Versorgung der Verwundeten hatten wir alles vorbereitet. Blutegel waren gesammelt worden, und die Frauen hatten Bandagen hergestellt. Alten Stoff hatten sie in Streifen gerissen und aufgerollt. Von diesem Tag an arbeiteten Hugh und ich nur noch mit dem Master. Merkwürdigerweise konnte die Mistress Krankheit und Blut nicht ertragen, doch ich war dem Master eine große Hilfe. Er wurde sogar wieder freundlich zu mir.

Ununterbrochen wurden Verwundete gebracht, gestützt von Freunden, die mit leichteren Verletzungen davongekommen waren. Fast bis zum Einbruch der Dunkelheit waren wir beschäftigt. Meistens hatten wir es mit Schnittwunden zu tun, die von den breiten Schwertern der Hochländer herrührten. Viele Soldaten hatten ihre Hände oder gar ihre Arme verloren. Es gab auch Schußverletzungen. Ich war erstaunt, wie geschickt der Master mit seinen Riesenfingern die kleine Wundschere handhaben konnte. Und wie schnell er die Kugeln fand und herauszog. Doch auf der Seite des Königs gab es gar nicht so viele Verletzte, und außerdem wurden die meisten von den eigenen Ärzten behandelt. Gegen sieben Uhr hatten wir fast alle Männer versorgt und konnten Hugh bei ihnen lassen, während wir zum Abendessen ins Haus gingen.

Die zarte Amanda wunderte sich, daß mich der Anblick dieser scheußlichen Wunden nicht umwarf. Aber mich warf so schnell nichts um. Mir taten nur die verwundeten Hochländer leid, die man auf dem Schlachtfeld liegen gelassen hatte. Aber ich konnte ihnen nicht helfen. Ich hoffte nur, daß Alistair nicht unter ihnen war.

An den beiden folgenden Tagen fragte ich jeden, der vom Schlachtfeld kam, nach Alistair, erfuhr aber nichts. Obwohl die ganze Stadt mit den triumphierenden Siegern feierte und tanzte, schlich ich mich so oft wie möglich davon, um Iain zu besuchen.

Allmählich erkannte er uns und begann wieder zu sprechen, mit einer leisen, krächzenden Stimme.
Am dritten Tag, die Sonne war gerade untergegangen, stand plötzlich Isaac vor der Tür. Er war außer Atem. Ich würde zu Hause gebraucht, mein Vater habe einen Rückfall erlitten. Die Mistress ließ mich nicht gerne gehen. Sie meinte, ich solle nicht im Dunkeln zurückkehren, sondern die Nacht zu Hause verbringen. «Ich möchte nicht, daß ein Mädchen, für das ich die Verantwortung trage, jetzt durch die Straßen läuft. Es sind zu viele verletzte Rotröcke in der Stadt.» Dankbar nahm ich ihren Vorschlag an.
Aber als wir die Straße hinunterliefen, erzählte Isaac, daß mit Vater alles in Ordnung sei. «Es geht um den Burschen, der für Dancer bezahlt hat, Jeannie», keuchte er. Plötzlich spürte ich Stiche in der Brust. «Er wurde von einem Hochländer auf einem Pony zu uns gebracht. Er ist sehr schwer verletzt. Mam meinte, du wüßtest besser, wie wir ihm helfen können.» Für ihn war es gar keine Frage, ob wir ihm helfen sollten oder nicht. Gran jedoch dachte anders darüber. Als wir eintraten, meckerte sie: «Die werden uns noch alle hängen. Wir müssen das den Rotröcken melden...»
«Das kommt gar nicht in Frage, Mutter», fuhr Mam sie an.
Eine große, dünne Gestalt saß am Feuer, und Alistair lag auf einer Matte am Herd. «Sie begeben sich in Gefahr, Mistress», meinte der dünne Mann. Ich kannte ihn – es war Pater Malcolm.
Ein Kathole in unserem Haus! Wußte Gran Bescheid? Er war normal gekleidet. Anscheinend hatte sie nichts bemerkt. «Wir müssen ihm helfen, Mam», mir drehte sich fast der Magen um, Iain, der am Pfosten der Stalltür lehnte, nickte und seufzte. «Na gut», meinte Mam und sah mich prüfend an.
«Bist du wahnsinnig, Jean Main?» tobte Großmutter. Ellen schniefte und rang die Hände hinter ihrem Rücken. «Das sind

Rebellen. Wenn du ihnen hilfst, wirst du mit ihnen zusammen gehängt. Diesen Blödsinn mache ich nicht mit.»
«Dann brauchst du nur auszuziehen und bei James zu leben», antwortete Mam ruhig. Gran schwieg; sie konnte Tante Ellen nicht ausstehen. «Der Junge ist dir wichtig, stimmt's, Jeannie?» fragte Mam. Ich schluckte und nickte.
«Er ist mein Freund.» Was sollte ich sonst sagen?
«Wir werden tun, was in unseren Kräften steht», entschied Mam und schaute Vater an, um zu sehen, ob er einverstanden war. Als er nickte und Gran vor Ärger und Abscheu quiekte, wandte sie ihre Aufmerksamkeit der am Feuer liegenden Gestalt zu.
«Isaac», meinte der Vater, «stell dich an die Tür und warne uns, wenn jemand kommt. Johnnie, schau nach dem Pferd des Hochländers. Ellen, mach eine Suppe warm und hör auf zu schniefen und zu jammern.» Ellen stürzte zum Herd, um die Suppe zu wärmen, während Mam und ich uns um Alistair kümmerten.
«Danke dir, Ellen!» Pater Malcolm lächelte, als sie ihm schnippisch die schwappende Suppe reichte. Beleidigt zog sie die Lippen zusammen. «Wir haben drei Tage lang nichts gegessen», fuhr er fort und löffelte sie schnell. «Geschlafen haben wir auch kaum. Ich kann nicht mal sagen, wie wir den Wachposten entwischt sind.»
«Denken Sie jetzt nicht daran», meinte Mam. «Essen Sie in Ruhe auf und erholen Sie sich ein wenig. Jeannie, gib acht auf seine Schulter. Dreh ihn nicht zu sehr. Ellen, hol uns noch warmes Wasser. Die Jacke müssen wir verbrennen.»
Alistair hatte eine Schußwunde am Bein und eine in der Seite. Auf dem Rücken entdeckten wir eine große Schnittwunde. Die schöne grüne Jacke, die ich ihm gewaschen hatte, war schwarzrot vom Blut. Wir mußten den Stoff einweichen und zerschneiden, um ihn vom Körper zu entfernen. Die Erfahrungen, die ich

in den letzten Tagen mit Master Clark gesammelt hatte, waren hilfreich. Mam konnte von mir lernen, wie man Schußwunden behandelt, denn damit hatte sie noch keine Erfahrung. Gott sei Dank, beides waren glatte Durchschüsse, und wir brauchten keine Kugeln zu entfernen. Aber die Wunden sahen schlimm aus. Außerdem hatte er eine Menge Blut verloren. Zum Glück wurden die Blutungen durch die Kälte verlangsamt. Ich hatte niemals geglaubt, daß ich mich über Frost freuen würde.

Es dauerte über eine Stunde, bis wir ihn gewaschen und die Wunden mit Moos und Kräutern verbunden hatten. Iain verbrannte Alistairs Jacke und seine blutige Wäsche. Wir hofften, daß niemand den Gestank bemerken würde. Seine silbernen Knöpfe versteckte ich im Kamin. Das Geld hinter dem lockeren Stein war inzwischen weniger geworden, aber meine Silberohrringe lagen noch da. Während wir ihn hin und her drehten, war Alistair zum Glück ohnmächtig gewesen. Doch als wir fertig waren, begann er, vor sich hin zu murmeln und zu stöhnen. Mam machte ein sorgenvolles Gesicht und rieb sich das Ohr.

«Gott segne Sie für Ihre Hilfe, Mistress!» Pater Malcolm war gerührt. Die Suppe hatte wieder etwas Farbe in sein Gesicht gebracht.

«Hoffentlich», antwortete Vater. «Ich hoffe auch, daß er die Rotröcke davon abhält, Sie hier zu finden.»

«Ich verschwinde sowieso gleich, Master Main», beruhigte ihn der Priester. «Solange ich es vermeiden kann, werde ich nicht hierbleiben und Sie in Gefahr bringen. Sie können sich darauf verlassen, daß ich niemandem verraten werde, wer uns geholfen hat, wenn ich gefangen werden sollte.»

«Gut», antwortete der Vater, «aber was wird aus dem Jungen dort? Er kann nicht mitgehen. Frühestens in einem Monat wird er wieder laufen können. Was ist mit ihm?»

«Kann er nicht bleiben, Vater? Bitte!» bat ich. «Wir können ihn im Stall verstecken, unter dem Heu wird ihn niemand finden.»

«Dort werden sie zuallererst nachsehen, Jean», sagte der Priester. «Nein, er kann momentan weder laufen noch reiten. Ich weiß nicht, was das Beste für ihn wäre. Ich habe noch etwas Geld...»

Mam sprang auf. «Sie behalten Ihr Geld. Das brauchen Sie selbst. Wir schulden dem Jungen Dank. Für unsere Hilfe wollen wir kein Geld! Er wird hierbleiben. Das ist unsere christliche Pflicht», wandte sie sich gegen Grans Einspruch, «und die werden wir erfüllen. Wir werden schon einen Platz für ihn finden. So, und nun zu Ihnen. Sie brauchen saubere Kleidung. Hier.»

Zu meinem Erstaunen zog sie aus dem Bündel mit Vaters Kleidern, das sie so kämpferisch vor den Hochländern gerettet hatte, ein Hemd, ein Paar Reithosen und eine Jacke. Vater sagte nichts, aber er atmete schwer. «Das ist alles, was Ihnen von unseren Sachen passen könnte», meinte sie.

«Sie sind sehr großzügig, Mistress», murmelte der Priester. «Und das nach allem, was Ihnen die Chisholms angetan haben.»

«Das ist vorbei. Ziehen Sie sich erstmal um. Bis zum Einbruch der Dunkelheit können Sie hier schlafen. O Gott, das ist nicht mehr lange hin. Legen Sie sich in den Stall, wenn Sie fertig sind. Isaac, Ellen, ab ins Bett mit euch! Jean, Johnnie, faßt mal mit an!»

Mam öffnete die Türen des großen Schrankbettes, und wir holten gemeinsam die Matratze raus. Darunter lagen zusätzliche Bettlaken. Auch die holten wir heraus. Nun standen wir vor dem Rahmen aus Holz und Seilen, der die Matratze hielt. Wir waren erstaunt, daß wir diesen Rahmen herunternehmen konnten und unter dem Bett ein recht großes, leeres Versteck fanden. Mam wies uns an, eine der Strohmatratzen herunterzunehmen und auf den Fußboden zu legen. Dann hoben wir Alistair zu dritt vorsichtig hoch und legten ihn auf die Matratze.

«So, John», sagte Mam, «du wirst so krank sein, wie wir es dem

Arzt erzählt haben und dich ins Schrankbett legen, um ihn zu schützen. Wenn er anfängt zu schreien, schreist auch du, und niemand wird merken, daß nicht du es bist.» Wir fanden den Plan hervorragend.

Als wir uns gerade aufrichteten, öffnete sich die Tür, und Annie Ralph steckte ihren Kopf herein. Wie...? Natürlich, Mutter hatte Isaac ins Bett geschickt! Gran schrie erschreckt auf.

«Tut mir leid, daß ich dich störe, Morag, kannst du mir vielleicht eine Handvoll Mehl leihen, für morgen früh?» Für ihre Neugierde war ihr die dümmste Ausrede recht. Ihr Blick fiel auf den Priester, der mit flatterndem Hemd halbnackt vor dem Feuer herumsprang und versuchte, in Vaters Reithosen zu gelangen. Überrascht schrie er auf. Annie sah ihn an. «Ich wußte gar nicht, daß ihr Besuch habt. Und was machst du dort?» Sie ging auf das Bett zu. Wenn sie Alistair entdeckte –

Mam stellte sich unauffällig zwischen sie und das Bett und redete unermüdlich. Dann zog sie Annie zu dem Loch in der Wand, in dem der große Mehlkrug stand. «Ja, ja, Annie, es ist schon spät. Wir sind gerade dabei, die Matratzenhalterung zu reparieren. Kennst du meinen Vetter Angus? Er ist aus Lochindorb gekommen, um die Soldaten zu sehen. Ich sagte ihm gerade, daß er morgen früh weiter nach Inverness laufen muß. Angus, das ist meine Freundin Annie. Paßt die Hose dir? Man sollte sie tragen, solange sie noch in Ordnung ist, nicht wahr, Annie? Wenn John seine Beine wieder bewegen kann, werden wir ihm neue Sachen nähen. Hier hast du eine Schüssel voll Mehl! Reicht dir das? Prima, dann sehen wir uns morgen.» Mit einem Strom von Worten wurde Annie aus dem Haus komplimentiert, bevor sie mehr entdecken konnte.

«Allmächtiger Gott», seufzte Vater. Iain schnappte nach Luft, und Gran weinte fast vor Angst. «Das wird sie in der ganzen Stadt herumerzählen.»

«Laß sie», meinte Mam ruhig. «Bei Tagesanbruch wird mein

Vetter fort sein. Ich glaube, sie hat den Jungen nicht gesehen. Sind Sie bereit zum Schlafen, Sir?»

Wir wandten uns dem Priester zu, und trotz aller Anspannung, oder vielleicht gerade deswegen, fingen wir an zu lachen. Er war mindestens einen Kopf größer als Dad und hatte die Figur eines Kleiderständers. Um die Mitte seines Körpers hing der Hosenboden wie ein leerer Mehlsack, und seine knochigen Knie schauten unter den Wadenschnallen hervor. Die Ärmel reichten gerade, um seine Ellenbogen zu bedecken. Der dünne Hals, der aus dem Hemd emporragte, erinnerte an eine junge Möwe.

«Tja, junger Mann», Vaters Augen leuchteten ein wenig, «das ist ein schicker Anzug. Ich habe niemals bemerkt, wie gut er mir paßte. Ich habe Ihnen eine große Erkenntnis zu verdanken.»

Mutter blickte auf. «John Main, ist dir aufgefallen, daß du das erste Mal seit fast sechs Monaten wieder einen Witz gemacht hast? Du scheinst dich wohl zu fühlen.»

Vater sah sie überrascht an. «Weißt du was, Morag? Ich glaube, du hast recht. Seit langem habe ich mich nicht so lebendig gefühlt.»

Der Priester lächelte: «Ich bin froh, daß der heutige Tag wenigstens etwas Gutes gebracht hat.»

Großmutter schnaubte verächtlich.

«Ich gehe jetzt schlafen», verabschiedete sich der Priester, «Gott segne euch.» Iain und er ließen sich nebenan im Heu nieder. Ich hörte Gebetsgemurmel, das von einem merkwürdigen, klickenden Geräusch begleitet wurde.

Schon vor Morgengrauen stand er auf, denn länger wollte er auf keinen Fall bleiben, um uns nicht in Gefahr zu bringen. Er überließ uns sogar sein Pferd, weil er meinte, daß er alleine viel schneller vorankäme und sich außerdem besser verstecken könnte. Wir hörten noch, wie er durch den Fluß watete und am

anderen Ufer die Böschung hinaufkletterte. Allmählich verebbten die Geräusche in Dunkelheit und Nebel. Wir sahen ihn nicht wieder.
Trotz Kälte und guter Pflege hatte Alistair Fieber bekommen. Aber Mutter meinte, er könne sowieso frühestens in zehn Tagen wieder laufen. Außerdem war er jung und gesund und bereits seit einem Jahr an körperliche Anstrengung gewöhnt.
Wir alle waren etwas in Sorge. Großmutter hatte ausnahmsweise mal recht. Wenn man einen Rebellen bei uns erwischen würde, wäre uns allen der Galgen gewiß. Und Annie konnte den Mund nicht halten. Hatte sie Alistair unter dem Bett gesehen? Wir sprachen lange darüber und taten, was wir konnten.
Im Laufe des Vormittags legten wir zunächst Iain auf eine Matratze, die etwas weiter vom Feuer entfernt lag. Es ging ihm schon viel besser, er überlegte bereits, wann er wieder nach Hause gehen könnte.
Nachdem wir eine Weile hin und her geredet hatten, sah Mam ein, daß es besser wäre, wie immer auf den Markt zu gehen, während ich noch etwas bleiben und nicht, wie verabredet, zu den Clarks zurücklaufen würde. Da einige Soldaten wußten, daß ich ihnen geholfen hatte, würde ich vielleicht nicht allzu großen Ärger bekommen. Vater lag noch auf dem Schrankbett, und Großmutter buk Weizenkuchen. John ging hinunter zum Boot wie jeden Tag, und Ellen nahm Isaac mit zum Strand, um Köder zu suchen. Die Zwillinge waren versorgt worden, saßen wie immer auf einem Haufen von Netzen in ihrer Ecke am Feuer und spielten mit ein paar Federn.
Iain wollte sich bei mir bedanken.
«Du brauchst dich nicht zu bedanken», meinte ich. «Ich stand in deiner Schuld. Damals, bei dem nächtlichen Treffen –»
«Pst!» flüsterte er. Seine Stimme stand ihm immer noch nicht voll zur Verfügung, er krächzte trocken und heiser. «Kein Wort

davon! Aber ich bin dir sehr dankbar. Wie hast du sie davon überzeugt, daß ich nicht spioniert habe?»

«Ich habe es ihnen einfach gesagt», antwortete ich erstaunt. «Ich weiß, daß du so etwas nie tun würdest.» Als ich sah, wie sein Gesicht sich zu einem bitteren Lächeln verzog, merkte ich, daß ich unrecht hatte.

«Du hast spioniert», rief ich ärgerlich. «Du machst mich zum Narren, weil ich dich gerettet habe. Für die Rebellen hast du spioniert!»

«Für den Prinzen! Und er wird zurückkehren.»

«Man wird ihn fangen und hängen. Bei dem Preis, der auf seinen Kopf ausgesetzt ist, würde ihn die eigene Mutter verraten.»

«Niemals», flüsterte er heiser. «Du hast keine Ahnung, Jeannie, denn er ist im Recht!»

«Mir ist es gleich, ob er recht hat oder nicht», begann ich, als Johnnie plötzlich keuchend vorm Fenster stand. «Duggie ist nicht im Boot – ich glaube, er holt die Rotröcke.»

Er konnte nicht weitersprechen. Die Tür wurde aufgestoßen, und innerhalb von Sekunden war der Raum voller Soldaten. Es waren sechs Männer und ein Feldwebel. Wir sollten uns ruhig verhalten, schrien sie uns an – als ob wir gewagt hätten, zu reden und herumzuspringen. Dann war es einen Augenblick lang still – nur die Möwen kreischten –, und ein Offizier trat ein, zusammen mit Duggie Ralph.

Ich umklammerte Iains Hand wie ein Hummer. Großmutter begann zu jammern.

«Was soll denn das, Duggie?» fragte Vater. Er wußte genau, was es sollte.

Duggie beachtete ihn nicht, sondern sah den Offizier an, der angestrengt in die Dunkelheit starrte und sich ein Taschentuch vor die Nase preßte. «Pfui, dieser Fischgestank!» grummelte er.

Obwohl wir in großer Gefahr schwebten, fühlte ich mich beleidigt. Was erwartete er denn in einer Fischerhütte?
Er wandte sich dem weitgeöffneten Schrankbett zu, in dem Vater lag. «Da drin, sagen Sie, Ralph?»
Duggie nickte. «Ja, Sir, unter der Matratze.» Annie hatte ihn gesehen!
«Dann man los, Feldwebel!»
«Was in Gottes Namen haben Sie vor?» rief Vater. Aber sie kümmerten sich nicht darum. Iain lag auf dem Boden wie ein Holzklotz, und ich kniete neben ihm. Mein Herz klopfte so sehr, daß ich kaum atmen konnte, als die Rotröcke Vater aus dem Bett zogen. Sie behandelten ihn nicht gerade sanft. Sie ergriffen ihn einfach an Armen und Beinen und ließen ihn auf den Boden fallen. Einer der Rotröcke stolperte über ihn und stürzte ebenfalls. Vater lag unter ihm. Ich hörte, wie er stöhnte vor Schmerz.
Sie zerrten ihn an die Seite und kehrten zum Bett zurück. Mit gezückten Bajonetten rissen sie die Matratze samt Rahmen auseinander. Dann war es still.
«Keiner drin, Sir!» meldete der Feldwebel. «Nichts als Körbe.»
Duggie wurde dunkelrot. «Was?» Beinahe begann er zu schreien. «Er muß da drin sein!»
Der Offizier wandte angewidert sein Gesicht von Duggies Bierfahne ab. «Er ist aber nicht drin!»
«Meine Frau hat ihn gesehen! Einen Rebellen, verletzt, unter dem Bett!»
«Sind Sie sicher? Vielleicht hat sie sich das nur eingebildet?»
«Das würde sie nicht wagen! Er war hier, ich weiß es genau. Sie haben ihn woanders hingelegt. Helfen Sie mir suchen! Irgendwo haben sie ihn versteckt. Vielleicht draußen, zwischen dem Ginster!» Duggie begann wie ein Wahnsinniger die Ecken zu durchwühlen.
Auf ein Nicken des Offiziers hin begannen auch die Soldaten zu

suchen. Drei Männer gingen nach draußen, der Rest durchsuchte das Haus. Ihre Bajonette stachen überall hinein. Der Priester hatte recht, sie begannen im Stall. Sie durchwühlten die gestapelten Netze, Körbe, Fässer, schauten im Kamin und stachen sogar in die Matratzen, die oben auf dem Schrankbett lagen. Ich sah, wie nach einem Stich etwas Spreu aus einer Matratze lief. Oder war es Blut? Sie liefen aus dem Haus, um Iain und mich herum. Duggie schwang sich sogar hoch in die Dachbalken und untersuchte das Reetdach.
Großmutter betete. Ich hoffte, daß Gott sie erhörte.
Der Leutnant trat auf uns zu und sah auf Iain herab. «Wer ist das?»
Ich mußte mich räuspern, bevor ich antworten konnte.
«Mein Vetter, Sir. Der Herzog hielt ihn für einen Spion und wollte ihn hängen. Doch weil er unschuldig war, ließ er ihn wieder frei. Er kann noch nicht wieder richtig sprechen. Schauen Sie sich seinen Hals an. Aber wir sind so dankbar, Sir. Niemals würden wir einen Rebellen aufnehmen. Fragen Sie Mr. Clark, den Arzt, er kann es Ihnen bestätigen. Ich arbeite bei ihm. Oder fragen Sie Major Wolfe.»
«Davon habe ich gehört», antwortete er. «Dreimal haben sie versucht, ihn zu hängen, stimmt's? Muß 'ne spannende Sache gewesen sein. Hab ich leider verpaßt. Bist du nicht auch die Kleine, die uns vor dem Angriff gewarnt hat?» Iain erstarrte neben mir, blieb aber ruhig. Der Offizier sah nach seinen Leuten. Sie hatten die Untersuchung beendet. «Das Hausmädchen vom Arzt. Hmhm. Ich glaube kaum, daß in diesem Haus ein Rebell versteckt worden ist. Haben Sie etwas gefunden, Feldwebel?»
«Nein, Sir!»
«Spuren, die auf die Verarztung von Wunden hindeuten?»
«Nein, Sir!» Vorsichtshalber hatten wir alles verbrannt. Die Zwillinge hatten unterdessen fasziniert die leuchtenden roten

Jacken angestarrt. Eddie erhob sich und krabbelte lautlos herbei, um die glitzernden Knöpfe des Offiziers zu berühren. Der trat einen Schritt zurück und blickte ärgerlich auf Eddie herab. Doch dann lächelte er, allerdings nur mit dem Mund, nicht mit den Augen.

«Na, du», sagte er freundlich, «möchtest du einen Schilling?» Er fischte eine glänzende Münze aus der Tasche. Nun kam auch Donnie herbei.

«Wo ist denn der Mann, der gestern hier war?»

«Das wird er Ihnen doch nicht erzählen, so ein Trottel!» brummte Duggie von oben. Dem Offizier fiel der Unterkiefer herunter, und der Feldwebel wurde knallrot vor Zorn, denn beide bezogen Duggies Bemerkung auf den Offizier.

Eddie griff nach dem Schilling, aber sein Arm war nicht lang genug. «Achtung, Sir», versuchte ich ihn zu warnen, aber er hörte nicht, denn er war mit Duggie beschäftigt. Ich wußte, was passieren würde und beugte mich über Iain, um ihn zu schützen. Mit erstaunlicher Geschwindigkeit sprang Eddie in die Luft. Der Offizier schwankte, als Eddie sein Handgelenk umklammerte und ihn mit seiner tolpatschigen Stärke festhielt. Donnie – sie arbeiteten immer zusammen – sprang dem Mann an die Knie, umschlang ihn mit seinen Armen und Beinen und klammerte sich an ihn wie ein zehnarmiger Tintenfisch. Der Offizier verlor das Gleichgewicht. Da nutzte ihm auch sein Fluchen nichts. Er landete weich in den Netzen, blieb allerdings mit den Sporen hängen, als er versuchte, aufzustehen. Der schöne dreieckige Hut fiel auf die eine Seite und die entzückende weiße Perücke auf die andere. Seine Glatze glänzte. Eddie hatte bekommen, was er wollte, nämlich den Schilling. Grinsend und grunzend vor Zufriedenheit saßen die beiden am Feuer.

Die Worte des Offiziers waren mir größtenteils unbekannt. Klar, er war ja auch Engländer.

Als er hilflos in den Netzen herumzappelte, kam ihm sein Feld-

webel zu Hilfe. Doch der verfing sich auch in einer Masche, und schon lag er daneben. Die Hängelampe wackelte. Duggie, der über ihnen lehnte, versuchte sich vorzubeugen, um zu sehen, was da unten vorging. Dabei verlagerte er sein ganzes Gewicht auf den einen Fuß oben auf dem Rauchfang. Das konnte nicht gutgehen. Brüllend und eingehüllt in eine Wolke aus Staub und Dreck stürzte er herab. Die Flüche der drei möchte ich hier nicht wiedergeben.

Dabei fiel ein großer Klumpen Ruß genau auf Mutters Backblech mit den in der Aufregung vergessenen Weizenkuchen, die langsam vor sich hin trockneten. Der Ruß breitete sich im Raum aus. Großmutter schrie auf und stülpte Duggie den Mehlkrug über den Kopf. Er zog ihn herunter, bestäubte dabei sich und die Dinge um sich herum mit Mehl und schleuderte ihn davon. Zum Glück fing ein Soldat den Krug auf. Dann stürzte Duggie sich auf Großmutter, traf aber Eddie, der dabei dem Offizier auf den Kopf fiel. Mit verklebten Augen stolperte Duggie über mich und landete im Feuer. Er schrie auf, und die Zwillinge stimmten quiekend in den allgemeinen Lärm mit ein.

Der Offizier und sein Feldwebel rappelten sich auf, um so schnell wie möglich der tobenden und fluchenden schwarz-weißen Wolke zu entkommen, die Duggie umhüllte. Erst allmählich wurden seine Umrisse und die der Zwillinge wieder sichtbar. Hustend und spuckend lösten sie sich aus dem Nebel. Die Zwillinge flüchteten sich zu Großmutter, die sie in die Arme nahm.

Als der Offizier Duggie ansah, wurde aus seiner zornigen Miene ein amüsiertes Lächeln. Das dunkle Rot verwandelte sich in eine zarte Röte. «Mein Gott», rief er, «schaut euch den Kerl mal an!»

Wir sahen genauer hin. Duggie war gescheckt. Doch auf seiner oberen Hälfte überwog das Weiß des Mehls und unten der schwarze Ruß. Auf jeden Fall bot er keinen alltäglichen Anblick.

Dort, wo er seine Augen gerieben hatte, bildeten Mehl und Ruß ein Streifenmuster. Der hustende, spuckende und fluchende Kerl sah wirklich nicht gerade schön aus.
Der Offizier fing an zu lachen. Duggie bewegte sich wutentbrannt auf Großmutter und die Zwillinge zu, doch ein Soldat hielt ihn auf eine Handbewegung des Offiziers hin zurück. Nun mußte auch der Feldwebel lachen. Die Soldaten fingen einer nach dem anderen zu grinsen an. Duggie, inzwischen blind vor Wut, versetzte dem Feldwebel einen Faustschlag. Prompt schlug ihn einer der Rotröcke mit dem Kolben seiner Muskete nieder.
Der Offizier schaute wieder streng. «Scheint keiner von diesen verdammten Rebellen hier zu sein, was, Sergeant? Sie, Ralph, können froh sein, daß ich Sie nicht für Ihre Falschmeldung verhaften lasse. Ich hätte es vielleicht getan, aber ich habe noch nicht so herzlich gelacht wie heute, seitdem ich in dieser verdammten Hölle bin. Das habe ich Ihnen zu verdanken. Nun verschwinden Sie, Sie Rauhbein, und kommen Sie mir nicht nochmal unter die Augen.»
Duggie, der verzweifelt versuchte, den Staub aus Nase und Lunge zu husten, eilte zur Tür. Als er sie öffnete und das Morgenlicht hereinströmte, fiel der Blick des Offiziers auf seinen Feldwebel. Erfüllt von einem schrecklichen Verdacht sah er an sich selbst herunter und rief: «Halt!» Doch Duggie hatte ihn auch gesehen, bückte sich und verschwand, bevor sich jemand rühren konnte.
Natürlich war auch der Offizier mit Ruß und Mehl bedeckt. Er und sein Feldwebel sahen zwar nicht so schlimm aus wie Duggie, aber immerhin – unser Haus war klein. Ihre schönen roten Jakken waren mit merkwürdigen Tupfern verziert.
Das Kichern der Soldaten, dessen Ursache sich der Offizier jetzt erklären konnte, verstummte. Mit angestrengt ernsten Gesichtern versuchten sie, die beiden Männer abzubürsten. Doch das nutzte nichts. Ruß läßt sich nicht abbürsten, er verschmiert. Sie

hoben die Perücke des Offiziers auf – sie war nicht mehr so weiß wie vorher – und auch seinen Hut – der war nicht mehr richtig schwarz. Sein Gesicht leuchtete an den Stellen, an denen es nicht schwarz war, braunrot. Es dauerte lange, bis er aufhörte zu fluchen. Dabei hatte er sich nicht ein einziges Mal wiederholt. Er sah aus, als ob er uns alle ins Gefängnis stecken wollte. Innerlich betend, sagte ich so freundlich wie möglich: «Ich möchte mich für die Jungen entschuldigen, sie sind nicht ganz richtig im Kopf. Sie können ihre eigene Kraft nicht einschätzen, Sir, Duggie Ralph hätte Ihnen das sagen sollen.»

Er hielt einen Moment lang inne. Es stimmte, das war nicht unsere Schuld.

«Es tut mir leid, daß ich Sie belästigt habe», entschuldigte ich mich höflich. Ich knickste sogar, wie ich es bei Mistress Clark gelernt hatte. Am Rand des Herdes sah ich den Wassertopf stehen, glücklicherweise mit Deckel. Das Wasser war noch heiß und fast sauber. Ich bot dem Leutnant einen Lappen und Mutters Seife an. Erleichtert beobachtete ich, wie er sich etwas beruhigte, während er sich Gesicht, Glatze und Hände wusch.

Er sah mich bitter an, wahrscheinlich wußte er, daß er einen lächerlichen Anblick bot. Seine Jacke blieb eher schwarz-weiß als rot, trotz oder vielleicht gerade wegen der Bemühungen der Soldaten. Dem Feldwebel ging es nicht besser. Sie sahen lächerlich aus, aber mir war nicht zum Lachen zumute. Noch war die Gefahr zu groß, bestraft zu werden, weil der Mann mit seiner Geduld am Ende war. «Es tut mir leid, Sir!» wiederholte ich, weil ich nicht wußte, was ich sonst noch sagen sollte.

Einen Moment lang war es still. Vater hatte eine bequemere Position eingenommen. Er hatte sich an die Wand gelegt, um sich vor den trampelnden Füßen zu schützen. Aus Iains Richtung ertönte ein Niesen. Als wir uns zu ihm wandten, schniefte er. Auch er war von oben bis unten mit Mehl bedeckt. Großmutter saß am Herd und hielt die Zwillinge im Arm.

Ich nahm einen neuen Anlauf: «Hier sind keine Rebellen, Sir. Duggie hat nur versucht, uns hereinzulegen. Ihm haben wir die Krankheit meines Vaters zu verdanken.»
«Das ist wahr, Sir», bestätigte der Vater. Der Offizier schnaubte. Ich reichte ihm seinen Schilling und den Hut, nachdem ich ihn ausgeklopft hatte. Dabei knickste ich zum zweiten Mal. Er blinzelte mich bitter an, sichtlich bemüht, seine Wut zu unterdrücken.
«Gut, Feldwebel, holen Sie die anderen Männer. Wir gehen. Und wenn Sie diesen – diesen – Kerl sehen, verhaften Sie ihn!»
«Jawoll, Sir!» Die Männer marschierten nach draußen. Doch plötzlich streckte der Feldwebel noch mal seinen Kopf durch die Tür. «Sir –», es klang sehr dringend. Der Offizier eilte nach draußen.
Zum ersten Mal hörte ich das Schweigen vieler Menschen. Sie ereiferten sich nicht, schrien nicht durcheinander. Sie waren einfach da. Ich lief zur Tür und sah das ganze Fischerdorf, dreihundert Menschen. Sie sagten nichts, standen nur da und schauten, die Männer vornean.
Duggie stand noch draußen, den Rücken an die Hauswand gedrückt. Der Offizier war kein Narr, obwohl er so aussah wie einer. Doch niemand lachte – ein deutlicher Ausdruck der Stimmung, in der sich die Menge befand. Der Feldwebel flüsterte ihm etwas zu, doch er antwortete: «Nein, lassen Sie ihn. Das geschieht ihm recht!» Und die sechs Männer formierten sich und marschierten von dannen, ohne Duggie eines weiteren Blicks zu würdigen. Niemand sagte ein Wort.
Schritt für Schritt kam die Menge näher, die Augen auf Duggie Ralph gerichtet. Einige hoben Steine vom Boden auf.
Duggie preßte seinen Rücken gegen die Wand und blickte verzweifelt in die Runde. Diesmal war er zu weit gegangen in seinem Haß auf Vater. Und er wußte es. Die Fischer hatten seine

Grausamkeiten gegenüber Annie und Johnnie hingenommen, sie sagten nur, daß er ein harter Kerl sei. Niemand konnte beweisen, daß er Vaters Sturz im Boot verursacht hatte. Aber diesmal hatte er versucht, einen der eigenen Leute an Fremdlinge zu verraten. Das würden sie ihm nie verzeihen.

Plötzlich rannte er los, den Weg hinauf, hinter den Soldaten her. Niemand versuchte, ihn aufzuhalten. Er sauste um die Ecke, ein Stein traf seinen Fuß, und ward nicht mehr gesehen.

In der Menge begann Annie laut zu schluchzen. Eine der Frauen führte sie heim.

Ich kehrte ins Haus zurück. Dad grinste. Ich rollte Iain von seiner Matratze. «Sie werden nicht wiederkommen, du kannst wieder atmen, Alistair», flüsterte ich. Die Matratze seufzte, streckte sich unter meiner Hand und nieste zum zweiten Mal.

Die Suche nach dem Kelpie

Für lange Zeit war das mein letztes fröhliches Erlebnis. Von da an ging alles schief.

Weder Iain noch Alistair verziehen mir, daß ich den Prinzen verraten hatte. Iain sagte wenig, aber jedesmal, wenn ich nach Hause kam, um ihn und Alistair zu sehen, verschwand er im Stall. Zwei Tage später kehrte er nach Hause zurück, ohne sich zu verabschieden. Mir tat es leid, doch was konnte ich tun?

Alistair übernahm die Rolle des beinahe gehängten Vetters. Iain war im Fischerdorf ziemlich unbekannt. Beide Jungen waren ungefähr gleich groß und hatten dunkles Haar. Wir schnitten Alistairs Haar ganz kurz und behaupteten, wir hätten es wegen seines Fiebers tun müssen. Diese Veränderung reichte aus, um die anderen zum Narren zu halten. Jeden Abend verabreichte Mam dem armen Alistair einen Umschlag aus Löwenzahnstengeln, damit sich um seinen Hals herum ein großer geschwollener Ring bildete, dem sie mit Brombeeren und Walnußmark die richtige Farbe verlieh.

Er weigerte sich hartnäckig, von der Schlacht zu erzählen, obwohl Johnnie und Ellen ihn immer wieder darum baten. Mit der kleinen Morag beschäftigte er sich viel, er übte sogar das Sprechen mit ihr. Aber den anderen, und besonders mir gegenüber, verhielt er sich zurückhaltend und still. Das lag nicht nur an seinen schmerzhaften Wunden. Mam sagte, daß ihn schreckliche Alpträume plagten. Nur einmal offenbarte er mir seine Gedanken, und ich wünschte, er hätte es nicht getan, denn sein Ausruf: «Ach, Jeannie, warum hast du mich nicht

sterben lassen?» verfolgte mich tagelang. Er war ein guter Patient, tat, was man von ihm verlangte, aß, was man ihm vorsetzte, nahm seine Medizin und lag still und ruhig, wenn nachts seine Verbände gewechselt wurden, damit ihn dabei keiner sah. Seine Wunden heilten, obwohl er kraftlos wirkte und wenig Lebensfreude zeigte.
Während er sich langsam erholte, wurde Vater immer kränker. Als die Soldaten ihn aus dem Bett gezogen hatten, war die Wunde an seinem Rücken wieder aufgeplatzt. Ihm wurde heiß, und er bekam Fieber, wie damals nach dem Unfall. Er schlug und trat um sich vor Schmerz. Mam gab ihm Baldrian und wusch ihn mit Salzwasser, doch das Fieber stieg. Sie war am Ende ihrer Weisheit und niedergedrückt vor Sorge.
Bei den Clarks arbeiteten wir fleißiger als je zuvor. Als die verwundeten Männer gerade das Haus gesund verlassen hatten, breitete sich das Schiffsfieber aus. Das Regiment aus Amerika brachte es mit, und bald erwischte es auch die Menschen in der Stadt. Sie nannten es Typhus. Unwohlsein am ganzen Körper und entsetzliche Kopfschmerzen waren die ersten Anzeichen. Darauf folgte Durchfall und ein scheußlich fauliger Mundgeruch. Nach ein oder zwei Tagen war der ganze Körper, genau wie bei der Pest, mit Beulen übersät. Ungefähr jeder Dritte starb daran. Master Clark arbeitete so viel, daß er sich kaum noch auf den Beinen halten konnte.
Einige der Kranken von Houghtons Regiment wurden unserer Pflege anvertraut, denn die Offiziere von Barrels Regiment waren dem Herzog von Cumberland nach Inverness gefolgt. Diesmal wuschen wir die Bettlaken nicht. Die Mistress meinte: «Was? Die sind erst zweimal gebraucht worden. Übertreib mal nicht, Jeannie. Du meinst wohl, daß ich nicht genug arbeite!» Natürlich drängelte ich sie nicht. Ich hatte selbst genug zu tun mit der Pflege der kranken Männer und der Sorge um Vater und Alistair. Obwohl es ihm schon viel besser ging, sah die Wunde an

seiner Seite noch so schlimm aus, daß wir ihn nicht gehen lassen konnten. Er sprach noch immer kein Wort zu mir.

Ich war vollkommen erschöpft. Die Mistress übernahm das Kochen, und die Mädchen arbeiteten weitaus mehr im Haushalt als zuvor. Von den kranken Soldaten mußten sie sich allerdings fernhalten. Ich hatte deren Pflege jetzt alleine übernommen, denn auch Hugh hatte das Fieber erwischt. Obwohl es ihm inzwischen etwas besser ging, war er noch viel zu schwach, um zu helfen. Henny überraschte uns alle. Während ich mich um seinen kranken Bruder kümmerte, wuchs er über sich selbst hinaus und entwickelte sich zu einer tatkräftigen Hilfe. An diesem Abend sank das Fieber, und wir wußten, daß Hugh überleben würde. Henny weinte sogar an meiner Schulter vor Glück. Ich wagte kaum zu glauben, daß es so bleiben würde. Doch wahrhaftig, er verwandelte sich in einen großartigen Kerl.

Trotzdem war die Stimmung im Hause der Clarks eisig. Miss Amanda konnte meinen Anblick nicht ertragen. Einerseits schämte sie sich, und andererseits hatte sie mir den Ärger, den ich ihr eingehandelt hatte, nicht verziehen. Und Celia, die ganz auf meiner Seite stand, schnitt Amanda. Die Mistress hatte von uns allen dreien die Nase voll. Sie und der Master fürchteten den Typhus, Amanda und Celia stritten sich meinetwegen; im Hause herrschte Hochspannung.

Innerhalb von zehn Tagen lagerten sieben kranke Soldaten in unserem Haus. Einem Offizier, Captain Nisbet, ging es sehr schlecht. Der Master fürchtete um sein Leben, obwohl wir taten, was wir konnten.

Die schlimmste Neuigkeit erfuhr ich am zweiten Mai. Johnnie stand vor der Tür und erzählte, daß Mam krank sei.

«Ist es das Fieber?» fragte ich und griff nach seinem Arm.

«Weiß ich nicht, Jeannie», er zuckte die Achseln, «es geht ihr jedenfalls sehr schlecht.»

Ich sah mich um. Die Mistress und der Master waren unterwegs. Miss Amanda trug die Verantwortung für das Haus.
«Bitte, Miss», bat ich, «darf ich gehen? Sie brauchen mich dringend.»
Amanda sah ebenfalls besorgt aus. «Wir brauchen dich auch, Jeannie, bei der vielen Arbeit», meinte sie zögernd. Celia, die das Feuer versorgte, blickte mißbilligend zu ihr hinüber. Sie fürchtete, daß Amanda die Chance nützen würde, um sich zu rächen.
Ich hatte mich schon entschlossen zu gehen, egal, wie Amanda sich entscheiden würde, als sie meinte: «Gut, Jeannie, mach dich auf den Weg. Ich werde Mama Bescheid sagen. Nimm noch etwas von Vaters Medikamenten mit.»
Ich warf meinen Umhang über. Celia gab ihrer Schwester einen Kuß. «Du machst dich, Manda!» Sie lachte und schniefte gleichzeitig. «Ich bin so glücklich.» Amanda erstarrte für einen Moment, denn sie fürchtete die schmuddeligen Hände ihrer kleinen Schwester an ihren sauberen Röcken. Aber sie stieß Celia nicht fort, sie sah sogar zufrieden aus. «Mach dir keine Gedanken um Mama, die würde Jeannie sicher gehen lassen», fuhr Celia fort. Dann wandte sie sich an mich: «Wir werden uns um die Männer kümmern. Henny wird uns schon helfen.»
«Bitte, komm erst zurück, wenn du zu Hause nicht mehr gebraucht wirst!» fügte Amanda hinzu. Sie legte Celia unbeholfen einen Arm um die Schultern und nickte mir zu. «Bestelle deiner Mutter, daß wir auf ihre baldige Genesung hoffen.»
«Oh, Manda!» seufzte Celia. «Warum redest du wie ein Grammatikbuch? Wünsche ihr gute Besserung, Jeannie. Und paß gut auf dich auf!» Dann sah sie ihre Schwester mit dem ihr eigenen fröhlichen Lächeln an. Während ich mit Johnnie lossauste, beugte sich Amanda zu ihr hinunter und gab ihr einen Kuß. Ich beneidete die beiden.
Alistair öffnete uns die Tür. Seine Augen sprühten vor Leben. Es

war, als ob die Not ihn wachgerüttelt hätte. «Wie geht's ihr?» fragte ich ängstlich.
«Nicht besonders, Jeannie», antwortete er ernst. «Ich mache mir Sorgen um sie.»
Mam war wirklich sehr krank. Fiebernd und zitternd lag sie unter der Decke, ihr Atem stank. Unter ihrem Arm und an den Beinen schwollen die Beulen langsam an. Sie erkannte mich nicht.
Dad litt unter großen Schmerzen, konnte aber klar denken. Bevor ich richtig drin war, erteilte er mir bereits Anweisungen. «Jeannie, du mußt Alistair woanders unterbringen.» Während ich Mutter untersuchte, fuhr er fort: «Bringe ihn zu deinem Großvater nach Coulmony. Wenn du vorsichtig bist, wird euch niemand sehen. Für ihn ist es ein langer Fußmarsch, aber es ist besser so. Er kann hier nicht bleiben. Er möchte uns helfen, aber er hilft uns am meisten, wenn er geht.»
«Was sollen wir nur tun? Gott allein weiß, was auf uns zukommen wird. Was soll aus Donnie und Eddie werden? Lieber Gott, sei uns gnädig», murmelte die arme Großmutter vor sich hin. Mit kalten Lappen in ihren alten gichtigen Händen wuselte sie um Mutter herum.
Ellen überraschte mich. Gerade als Dad sich erschöpft und besorgt nach Großmutter umdrehte, legte Ellen ihren Arm um die alte Frau und führte sie zu ihrem Stuhl. «Setz dich, Gran», sagte sie ruhig, «ich mache dir eine Tasse Brühe. Sorge dich nicht um die Jungen. Schau sie dir an, da draußen im Hof. Wie kräftig sie sind! Die werden so schnell kein Fieber bekommen. Ich werde mich um die beiden kümmern.» Sie blickte herüber zu Vater und mir. «Tu, was du tun mußt, Jeannie!» Ich muß sehr erstaunt ausgesehen haben, denn sie errötete. «Macht euch auf den Weg. Ich werde mich schon um alle kümmern, bis du wieder da bist. Else oder Annie können mir helfen, wenn es nötig werden sollte. Gran, mach dir keine Sorgen, wir schaffen das schon.»

Dad zögerte einen Moment, dann lächelte er. «Ja, du wirst es schaffen. Ellen, du bist ein prima Mädchen. Du bist da, wenn wir dich brauchen.» Sie wurde noch röter, denn sie war es eher gewohnt, getadelt als gelobt zu werden. Aber sie fühlte sich offensichtlich ermutigt. Vater nickte mir zu. «Also kannst du sorglos fortgehen, Jeannie. Nun können wir tun, was wir tun müssen. Morgen wirst du den Jungen zu Granda Mackay führen.»
Es war ein hartes Stück Arbeit, Alistair davon zu überzeugen, daß er uns am besten helfen könnte, wenn er aus dem Weg wäre. Doch als er es endlich eingesehen hatte, wollte er so schnell wie möglich gehen. Wir wußten, daß seine Wunde noch nicht ganz verheilt war, außerdem war er es nicht gewohnt, länger zu gehen als einmal längs durch den Raum. Doch darüber verlor er kein Wort.
Ich zeigte Ellen, wie sie Mutter versorgen sollte, und überließ ihr die Medikamente. Dann lief ich noch einmal zu den Clarks, um sie um Erlaubnis zu bitten. Ich dachte an Henny und Ellen. Es war erstaunlich, wie die Notsituation die beiden verändert hatte.
Der Master ließ mich gehen, obwohl die Mistress Zweifel äußerte. Henny und einige Soldaten, die bereits auf dem Wege der Besserung waren, konnten ihm zur Hand gehen. Mistress Clark seufzte, sah dann aber ein, daß ich meiner eigenen Familie gegenüber verpflichtet war, meinen Vetter aus der Gefahrenzone zu führen.
Die Mistress half mir sogar. Sie ging mit mir zum Rathaus und bat den diensthabenden Offizier, der für dieses Gebiet zuständig war, um einen Paß, der mir einen ungefährlichen Weg sichern sollte. Wenn man mich mit einem Verwundeten erwischen würde, könnte es Ärger geben. Aber der Paß zeigte, daß Alistair dem für das Gebiet zuständigen Kommandeur bekannt war, also folglich kein Rebell sein konnte. Das war sehr lieb von der Mistress, denn über dem Master lag der Schatten des Verdachtes,

weil er den verwundeten Rebellen geholfen hatte. Ich hatte ein schlechtes Gewissen, weil ich sie getäuscht hatte, doch was blieb mir anderes übrig?
Im Morgengrauen des nächsten Tages steckte ich das wertvolle Stückchen Papier in mein Leibchen, wickelte mich fest in meinen Umhang – draußen war es nebelig – und lief nach Hause, bevor die Sonne aufging. Mam ging es noch nicht besser. Sie glühte vor Fieber, und die Beulen an Armen und Beinen waren riesengroß, aber noch nicht reif genug, um aufgeschnitten zu werden, wie ich es bei Master Clark gelernt hatte.
Ich hatte Soldaten gesehen, denen es viel schlechter ging, und auch sie hatten es geschafft. Aber Mutter war erschöpft, sie hatte Vater den ganzen langen Winter über gepflegt. Hatte sie die Kraft, die Krankheit zu besiegen? Ich wäre gerne geblieben, um Ellen zu helfen, aber das war nicht möglich.
Johnnie hatte bereits das neue Pony gesattelt und sogar eine halbe Ladung Fisch vorbereitet, die ich verkaufen sollte, denn es war Freitag. Alistair wirkte aufgeregt und lebendig. So hatte ich ihn seit der Schlacht nicht mehr erlebt. Er war warm angezogen. Mam und Gran hatten ihm aus Vaters alter Kleidung Reithosen und ein Hemd genäht. Sie paßten ihm besser als die neuen dem Priester, außerdem sah er nicht zu schick aus für einen Jungen vom Lande.
Johnnie überreichte ihm einen schönen Stock: «Den habe ich letzte Woche für dich geschnitten, vielleicht brauchst du ihn bald. Du kannst nicht den ganzen Weg über reiten. Das Pferd ist ziemlich munter, Jeannie, sei vorsichtig, das Biest ist drei oder vier Tage nicht draußen gewesen.»
«Ich habe euch etwas Weizenkuchen und Käse eingepackt», sagte Ellen, «es ist nicht viel, aber es wird reichen.»
«In den ein, zwei Tagen werdet ihr schon nicht vom Fleisch fallen», meinte Vater verschmitzt. Er hatte schon wieder etwas Farbe im Gesicht und sah ganz gut aus, wenn er ruhig dalag.

Doch sobald er nur versuchte, eine Hand zu bewegen, verzerrte sich sein Gesicht vor Schmerz. Er beugte sich zu mir herunter: «Jeannie, geh und nimm dir einen Schilling aus dem Versteck. Wir haben zwar nicht mehr viel, aber für deinen Freund können wir es entbehren.»

Ich war gleichzeitig erschrocken und erfreut. Meinen Freund? Ich war doch erst dreizehn. Vielleicht war er wirklich mein Freund. Ich kannte einige Mädchen, die mit dreizehn geheiratet hatten.

Während Großmutter für uns betete – die arme Seele hatte nichts anderes, das sie uns mitgeben konnte –, entfernte ich den lockeren Stein vom Kamin und nahm Alistairs silberne Knöpfe und einen Schilling aus dem Loch heraus. Ich sah, daß fast nichts mehr drin war. Aber meine Silberohrringe... Konnte ich mit ihnen machen, was ich wollte, ohne zu fragen? Ich ließ sie schnell in die Tasche gleiten.

Alistair nahm den Stock in die Hand und sah uns nacheinander an. Morag, die in ihrem Stühlchen festgebunden war, damit sie uns nicht zwischen den Füßen herumkrabbelte, schenkte ihm ein breites Lächeln. Das Durcheinander zu so früher Stunde hatte sie aufgeregt. Sie zappelte und wollte heraus. Auch die Zwillinge lächelten ihm zu. Sie lagen noch im Bett, Großmutter hatte sie noch nicht angezogen. Isaac stand an der Tür, die Zügel des Ponys in der Hand. Er nickte ihm zu. «Gute Reise, Freund!» Wortlos umarmte Alistair Ellen, die anfing zu weinen, und Johnnie, der vor sich hinbrummelte, und versuchte, ihm freundschaftlich auf die Schulter zu klopfen. Er gab Gran einen Abschiedskuß, und ausgerechnet sie, die ihn erst nicht aufnehmen wollte, umklammerte sein Handgelenk und wollte ihn nicht gehen lassen. Er sah nach Mam, die auf dem Bett lag und zuckte. Dabei schüttelte er den Kopf und kämpfte gegen die Tränen an.

Vater lächelte. «Ja, mein Sohn, es geht ihr schlecht. Aber es wird besser, vertrau auf Gott. Und auch du wirst es schaffen. Ich kenne sie, die meisten Sorgen wird sie sich um dich machen. Es wird sie beruhigen, wenn sie erfährt, daß du in Sicherheit bist. Nun mach dich auf den Weg und paß gut auf dich auf. Und überlege dir, wie du uns mitteilen kannst, daß du wieder zu Hause bist. Das wollen wir alle wissen, nicht nur Jeannie.» Ich errötete.

Ohne ein weiteres Wort drehte Alistair sich um und ging hinaus. Ich sah Vater an: «Du bist ein feiner Kerl, John Main, deine Tochter so zu blamieren!» Er lachte, als ich mich über ihn beugte und ihn küßte. Dabei bemerkte ich an seinem Atem die erste Hitze und den Gestank des Fiebers.

Deshalb war er heute morgen schon so munter und frisch im Gesicht. Es war also nicht nur die Aufregung. Tief getroffen schaute ich zu Ellen hinüber. Sie hatte mich beobachtet. Als sie nickte, wußte ich, daß auch sie es gerochen hatte. In meiner Brust zog sich ein Knoten zusammen, wie damals, als mich der Pfarrer abfragte.

«Auf, auf, Jeannie», sagte Ellen mit fester Stimme. «Je eher du gehst, desto schneller bist du wieder zurück.»

Sie hatte recht. Ich mußte Alistair fortbringen. Würde sie es alleine schaffen, diesen einen Tag lang? Sie war immerhin erst zehn. Sie nickte mir ein zweites Mal zu. Ich wandte mich von Vater ab. Diese neue Sorge verursachte mir Übelkeit.

Als ich rauskam, hatten Isaac, Johnnie und Alistair das Pony schon ein Stück den Weg hochgeführt, damit es die Beine etwas bewegen konnte. Ich lief hinterher, um sie einzuholen. Dann sagte ich Johnnie, daß er schnell umkehren solle, weil Ellen ihn brauche. Von der Brücke aus winkten sie uns zu, bis wir sie nicht mehr sehen konnten. Wir kletterten den Pfad hinauf, und das dumme Pony schnappte und zog an seinem Strick.

Wir schwiegen beide.

Alistair humpelte ein wenig. Hoffentlich würde er die zehn Meilen bis zu Großvaters Hof durchhalten. Lag die Stadt erst einmal hinter uns, konnten wir reiten. Trotzdem war es eine anstrengende Reise für jemanden, der sich erst vor kurzem so schwer verletzt hatte. Aber es blieb keine andere Möglichkeit, er mußte es schaffen. Mit der Sorge um Vater belastete ich ihn nicht noch zusätzlich.

Wir hetzten uns nicht. Der Fisch war eine gute Ausrede. Keine andere Fischersfrau wagte sich in dieser Woche ins Landesinnere. Solange die Soldaten in der Stadt lagerten, konnten sie dort genug Fisch verkaufen. Außerdem war es ihnen auf der Straße zu gefährlich. Viele Soldaten töteten Menschen nur, weil sie Schotten waren. Die anderen Frauen hielten mich für lebensmüde. So konnten wir unseren Weg ruhig und gemütlich gehen, die Aussicht genießen und nach jeder Meile eine Pause einlegen.

Es wurde ein herrlicher Tag, als der Nebel sich aufgelöst hatte. An den windstillen Stellen war es richtig warm, die ersten zartgrünen Blätter wagten sich hervor. Die Vögel begannen mit dem Nestbau, die Luft war erfüllt von ihrem Gesang. Glockenblumen bedeckten den Waldboden, und der Ginster, der das ganze Jahr über blühte, färbte die Hänge golden. Doch ich war zu unglücklich, um mich zu freuen. Beide Eltern schwebten in Lebensgefahr. Auch wenn Vater dem Tod entwischte, würde er sein Leben lang ein Krüppel bleiben. Unser Erspartes schrumpfte unaufhaltsam. Großmutter war zu alt und Ellen zu jung, um zu arbeiten. Die Zwillinge mußten versorgt werden. Isaac und Morag waren noch zu klein. Was sollten wir tun?

Wenn ich jemals ein Kelpie brauchen würde, dann jetzt, schoß es mir durch den Kopf. Der Gedanke erschien mir so dämlich, daß ich verächtlich schnaubte. Alistair sah mich an.

«Was ist, Jeannie?» fragte er mich. Seit der Schlacht war das so ziemlich die erste freundliche und interessierte Frage, die er mir stellte. Ich entschloß mich, ihm alles zu erzählen. Er würde weder mich noch die Zigeuner verraten und wäre außerdem wenigstens eine Zeitlang von seinen Schmerzen abgelenkt.

Merkwürdigerweise war er außerordentlich interessiert, so interessiert, daß ich ihm sogar von der Gemeinschaft der Reiter erzählte, ihrem Knochen und dem Zauberwort. Schließlich zeigte ich ihm sogar die Stelle, an der ich die Kröte vergraben hatte, denn sie war nicht weit von unserem Weg entfernt.

«Lauf hin und sieh nach, Jeannie!» schlug er vor. Er brauchte sowieso eine Pause, denn er war schon ganz grau um den Mund herum. Ich führte das Pony ins Gebüsch und half ihm abzusteigen. Mit einem Seufzer sank er auf ein Heidebüschel. Ich nahm meinen Löffel aus der Tasche und begann zu graben. Jetzt war die Erde locker. Überrascht stellte ich fest, daß mein kleiner Stofflappen kein verfaultes Fleisch enthielt, sondern sich trokken und leicht anfühlte. Ich lief damit zu Alistair, klopfte ein paar Ameisen ab und schaute vorsichtig hinein.

In meiner Hand lag ein Bündel kleiner, weißer Knochen. Sie fielen auseinander, als ich sie berührte. Alistair lächelte mich an. «Na, dann man los», drängte er. «Da drüben ist ein kleiner Teich. Ich werde weggucken.» «Ach, sei nicht albern!» wehrte ich mich. Aber er bestand darauf. Es schien ihm ungeheuer wichtig zu sein. Um ihn nicht zu enttäuschen, lief ich hinüber an den sumpfigen Teich. Er drehte seinen Kopf in die andere Richtung. Ich kam mir ziemlich närrisch vor, als ich die Handvoll Knochen in das dunkle Wasser fallen ließ.

Einer schwamm oben.

Ich muß ihn ungefähr eine halbe Minute angestarrt haben, ehe ich ihn herausnahm. Ich konnte es kaum glauben. Das war zu seltsam. Und doch – die Männer glaubten daran. Was sollte ich tun? Alistair zweifelte nicht. «Wickle ihn wieder in den Lappen und hänge ihn dir um den Hals», riet er mir. Er zog ein paar Fäden aus der Kante meines Umhangs und flocht mir eine Schnur. «So, wenn dir jetzt ein Kelpie begegnet, bist du bereit!» Er lehnte sich lachend zurück und seufzte dann tief. Als ich ihn ansah, war er eingeschlafen, es war der leichte Schlaf der Kranken.

Ich setzte mich zu ihm und sah ihn an. Wir waren zu langsam gegangen, es war bereits Nachmittag, und wir hatten noch mehr als zwei Meilen vor uns. Alistair hielt besser durch, als ich befürchtet hatte. Mit einem ruhigeren Pferd hätten wir die Strecke längst geschafft, aber dieses Biest war schreckhaft und störrisch zugleich. Oft blieb es einfach stehen und ließ sich nur mit großer Anstrengung dazu bewegen weiterzulaufen. Ganz anders als Dancer. Und jetzt lahmte es auch noch auf einem Vorderbein. Naja, irgendwie mußte es weitergehen. Da stand es nun am anderen Ende der Leine und fraß gierig das frische Gras in sich hinein. Vielleicht würde es eine Kolik bekommen. Geschähe ihm recht.

Was war mit dem Knochen? Alles paßte so gut zusammen. Maggie Davidson und ihre Vision. Hatte sie nicht recht behalten mit dem Schatten des Galgens? Nachdenklich betastete ich den kleinen Beutel um meinen Hals. Aber wer weiß...

Ich sah Alistair wieder an. Er schlief fest. Der Ginster schützte ihn vor Wind und Blicken. Der Belivatsee war ganz in der Nähe, man brauchte nur den Hang hinter uns hinaufzuklettern. Würde ich es wagen? Alistair war einigermaßen sicher. Ich brauchte nur das Pony hier anzubinden. Wenn er aufwachen würde, wüßte er, daß ich bald wiederkäme.

Jetzt brauchte ich Hilfe, um meine Eltern und die ganze Familie zu retten. Müßte ich nicht jede Chance nützen, wie gering und unwahrscheinlich sie auch sein mochte?

Ach, das war doch alles nur Unsinn. Es gab keine Kelpies. Der Pfarrer und der Priester, beide hatten es gesagt.

Oder suchte ich nur nach Ausreden? War ich ein Feigling? Eine leise Stimme in mir ermunterte mich: «Spring über deinen Schatten! Lauf los!»

Ich würde Zeit verschwenden, aber hatte ich nicht genug Zeit?

Ich band das Pony fest und kletterte den Hang hinauf.

Dies war der Ort, von dem Großvater Mackay erzählt hatte.

Hier, in diesem Wald, waren Tammas und sein Vater dem Wasserbullen begegnet. Die Bäume waren alt und geheimnisvoll. Die Luft war von Seufzern und Geflüster erfüllt; mit einem leisen Rauschen bewegte der Wind die Kiefernnadeln hoch über mir. Als ich mir den Weg durch das Farnkraut bahnte, fühlte ich mich beobachtet. Von allen Seiten waren unfreundliche Blicke auf mich gerichtet. Mir schien es, als ob hohle Stimmen in den grünen Schatten widerhallten, aber ich sah niemanden.
Da die Bäume bereits wieder Blätter trugen, konnte ich den See von oben noch nicht erkennen. Ich kletterte über umgestürzte Bäume und abgebrochene Zweige, schlängelte mich an Brombeeren und Besenginster vorbei und bahnte mir den Weg durch die kleinen Birken und das Erlengestrüpp, das überall wucherte. Mühselig und langsam näherte ich mich dem See.
Ich versuchte gerade, mich durch eine Wand von Brombeerbüschen hindurchzukämpfen – dabei hielt ich die Arme hoch, um mein Gesicht zu schützen –, als ich plötzlich den Boden unter den Füßen verlor. In einem Hagel von Steinen und alten Kiefernzapfen rutschte ich den Abhang hinunter. Das war recht schmerzhaft! Schließlich landete ich mit dem Hinterteil voran in knietiefem Schlammwasser an einem kleinen, von Felsen umgebenen Kiesstrand. Gut, daß ich nicht auf einen der Felsen gestürzt war, da wäre ich nicht so glimpflich davongekommen.
Zappelnd bemühte ich mich aufzustehen, als mich ein Schnauben und Klirren erstarren ließ.
Vor mir stand ein großes schwarzes Pferd. Das Kelpie.

Das Kelpie

Ich saß im Wasser und konnte vor Schreck kaum atmen. Unglaublich lange wagte ich es nicht, mich zu rühren. Als ich schließlich merkte, daß das Monster mich weder verspeiste noch tottrampelte, holte ich tief Luft und ordnete meine Gedanken.
Das Kelpie war riesig. Das schwarze Ungeheuer beugte sich über mich, die roten Nüstern zitterten leicht, als es mich anstupste. Grandas Beschreibungen paßten haargenau, es schien ein ruhiges, edles Tier zu sein. Pechschwarz war es, ohne ein einziges graues oder weißes Haar. Auch Sattel und Zügel waren schwarz, die Schnallen und das Gebiß aus Silber. Rot leuchtete die Satteldecke. Am Zwiesel hingen zwei prallgefüllte Satteltaschen, die einen Dieb sicher locken würden, und am Knauf schwang eine schwere Pistole.
Ich sah das Kelpie an, und das Kelpie sah mich an. Dabei spielte es mit den Ohren, schüttelte den Kopf und schlug mit dem Schweif, um die Fliegen zu verscheuchen. Wutsch! Sonst war es totenstill. Kein Vogelgezwitscher, kein Froschquaken – sogar das Rauschen des Windes und das Plätschern des Wassers waren erstorben. Nichts rührte sich – nur das Kelpie.
Voller Ungeduld kam es auf mich zu. Erschrocken schob ich mich rückwärts durch das trübe Wasser. Plötzlich stieß ich mit dem Rücken gegen einen Stein. Ich saß in der Falle. Mit Mühe gelang es mir, mich an dem Stein aufzurichten, obwohl mein nasser Rock und mein Umhang mich nach unten zogen. Ich reichte dem Untier kaum bis zur Schulter. Das Kelpie schnüffelte nur an meiner Brust und stupste mich erneut mit seiner Riesennase an –

eine Einladung zum Aufsteigen. Ich wußte genau, was es dachte.
Warum nicht? Ich hatte den Knochen. Weshalb war ich denn eigentlich hier? Wenn jemand auf dem Kelpie reiten konnte, dann ich. Für mich stand viel auf dem Spiel. Ich hatte den Knochen und das Zauberwort. Würde ich auch den Mut aufbringen?
Während ich so hin und her überlegte, hob das Kelpie ungeduldig den Kopf. Anscheinend wollte es sich umwenden und davonlaufen. Noch hingen die Zügel vor meiner Nase, ich ergriff sie und hielt sie fest. Auch jetzt benahm sich das Kelpie wie ein guterzogenes Reitpferd und blieb gehorsam stehen.
Zitternd hielt ich es mit der einen Hand fest und wrang mit der anderen, so gut es ging, das Wasser aus meinen Kleidern. Dann zog ich den hinteren Teil meines Rockes zwischen meinen Beinen durch und steckte ihn zusammen mit dem vorderen vorne in das Bündchen. Jetzt hatte ich eine Reithose. Dann wickelte ich mich fest in meinen Umhang und kletterte auf den Stein. Einen Augenblick lang hielt ich inne. Wie ein Lachs am unteren Ende eines Wasserfalls wartete ich auf das Zeichen zum Aufspringen.
Nichts geschah.
Plötzlich wurde mir klar, daß ich selbst diejenige war, die entscheiden mußte. Ich könnte davonlaufen, meine Eltern ihrem Schicksal und Alistair sich selbst überlassen oder aber mein Leben riskieren, um sie alle zu retten. Was sollte ich tun?
Plötzlich kletterte ich – ohne weiter nachzudenken, so wie man morgens aus dem Bett steigt – auf den Rücken des Untiers. Ich wagte kaum zu blinzeln und wartete nur darauf, daß es mit mir davonstürmen würde. Es war riesengroß und kräftig.
Das Kelpie schüttelte seinen Kopf – dabei zog es mich fast aus dem Sattel – und tat ein paar Schritte auf die Mitte des Sees zu. Plötzlich war ich hellwach. Von panischem Schrecken ergriffen

zog ich an den Zügeln. «Sic volo!» flüsterte ich. «Sic volo!» etwas lauter. «Komm aus dem Wasser heraus, Kelpie. Bitte, Kelpie!»
Es gehorchte. Wasser spritzte auf, und Kies knirschte, als es sich umdrehte und das steile Ufer erklomm. Oben blieb es stehen, und ich überlegte, was ich tun sollte. Hatte ich die Aufgabe bereits erfüllt? Oder müßte ich es noch weiter vom See entfernen? Wie weit? Wollte es mich nur ärgern?
Als es ganz ruhig stehen blieb und sogar wie ein richtiges Pferd an den Blättern eines Busches knabberte, faßte ich etwas Mut. Die Steigbügel waren viel zu lang. Vorsichtig steckte ich meine Füße in die Riemen, so daß ich sie oben auf den Bügeln abstützen konnte. So fühlte ich mich etwas sicherer. Ich holte tief Luft, rief noch einmal: «Sic volo!» und schnalzte mit der Zunge. Vorsichtig drückte ich ihm die Hacken in die Rippen, genau wie ich es bei den heimlichen Ritten auf dem Pferd des Masters getan hatte. Als es daraufhin am Ufer entlangschritt, fühlte ich meinen Mut wachsen.
Plötzlich quietschte und heulte es in den Büschen, und alle Kobolde des Teufels sprangen hervor, um sein Geschöpf zu retten. Ich sah ihre rote Haut zwischen den Blättern hervorblitzen, als sie sich mit wildem Geschrei auf mich stürzten. Das Kelpie erschreckte sich mindestens genauso wie ich. Blitzartig vollzog es eine Kehrtwendung auf der Hinterhand und raste den Hang hinauf. Um ein Haar wäre ich in den Brombeeren gelandet. Ich hörte, wie der Teufel hinter uns mit der Peitsche knallte, um seine Helfer anzutreiben. Plötzlich spürte ich einen dumpfen Schlag auf der Schulter. Das Kelpie wieherte und bäumte sich auf, so daß es mit dem Hals fast meine Nase traf. Es schlug aus, bockte und galoppierte zwischen den Kiefern hindurch. Ich konnte mich kaum im Sattel halten und rutschte von einer Seite auf die andere. Mit einer Hand klammerte ich mich am Sattelknauf fest und mit der anderen an der Mähne.

Meine Haare verfingen sich in einem Ast, der mir fast das Genick gebrochen hätte, wenn er nicht rechtzeitig zurückgeschnellt wäre. Ich spürte noch die Zweige im Haar, als wir mit Hufschlägen, die den Boden erzittern ließen, und atemberaubender Geschwindigkeit den Hügel hinauf- und auf der anderen Seite, in eine Wolke aus Staub und Geröll gehüllt, wieder hinunterrasten. Aus meiner Nase lief Blut, aber ich hatte keine Zeit, es wegzuwischen.

Das Kelpie trug mich davon, aber wenigstens nicht ins Wasser. Immer wieder rief ich: «Sic volo! Stop! Stop!». Aber es raste unbeirrt weiter. Als wir aus dem Wald heraus ins Moor kamen und über kleine Erhebungen und Senken sprangen, klammerte ich mich so fest wie möglich. Einen Sturz auf die Steine würde ich kaum überleben.

Einen Moment lang fürchtete ich, das Kelpie könne in ein Loch treten und stürzen. Doch dann fiel mir wieder ein, daß es ja eine verzauberte Bestie war, es würde also nicht stolpern. Wenigstens davor war ich sicher. Sicher! Was für ein Witz!

Schließlich landeten wir auf dem Weg nach Daltulich und Relugas. Er war etwas ebener als das Moor, aber nicht viel. Das große schwarze Ungeheuer sprang über die Geröllhaufen und schnitt die Ecken. Wie gemütlich war ich diesen Weg schon auf unserem Pony entlanggeritten. Mit Mühe hielt ich mich im Sattel. Inzwischen hatte ich wenigstens raus, wann ich mich zurücklehnen und wann vornüber neigen mußte.

Überrascht stellte ich fest, daß ich den Ritt gar nicht mehr so schrecklich, sondern eher aufregend fand. Ich kannte den Weg, und die Bewegungen des Kelpies waren raumgreifender und sanfter, als ich es je bei einem Pferd erlebt hatte. Die kräftigen Schultern beugten und streckten sich unter mir und trugen mich hoch über Steine und Heide. Fast glaubte ich zu fliegen. Natürlich hatte ich noch immer etwas Angst, aber die Geschwindigkeit berauschte mich so, daß ich am liebsten laut gejubelt hätte.

Es gelang mir sogar, die Zügel wieder aufzunehmen. Sie nutzten mir allerdings nicht viel. So sehr ich auch daran zog, das Untier kümmerte sich nicht darum.
Nach ungefähr zwei Meilen änderte es wieder die Richtung. Als wir den Hang hinaufgaloppierten, wurden wir etwas langsamer. Ich überlegte schon, ob ich das Ungeheuer vielleicht anhalten könnte, aber es sauste weiter, zurück zu den Belivat-Bergen.
Mir tat alles weh. An den Steigbügelriemen hatte ich mir Knöchel und Waden wundgescheuert. Meine Beine waren von den Büschen zerkratzt, und meine nackten Füße schmerzten vom Druck der Steigbügel. Und von meinem Hinterteil will ich gar nicht erst sprechen. Meine Arme taten weh, meine Hände waren von der rauhen Mähne des Kelpies zerschnitten, und bei jedem Stoß pochte mein geschundener Nacken vor Schmerz. Wenigstens meine Nase hatte aufgehört zu bluten.
Mir wurde angst und bange. Wollte es mich zum See zurücktragen, um mich doch noch zu ertränken? Das Kelpie näherte sich dem Hang, sprang über den Bach und begann zu klettern. Ich versuchte es noch einmal. «Sic volo! Stop!» rief ich und zog mit letzter Kraft an den Zügeln. Beim Anblick des steilen Weges gehorchte das Tier mir endlich.
Es fiel in Trab, wurde langsamer und blieb schließlich stehen.
Ich fragte mich, wer müder war, das Kelpie oder ich. Ich wagte nicht abzusteigen, meine Beine würden mich nicht tragen. Wie benommen saß ich im Sattel, schnappte nach Luft und genoß die Ruhe. Auch das Kelpie saugte die Luft ein, die Flanken bebten, und der Kopf hing müde herunter. Für den Moment war ich außer Gefahr.
Erst jetzt wurde mir bewußt, was ich geschafft hatte; ich hatte das Kelpie geritten. Ich hatte es wirklich geschafft. «Oh, Kelpie!» pustete ich. «Jetzt mußt du mir meinen Wunsch erfüllen. Laß Mam und Dad gesund werden! Und Alistair auch! Hilf meiner Familie! Bitte, erfülle meinen Wunsch!»

Das Kelpie hob den Kopf und seufzte. Irgendwie tat es mir leid. So ein großes Tier mußte sich von so einem kleinen Mädchen besiegen lassen. Ich hatte bestimmt seinen Stolz verletzt. Aber ich mußte es tun, und ich habe es getan. Ich, Jean Main, habe es geschafft. Ich habe das Kelpie geritten.

Vor Glück war ich wie berauscht. Ein unwillkürliches Lächeln dehnte sich von einem Ohr zum anderen aus. Ich drehte das Kelpie herum, um zu Alistair zurückzureiten. Er war sicherlich inzwischen aufgewacht. Wo hatte ich ihn zurückgelassen? Die Stelle war mindestens eine Meile entfernt. Ich mußte dem Kelpie mit den Hacken in die Rippen treten, damit es sich überhaupt bewegte. Steif und erschöpft lehnte ich mich zurück, um mein Hinterteil zu entlasten. Aber ich war unglaublich froh.

Beim Weiterreiten merkte ich plötzlich, daß ich sang. Mam und Dad würden sich erholen, Alistair würde gerettet werden – auf einen Schlag war ich von allen Sorgen befreit. Ich fühlte mich stolz und siegreich wie David nach dem Kampf mit den Philistern. Ich jubelte Bergen, Gras und Bäumen meine Begeisterung zu. All die großen Psalmen, die ich so gut kannte, quollen nur so aus mir heraus: Lobes- und Dankeshymnen, Triumph- und Freudengesänge. Ich sang und sang, denn das war die einzige Art, meine Gefühle auszudrücken.

Das Kelpie spielte mit den Ohren und schüttelte den Kopf. Natürlich, ein Geschöpf des Teufels mag keine heiligen Lieder. Wir ritten den Hang entlang durch das Birkenwäldchen, bis wir endlich die kleine, von Ginster umgebene Senke erreichten. Das Pony wieherte, als wir näherkamen. Neben ihm sah ich Alistair mit zwei anderen Menschen stehen. Sie drehten sich um, als sie den Hufschlag des Kelpies hörten. Zwei von ihnen sahen mich erstaunt an, der eine kam auf mich zu, nahm die Zügel in die Hand und lächelte.

«Na also», meinte Margaret Davidson, «ich hab's doch gewußt.»

Ihr Umhang war vom Kopf heruntergerutscht. Ihr Blick war genauso triumphierend wie meiner.
«Woher hast du das Pferd?» tadelte mich Alistair. «Ich habe dich überall gesucht. Wo warst du? Konntest du mir nicht Bescheid sagen, bevor du verschwunden bist?»
«Nein, das konnte sie nicht», erwiderte die Zigeunerin, «sie wußte selbst nicht, was geschieht. Komm, steig ab, Mädchen, dir tut bestimmt alles weh.»
Dankbar glitt ich hinab und ließ mich in ihre starken Arme fallen. Aelec, die dritte Person, nahm die Zügel in die Hand. «Er ist noch nicht trocken, Jeannie, ich führ ihn noch ein bißchen umher. Wie hast du es bloß geschafft, ein solches Ungeheuer zu reiten?»
«Mit eurer Hilfe.» Ich legte mich ins Gras, denn sitzen konnte ich nicht mehr. «Erinnert ihr euch an das Treffen in Ferness?»
Er pfiff anerkennend und sah seine Mutter an. «Nicht schlecht, was, Mutter?» In seiner Stimme schwang Achtung, ja sogar Ehrfurcht mit.
Sie sah ihn von der Seite an. «Jetzt wirst du wohl eher auf mich hören, was?» Sie lächelte pfiffig, als er sich umdrehte.
Alistair war besorgt. «Was hattest du vor, Jeannie?»
«Ich habe das Kelpie geritten, um dich und meine Eltern zu retten», erklärte ich. Als er verwundert mit dem Kopf schüttelte, erzählte ich ihm die ganze Geschichte. Alistair hörte zu, doch je mehr er erfuhr, desto ernster wurde sein Gesicht. Als ich fertig war, nahm er meine Hand.
«Du bist ein kleiner Dummkopf. Das ist doch kein Kelpie. Das ist ein ganz normales Pferd, das Pferd eines Offiziers! Deine Teufel waren Rotröcke, die dich fangen wollten!»
«Und beinah hätten sie dich gekriegt», rief Maggie Davidson plötzlich. Ich lag auf der Seite, sie kniete hinter mir und versuchte, mich aus dem schweren Umhang zu wickeln. Zwischen

den dicken wollenen Falten hatte sie etwas gefunden, das sie uns auf ausgestreckter Hand hinhielt.
«Was ist das?» fragte ich, als Alistair erschrocken nach Luft schnappte.
«Eine Kugel!» Ich betrachtete das kleine graue Ding. «Sie stammt aus einer Muskete», fuhr er fort. «Das war der dumpfe Schlag an deiner Schulter. Zum Glück ist sie durch den Umhang nicht durchgekommen. Gott sei Dank! Beinah hätten sie dich erschossen.»
Ich konnte es kaum glauben, ich war so erschöpft. «Die haben versucht, mich zu erschießen? Das ist gar kein Kelpie?» Mir standen die Tränen in den Augen. War die ganze Anstrengung umsonst gewesen? Mein Glücksgefühl schwand dahin.
Margaret Davidson stand auf. «Seht mich an!» befahl sie. Wie ein alttestamentarischer Prophet stand sie vor uns. Ich mußte an die Bilder in der Bibel des Masters denken. Ihre Haare glänzten in der Abendsonne. Barfuß, mit gespreizten Beinen und ausgestreckter Hand sprach sie so würdevoll und ernst, daß wir gebannt zuhören mußten.
«Alles, was die Menschen tun, ist von ihren Gedanken abhängig. Jeannie dachte, sie würde das Kelpie reiten, also hat sie es geritten. Für sie war es eine so tapfere und mutige Tat, als ob sie wirklich auf einem Kelpie gesessen hätte. Jeannie, dein Wunsch wird in Erfüllung gehen. Du hast eine Heldentat begangen. Das hätte kein anderes Mädchen in Schottland gewagt. Junger Mann, sage nicht noch einmal, daß sie einen Fehler gemacht hat. Sie hat ihr Leben und ihre unsterbliche Seele für dich riskiert. Sei ihr dankbar. Du weißt gar nicht, welchen Preis du gewonnen hast.»
Alistair war verblüfft. Ich hatte zwar nicht alles verstanden, fühlte mich aber irgendwie besser. «Was für einen Preis meinen Sie, Mistress Davidson?» fragte ich sie.
Sie lächelte freundlich zu mir herunter. «Na, das Pferd, Mäd-

chen. Mit dem alten Gaul da kommt er nie nach Hause. Das Pferd wird ihm das Leben retten. Es ist schnell und ausdauernd. Am Tag muß er sich verstecken und nachts kann er reiten.»

Mühsam erhob ich mich. «Und mein Großvater...» Mag unterbrach mich.

«Er kann nicht zu deinem Großvater, Jeannie. Die verdammten Rotröcke haben alle Höfe durchsucht und zerstört. Von dem Haus ist nichts mehr übrig geblieben, sie haben es angezündet.»

Ich hielt vor Entsetzen den Atem an; schnell erklärte sie: «Die Bewohner sind rechtzeitig gewarnt worden. Sie sind in Sicherheit, oben auf dem Berg, in der Hütte auf der Sommerweide. Allerdings haben die Rotröcke das Vieh gestohlen und Werkzeuge und Geräte zerbrochen. So wüten sie überall. Sie halten alle Schotten für Rebellen. Wenn du wüßtest, was sie alles getan haben, würde dir übel werden. Deine Familie kann keinen Fremden beherbergen. Er muß sich noch heute auf den Heimweg machen. Auf dem Pferd, das du ihm besorgt hast, wird er nur so dahinfliegen.»

Ich erinnerte mich daran, wie angenehm der Ritt war – wenigstens teilweise. Mag hatte recht, es war leichter, auf diesem Tier zu reiten als zu Fuß zu gehen, egal ob es ein Kelpie war oder nicht. Aber...

«Ich werde es schaffen, Jeannie», meinte Alistair. «Soll ich jetzt schlappmachen, nach allem, was du für mich getan hast? Du brauchst mir nur beim Aufsteigen zu helfen, den Rest schaffe ich schon alleine.»

«Das arme Tier wird erst mal ein oder zwei Tage brauchen, bis es sich erholt hat», meinte die Zigeunerin. Sie pfiff, und ihr Sohn kam mit dem Riesenvieh zurück. Jetzt sah ich, daß es nur ein Pferd war. Es war so müde, daß es beinah über seine eigenen Füße stolperte. Auf jeden Fall würde es Alistair nicht abwerfen.

«Seht euch das an!» Aelec zeigte auf einen langen blutigen Streifen an der Schulter des Tieres.

«Ein Streifschuß», stellte seine Mutter sachkundig fest. «Deshalb ist er so schnell und lange mit Jeannie dahingerast. Es ist ein Wunder, daß du oben geblieben bist. So, Alistair, reite los, bevor es dunkel wird. Die Soldaten werden das Tier hier überall suchen.»

Ich wußte, daß sie recht hatte, aber ich wollte es nicht wahrhaben. Alistair hingegen sah es ein. «Ja, ich werde reiten.» Er stand auf und ging auf das Pferd zu.

«Schaut euch diese Satteltaschen an.» Er versuchte, sich und uns den Abschied leichter zu machen. «Die sind gut gefüllt. Die Offiziere des Königs sind um ihr leibliches Wohl besorgt.» Er öffnete die eine und linste hinein. «Was seh ich da? Brot, Fleisch und sogar eine Flasche Wein.» Er lächelte, aber seine Stimme zitterte. «Ich werde betrunken nach Hause reiten, was, Jeannie?» Er brach ab. Als ich aufstand, trat er auf mich zu und schluckte. Ich umarmte ihn so verzweifelt, wie ich mich an den Sattel geklammert hatte. Auch er umarmte mich, aber dann schob er meine Hände zurück. «Also dann auf Wiedersehen», murmelte er. Er konnte mir nicht in die Augen sehen. Aelec führte das Pferd vor einen Baumstumpf. Alistair fiel das Aufsteigen sehr schwer.

«Du schaffst es nie!» rief ich.

«Ich muß es schaffen!» antwortete er entschlossen. «Gott behüte dich, Jeannie, und Sie auch, Mistress Davidson. Ich komme zurück, Jeannie, und zwar bald.» Ich hatte einen Kloß im Hals.

Er drehte das Pferd herum und ritt langsam durch das Birkenwäldchen davon. Genau wie beim ersten Abschied schaute er sich nicht um. Ich konnte ihm nicht einmal winken.

Als er zwischen den Bäumen verschwunden war, fing ich an zu weinen. Nun hatte ich ihn zum zweiten Mal verloren.

Die Zigeunerin holte mich in die Wirklichkeit zurück. Energisch und ohne Mitleid ordnete sie mir Rock und Umhang. «Du siehst ja aus wie eine Zigeunerin. Schlimmer als ich»,

meinte sie und glättete mir das Haar. «Sorg dich weder um deinen Freund noch um deinen Großvater. Es wird ihnen gut gehen. Mach dich auf den Heimweg und versuche noch, Fische zu verkaufen, wenn du jemanden mit Geld antriffst. Wie siehst du denn aus? Wisch dir die Tränen ab. Dein Freund würde sich für dich schämen, weil du um etwas weinst, das du nicht ändern kannst.»
Sie drapierte meinen Umhang so, daß man das Blut aus meiner Nase nicht mehr sehen konnte. Ich stand ruhig wie ein Denkmal. Da fielen mir die Ohrringe ein, die ich Alistair geben wollte. Die steckten jetzt nutzlos in meiner Tasche. Ich fühlte mich elend.
Plötzlich hörten wir einen warnenden Pfiff aus dem Gebüsch. Das war Aelec, der sich etwas umgesehen hatte.
Zu spät! Wir waren bereits von Soldaten umzingelt.
Meine Sorgen hatten uns so beschäftigt, daß wir nicht aufgepaßt hatten. Mag Davidson wurde weiß wie ein Laken. So erschreckt hatte sie nicht einmal im Gefängnis ausgesehen. Die Rotröcke mußten scheußliche Dinge getan haben. Mir grauste vor ihnen.
Außer Atem und schlechtgelaunt griffen sie nach den Zügeln des Ponys und nach unseren Armen. Sie zogen uns aus dem Gebüsch heraus und schleppten uns vor ihren Offizier. Er stand auf dem Weg, ein kleiner untersetzter Kerl. Sein rotes Gesicht paßte gut zu seiner roten Jacke. Wütend klopfte er sich mit der Reitpeitsche an die staubigen Stiefel. Er trug Sporen. Das mußte der Besitzer des Pferdes sein.
In barschem Tonfall verhörte er die Zigeunerin. Erstaunt stellte er fest, daß sie Englisch sprach. «Wir haben kein Pferd gesehen», jammerte sie. «Wir sind arme Menschen, wir haben nichts getan, nichts gesehen und nichts gehört.» Er glaubte ihr nicht.
«Haltet die Hexe fest», befahl er. Die Soldaten ergriffen sie. Er begann, sie mit seiner Reitpeitsche zu schlagen. Sie wand sich,

schrie und bat um Gnade. Ich erinnerte mich an ihr Schweigen, damals, als sie in der Stadt ausgepeitscht wurde, und an ihre Ratschläge für einen Fall wie diesen. Anscheinend hatte sie noch Hoffnungen. Ich wußte nicht, warum.

Der Offizier drehte sich um, als sich zwei weitere Rotröcke näherten. «Keine Spur von dem Pferd», meldeten sie. Ich seufzte erleichtert. Unterdessen zogen die Soldaten Mags Ohrringe heraus. Sie zerrissen ihr Ohrläppchen und lachten, als sie aufschrie vor Schmerz.

«Was macht Ihr denn da?» Der Offizier drehte sich um. Er hätte sie zurückhalten können. Aber er tat es nicht. «Die Beute wird gesammelt und dann gerecht geteilt!»

«Ja, Sir!» antwortete der Feldwebel. Er griff in meine frischgekämmten Haare und zückte sein Messer. «Dafür werden wir einen guten Preis bekommen, Freunde!» rief er und begann zu schneiden. Ich schrie und trat um mich, aber sie hielten mich fest, bis sie ganz kurz geschnitten waren.

Ich hoffte, daß wir so davonkommen würden, aber der Offizier hatte andere Vorstellungen. «Häng sie auf, Feldwebel», fauchte er, «und dann geht's weiter!»

Sie zogen uns zum nächsten geeigneten Baum. Einer von ihnen begann, einen Strick zu knoten. Das Seil war schon oft gebraucht worden.

Meine panische Angst verlieh mir solche Kräfte, daß ich mich fast aus ihrem Griff befreit hätte. Als sie wieder zupackten, zerriß mein Leibchen. Der Paß vom Oberst, den ich vor lauter Schreck vergessen hatte, fiel auf den Boden. Mit einem Freudenschrei hob ihn einer der Soldaten auf und reichte ihn dem Offizier.

«Was haben wir denn da? Betrug und Verrat? Verdammte Scotchies», zischte er und schlug den Paß auf. Dann starrte er mich ungläubig an. «Was ist das? Bist du kein Rebell? Wo hast du das geklaut?»

«Nirgends», japste ich. «Ich bin kein Rebell. Bei Gott, Sir, das ist mein Paß.»
«Warum hast du ihn mir nicht gleich gezeigt, eh?» Er hielt mir die Peitsche vors Gesicht. «Warum nicht, du verdammte schottische Hexe?»
«Vor Angst habe ich nicht mehr daran gedacht, Sir!»
«Lügnerin! Wo ist denn dieser Vetter? Wenn er kein Rebell ist, warum versteckt er sich dann?»
«Er hat auch Angst, Sir!»
«Warum seid ihr von der Straße abgewichen? Schau mich an, du Hexe, was hattest du vor? Rebellen verstecken, was?»
Durch Angst und Schmerz hindurch entdeckte ich plötzlich ein bekanntes Gesicht. Einer der Soldaten hatte seine verwundete Schulter von Master Clark behandeln lassen. Ich hatte ihn gepflegt. Er erschien mir wie ein Rettungsanker. Würde es uns nicht gelingen, den Verdacht des Offiziers auszuräumen, müßten wir hängen. Ich hoffte nur, daß der Mann mich erkennen und für mich sprechen würde.
«Der dort, Sir, der kennt mich! Er weiß, daß ich nach der Schlacht die Männer des Herzogs gepflegt habe! Ich habe dem Arzt geholfen, seinen Arm zu nähen.»
Der Offizier sprang herum. Dabei verfingen sich seine Sporen in der Heide. Er stolperte leicht und begann zu schimpfen.
Alle Soldaten starrten entweder ihren Kameraden oder den Offizier an. Ich nutzte den Moment, um meine Ohrringe aus der Tasche zu ziehen und sie so zu halten, daß nur er alleine sie sehen konnte. Er brauchte mir nur zu helfen, dann würde er sie bekommen. Wenn die anderen sie finden würden, müßte er sie mit ihnen teilen. Ich hoffte, daß der Preis ausreichen würde, um ihn zum Sprechen zu bringen. Das war meine letzte Hoffnung. Andernfalls bliebe uns nur der Strick oder das Bajonett.
Der Offizier sah seinen Soldaten an. «Na, Dewhurst, was sagst du dazu? Kennst du die kleine Hexe?»

Der Mann zögerte – eine Ewigkeit. Schließlich nickte er. «Ja, Sir, ich kenne sie. Sie war das Hausmädchen des Arztes. Sie hat mir meinen Arm erhalten, Sir, und Feldwebel Dick hat sie das Leben gerettet, und –»
«Was», der Offizier war nicht gerade erfreut.
Der Soldat schluckte und fuhr fort. Mir blieb vor Aufregung fast das Herz stehen. «Unteroffizier Fletcher aus Barrels Regiment sagte, daß sie es war, die uns vor dem nächtlichen Überfall gewarnt hat, weil ihr Vetter begnadigt wurde. So hab ich's jedenfalls gehört, Sir.» Er hatte das Silber verdient.
Der Offizier sah ärgerlicher aus als zuvor. Einen Moment lang dachte ich, er wolle uns alle töten lassen, weil das die einfachste Lösung wäre. Aber er hielt sich zurück. Dann fauchte er mich an: «Gut, du schottische Hexe!» Anscheinend kannte er kein anderes Wort. «Wo ist denn dieser Vetter? Zeig ihn mir und ich werde dir glauben. Na, wo steckt er?»
Es entstand eine Pause. Wie sollte ich meinen «Vetter» herbeizaubern? Ich hielt uns schon für verloren, als Margaret Davidson plötzlich das Schweigen brach. «Also, Jeannie», begann sie lauter als notwendig, «ruf ihn mal. Er wird sicher kommen, wenn er merkt, daß du ihn brauchst.»
Da fiel mir Aelec wieder ein, der sich sicher nicht weit von uns im Gebüsch versteckt hielt und zuhörte. Wenn er nur wagen würde, herauszukommen und sein eigenes Leben zu riskieren. Mit trokkener Kehle rief ich so laut ich konnte: «Iain! Iain, wo bist du?»
Stille. Der Offizier wurde unruhig. Endlich raschelte es im Gebüsch. Aelec erschien zögernd und ängstlich. Um den Hals hatte er sich sein Taschentuch gebunden. Die Rotröcke packten ihn und stellten ihn vor uns hin.
Der Offizier musterte ihn von oben bis unten. «Wie heißt du?»
Aelec schluckte. Die Angst brauchte er nicht vorzuspielen.
«Iain Mackay, Sir», hüstelte er genau wie Iain damals.
«Du bist also beinah gehängt worden? Laß mich mal sehen!»

Mir stockte das Herz. Aber Aelec stand ganz ruhig da – ihm blieb ja auch nichts anderes übrig –, als der Rotrock ihm das Taschentuch abnahm. Und um seinen Hals verlief eine breite gelbe Spur um eine gedrehte Narbe, genau wie bei Iains verheilender Wunde.

Der Offizier beugte sich vor, um sie genauer zu betrachten. Dann nickte er. «Tatsächlich! Du bist der Vetter. Dann muß ich diesen Brief also ernst nehmen, was? Habt ihr ein Pferd gesehen? Ein verdammter Rebell hat es gestohlen. Ich sah ihn davonreiten, mit einer verdammten Feder am Hut.» Das muß der Kiefernzweig in meinem Haar gewesen sein. Ich wagte nicht zu lachen. «Ein großes schwarzes Pferd. Wenn ihr es findet, bekommt ihr eine Belohnung. So ein verdammt gutes Pferd finde ich so schnell nicht wieder. Gestern hat es mich sechzig Meilen weit getragen, und heute war es wieder frisch und munter.» Als ob ich das nicht wüßte. «Wenn ich es nicht finde, hänge ich jeden verdammten Schotten, der mir über den Weg läuft. Los, Feldwebel! Schwärmt aus und durchsucht den Hang.»

Zitternd blieben wir drei alleine auf der Lichtung zurück. Paß hin, Paß her, alles hatten sie uns weggenommen, das Pony, den Fisch, unsere Umhänge und meine Haare, ohne auch nur an ein Wort der Entschuldigung zu denken. Wir waren ja auch nur Schotten, warum sollten sie Skrupel haben. Na ja, sie hatten uns wenigstens nicht umgebracht.

Ich hatte dem Rotrock die Ohrringe zugesteckt. Sonst hätte er sich vielleicht noch anders besonnen und gesagt, daß er sich geirrt hätte.

Vielleicht würden sie zurückkommen. Wir liefen um unser Leben. Mir kamen die Tränen. Ich war traurig über mein Haar, und mein Gesicht brannte wie Feuer. Aelec lachte vor Anspannung. Seine Mutter fluchte. Ihr tat der Rücken weh, das Ohr blutete, und die Ohrringe waren den Rotröcken zum Opfer gefallen. Aber wir waren alle glücklich, daß wir lebten.

Nachdem wir ungefähr eine Meile zurückgelegt hatten, hielten wir an. Als wir uns etwas erholt hatten, meinte Margaret Davidson ernst: «Hier trennen sich unsere Wege, Jean Main. Du wirst gut nach Hause kommen. Habe Vertrauen. Habe ich dir jemals die Unwahrheit gesagt? Sagte ich nicht, viermal würden wir uns im Schatten des Todes treffen? Du würdest einen König an die Macht bringen und ein Kelpie reiten? Wir sind in Gottes Hand. Dein Wunsch wird dir erfüllt werden. Und nun geh deinen Weg.» Sie wandte sich an Aelec und sprach wieder mit ihrer gewöhnlichen Stimme: «Ich möchte vor Einbruch der Dunkelheit ins Lager zurückkehren. Besorg uns noch eine Taube oder ein Kaninchen zum Abendbrot, bevor du kommst. Gott behüte dich, Jeannie!»

Sie verschwand in den Bäumen.

Aelec wollte sich gerade mit einem Nicken von mir verabschieden, als mir einfiel, daß ich ihn unbedingt noch etwas fragen wollte: «Wie hast du denn das hingekriegt?» Ich zeigte auf seinen Hals.

«Weinblüten und Tabaksaft», meinte er mit seinem typischen listigen Grinsen auf den Lippen. «Mam hat es gestern abend gemacht.»

«Woher wußte sie–?»

«Tja, das hab ich mich auch schon manchmal gefragt. Sie ist weise. Wir sehen uns im nächsten Jahr.»

Dann war auch er verschwunden.

Als ich zu Hause ankam, war die Sonne bereits untergegangen. Ich stieß die Tür auf und hörte als erstes Großmutters Gebetsgemurmel. Mutters Laken bewegte sich nicht. Mir stockte der Atem.

Ellen hielt das Kruzifix in der Hand. Ihr Gesicht wirkte warm und fröhlich wie die aufgehende Sonne. «Schau, Jeannie», rief sie. Ich wagte einen zweiten Blick. Mam schlief friedlich und tief. Das Fieber war gesunken. Sie würde gesund werden.

Dann zog sie mich zum Schrankbett. Dort lag Vater und wand sich in Fieberkrämpfen. «Schau mal, hier!» flüsterte sie. Unter dem Laken, am Fußende des Bettes, zappelten Vaters Füße. Gott segne das Kelpie.

Schlußwort

Und nun, liebe Celia, neigt sich meine Geschichte dem Ende zu.

Es dauerte noch Wochen, bis Vater wieder laufen konnte. Seine Beine trugen ihn nicht mehr so gut wie vor dem Unfall, aber gegen Ende des Jahres konnte er seinen Platz im Boot wieder einnehmen. Donalds Schwiegersohn kam dazu und löste Johnnie ab, der froh war, wieder zu seinen Büchern zurückkehren zu dürfen.

Ich war schon vorher wieder zu Hause, um zu helfen. Denn Master Patrick Clark, den großen, kräftigen, aber so sanften und feinfühligen Menschen, der so viel für die Kranken getan hatte, erwischte schließlich selbst das Fieber. Ich kehrte zurück, um zu helfen, aber es war schon zu spät. Der junge Offizier, Captain Nisbet, starb am 14. Mai und der Master am Tag darauf. Sie wurden gemeinsam in einem Grab beerdigt.

Die Mistress war verzweifelt und gab mir die Schuld an seinem Tod. Sie meinte, wenn ich nicht gegangen wäre, hätte er sich niemals angesteckt oder wäre wenigstens nicht so erschöpft gewesen und hätte mehr Widerstandskräfte aufbringen können. Ihre Gefühle waren verständlich. Trotzdem weinte ich bitterlich, als ich entlassen wurde. Zur Ehre von Miss Amanda sei gesagt, daß sie sich für mich einsetzte. Celia war ebenso untröstlich wie ich.

Für mich folgte ein harter Sommer. Wir erfuhren immer neue Einzelheiten über die schrecklichen Taten des «Schlächters» und seiner Soldaten. Ich habe oft überlegt, ob ich damals in der Nacht vor dem Angriff die richtige Entscheidung getroffen hatte. Wer weiß, was geschehen wäre, wenn der Prinz die Schlacht gewonnen hätte? Vielleicht hätte es schlimmere Kämpfe und noch mehr Tote gegeben. Vielleicht wäre Schottland dann in noch größere Nöte geraten. Gott allein kennt die Antwort.

Mit dem Pfarrer Alexander Rose nahm es ein schlimmes Ende, Gott vergeb es ihm. Er verließ die Stadt und seine Frau und versuchte sein Glück im Handel mit den Kühen, die die Hochländer den Männern des Königs gestohlen hatten. Aber all seine Kühe starben auf dem Hof, auf dem er sie untergebracht hatte. Auf keinem anderen Hof in der Umgegend starb auch nur eine einzige Kuh in diesem Jahr. Das war schon merkwürdig. Für den Bauern war es nicht so schlimm, aber Master Rose war ruiniert. Niemand weinte um ihn.

Das Jahr ging langsam zu Ende. Ich wartete mit wachsender Spannung. Großmutter wurde schwächer und brauchte Pflege, also kümmerte ich mich um sie und die Zwillinge. Ich unterrichtete Isaac, Ellen und einige andere Fischerkinder im Lesen und Schreiben. Dann endlich erreichte mich die Nachricht, daß Alistair gut zu Hause angekommen war.

Erst jetzt wurde mir bewußt, wie sehr ich mich um ihn gesorgt hatte. Irgendwie hatte sich der dumme Gedanke in meinem Kopf festgesetzt, daß das Kelpie vielleicht nur einen Teil meines Wunsches erfüllen würde. Ich fing wieder an zu singen und zu pfeifen. Mam und Dad sahen mich von der Seite an, sagten aber nichts. Großmutter redete pausenlos.

Im nächsten Jahr – ich war inzwischen vierzehn – kam Alistair, um mich zu holen. Seit dem Abend, an dem ich seine Reithosen genäht hatte, gab es für mich keinen anderen Jungen.

Wir zogen nach Edinburgh und lebten dort bald im Wohlstand. Eine Zeitlang war ich wirklich die Ehefrau eines Ratsherren. Alistairs Vater war es gelungen, die Verbindung seines Sohnes zu den Rebellen zu vertuschen, bis sich die Zeiten änderten und diese Verbindung als Heldentat betrachtet wurde. Manchmal fragte ich mich, wieso Mistress Clark das geahnt hatte. War es eine Art Vision? In Edinburgh sah ich sie wieder. Sie hatte mir verziehen. Auch die gute Celia traf ich wieder. Sie hatte fünf Jahre später als ich geheiratet, einen Rechtsanwalt, einen Freund meines Bruders Johnnie.

Sechs meiner Kinder blieben am Leben, und Du, meine Liebe, stammst von meiner ältesten Tochter ab.

So, meine liebe Ur-Urenkelin, jetzt kennst du meine Geschichte. Du hast erfahren, wie Du zu Deinem Namen gekommen bist, wie ich, ein barfüßiges Fischermädchen, die Geschichte Englands und Schottlands beeinflußt habe, und das Wichtigste von allem: wie ich das Kelpie geritten habe. Während ich diese Geschichte für Dich schreibe, wird der Ritt in mir wieder so lebendig, daß ich den heißen Atem des Tieres in meinem Gesicht spüre und mein Herz sich erhebt im Triumphgefühl über den gelungenen Ritt. Das Kelpie zog unsere Hochzeitskutsche. Damals trug ich zum ersten Mal die Perlen, die ich Dir jetzt überlasse. Armes entzaubertes Kelpie. Ich habe es immer geliebt und gepflegt.

Liebe und pflege auch du meine Perlen, und denke an die schweren Aufgaben, die ich erfüllen mußte, um sie zu bekommen.

In Liebe
Deine Ururgroßmutter,
Jeannie Main Gillies

Bemerkungen der Autorin

Jeannie Main und ihre Familie sind Phantasiegestalten, aber es gibt in Nairn heute noch viele Menschen mit diesem Namen. All den Fischern habe ich Namen gegeben, die im Fischerdorf wirklich zu finden sind. Bei der Familie Ralph möchte ich mich dafür entschuldigen, daß ich einen von ihnen zum Schurken gemacht habe.

Viele Menschen aus dieser Geschichte haben wirklich gelebt. Patrick Clark war der damalige Arzt und Hilfssheriff. Er verurteilte eine Zigeunerin namens Margaret Davidson zu der Strafe, die ich beschrieben habe. Seine Frau war die Tochter von Rose of Broadley, einem Sympathisanten der Jakobiter. Master Clark starb und wurde zusammen mit einem Captain Nisbet begraben. Die beiden gehörten zu den letzten Opfern einer großen Typhusepidemie.

Die Geschichte des Pfarrers Alexander Rose Macinucater wird in dem Buch «Culloden» von John Prebble erzählt. Diesem Buch habe ich viele Informationen zu verdanken. Ich habe den Namen in Macnaughten geändert, denn das erschien mir wahrscheinlicher. Ich denke, daß das «gh» in Macnaughten damals mitgesprochen wurde. Als ein Engländer viele Jahre später versuchte, diesen merkwürdig fremden Namen in eilig geschriebenen Tagebuchnotizen zu lesen, hat sich wohl beim Entziffern ein Fehler eingeschlichen.

Ich danke meinen Freunden für die Informationen und die Unterstützung, die ich von ihnen bekommen habe, und meinem Mann, der, ohne sich zu beklagen, meine abendliche Ab-

wesenheit über viele Wochen hingenommen (oder genossen?) hat.
Ich habe versucht, mich so gut wie möglich in den Geist der Zeit hineinzuleben, ohne zu sehr auf Grausamkeiten, Schmutz und die Brutalitäten einzugehen. Aber es soll ja eine Geschichte für Kinder sein. Ich hoffe, daß sie ihnen gefällt und daß es ihnen ebenso viel Spaß macht, sie zu lesen, wie ich es genossen habe, sie zu schreiben.

Die Hauptpersonen

Jeannies Familie:

John Main, der Vater
Morag Main, die Mutter
und die Kinder:
Jean, auch Jeannie genannt
Isaak
Eddi und Donnie, die Zwillinge
Ellen
Morag, das kleine Baby
Johnnie
Großmutter Main, Gran (die Mutter von John Main)
Großvater Mackay, Granda (der Vater von Morag Main)
Gavin (der älteste Bruder von Mutter Main)
Sheila, seine Frau
Shiona und Iain, ihre Kinder
Tante Ellen
John Cope, ihr Sohn

Die vier Männer im Boot:

John Main
Duggie Ralph (seine Frau heißt Annie)
Donald Main, Donnie genannt (Jeannies Cousin)
Jaikie Mackenzie

Die Zigeuner:

Margaret Davidson (die wahrsagende Mutter)
Margaret, ihre Tochter
Aelec, ihr Sohn

Die Familie der Clarks:

Patrick Clark, den alle den Master nennen (der Vater)
Janet Rose O'Broadley, Mistress Clark (die Mutter)

<table>
<tr><td rowspan="4">und ihre Kinder:</td><td>Amanda</td><td rowspan="2">die Töchter</td></tr>
<tr><td>Celia</td></tr>
<tr><td>Colin</td><td rowspan="2">die Söhne</td></tr>
<tr><td>Patrick</td></tr>
</table>

die alte Mary, Küchengehilfin
Henny Grant, Küchenjunge
Hugh (Hennys Bruder), Pferdepfleger
Alexander Rose Macnaughton, Pfarrer
Bürgermeister Rose of Kilravok und seine Frau Mistress Rose

Die Hochländer:

Prinz Charles Steward; sein Vater King James
Lord George Murray, sein 1. Berater
Alistair Gillies
Captain Macdonald
Father Malcolm
Die Chisholms

Die Engländer:

König Georg II. (King George)
General Lord Loudon
Herzog von Cumberland (Billy), sein Sohn
Major Wolfe
General Hawley
Captain Nisbet
Andy «der Putzer»
Rotröcke (Redcoats), die englischen Soldaten, so benannt nach ihren roten Uniformjacken.